古典詩歌研究彙刊

第三二輯

龔鵬程 主編

第 9 冊

陳與義近體詩之研究（下）

吳孟潔 著

國家圖書館出版品預行編目資料

陳與義近體詩之研究（下）／吳孟潔 著 -- 初版 -- 新北市：
花木蘭文化事業有限公司，2022〔民111〕
目 2+258 面；17×24 公分
（古典詩歌研究彙刊 第三二輯；第 9 冊）
ISBN 978-986-518-916-7（精裝）
1.CST：（宋）陳與義 2.CST：宋詩 3.CST：近體詩
4.CST：詩評
820.91   111009765

ISBN-978-986-518-916-7

古典詩歌研究彙刊
第三二輯　第九冊   ISBN：978-986-518-916-7

陳與義近體詩之研究（下）

作　　者　吳孟潔
主　　編　龔鵬程
總 編 輯　杜潔祥
副總編輯　楊嘉樂
編輯主任　許郁翎
編　　輯　張雅淋、潘玟靜、劉子瑄　美術編輯　陳逸婷
出　　版　花木蘭文化事業有限公司
發 行 人　高小娟
聯絡地址　235 新北市中和區中安街七二號十三樓
　　　　　電話：02-2923-1455／傳真：02-2923-1452
網　　址　http://www.huamulan.tw 信箱 service@huamulans.com
印　　刷　普羅文化出版廣告事業
初　　版　2022 年 9 月
定　　價　第三二輯共 11 冊（精裝）新台幣 22,000 元

陳與義近體詩之研究(下)

吳孟潔 著

目次

第五章　陳與義近體詩之辭情與聲情

近體詩歌可反映詩人的心境，兼具了「意義性」及「音樂性」二者；其中，「意義性」即指詩歌之辭情，是對於字詞意義的理解，由文辭體會詩人之體悟；「音樂性」指詩歌之聲情，由旋律之美襯托、渲染詩歌情味，透過音律以領略詩歌意境〔註1〕。本章節將剖析陳與義近體詩作之辭情及聲情，第一節就詩歌內容將陳與義近體詩分門別類，以了解其中之辭蘊與意境。陳與義近體詩內容分為五類，依照詩作數量多寡為：酬酢詩、抒情詩、詠物詩、寫景詩、題辭詩；前四類又可再加以細分，同樣以詩作數量多寡排序，酬酢詩又可細分和韻、應酬、贈答、送別；抒情詩再分為感懷、輓悼；詠物詩分為動、植物、氣候景象、器物、建築物；寫景詩則再細分三項，分別是道途即景、遊賞山水、登高遠眺。第二節將就上述之五大類別：酬酢詩、抒情詩、詠物詩、寫景詩、題辭詩進行聲情統整與歸納，由詩歌體裁、起式及用韻方面，將辭情與聲情互相對照，藉以整合出陳與義近體詩辭情與聲情間之關聯。

〔註1〕意引黃美瑤：《古典詩歌聲情教學研究——以現行國中國文課本為例》，國立臺灣師範大學中國文學系研究所，碩士論文，2010 年，頁2。

第一節　陳與義近體詩之辭情

此節將為陳與義近體詩進行分類，並分析詩歌中之內涵。具體說明分析方法，將歸納類型與相應詩歌羅列鋪排，亦統計各類詩歌數量，以審視陳與義近體詩類別、作用等取向，此分類方式為以字詞文意、辭蘊意涵為主要類型模式，以內容意涵、題材作為畫分依據，並歸納出陳與義近體詩歌主題趨向、詩風特徵〔註2〕。

陳與義近體詩分成五大類，按數量多寡分別為：酬酢詩（140首）、抒情詩（124首）、詠物詩（74首）、寫景詩（43首）、題辭詩（23首）；酬酢詩又細分為和韻（74首）、應酬（35首）、贈答（21首）、送別（10首）；抒情詩再分為兩項：感懷（118首）、輓悼（6首）；詠物詩分為動、植物（44首）、氣候景象（21首）、器物（5首）、建築物（4首）；寫景詩則再細分三項，分別是道途即景（18首）、遊賞山水（17首）、登高遠眺（8首）。筆者將整理、羅列陳與義404首近體詩歌之分類，依照數量多寡為排序依據，各表格中除列出類別及細項外，亦呈現對應之體裁、詩作編號及總計數量，如下所示：

表四十：酬酢詩類別統整表

類　別			體　裁	詩作編號	總計
酬酢詩 （140首）	和韻 （74首）	應接相和 （63首）	五言絕句	無	0
			六言絕句	100	1
			七言絕句	13-17、98、99、188-191、218、256、296、318、320、321、372、373、383-385、393	23
			五言律詩	387-390	4
			七言律詩	2、24-32、37、39-42、46、51-54、56-58、64、75、82、226、227、294、308、314、377、382、401、403	35

〔註2〕　意引鄭心媛：《楊億詩之研究》，國立嘉義大學人文藝術學院中國文學系研究所，碩士論文，2017年1月，頁56。

		五言排律	無	0
	聚眾唱酬（11首）	五言絕句	182-185	4
		六言絕句	無	0
		七言絕句	無	0
		五言律詩	無	0
		七言律詩	316、395-400	7
		五言排律	無	0
贈答（35首）	往來寄贈（21首）	五言絕句	無	0
		六言絕句	無	0
		七言絕句	219-221、291、292	5
		五言律詩	6、215、267、269、289、350	6
		七言律詩	38、159、242、247、248、265、279、293、322、404	10
		五言排律	無	0
	贈詩表意（14首）	五言絕句	342	1
		六言絕句	無	0
		七言絕句	78、203-210、254	10
		五言律詩	無	0
		七言律詩	43、55、230	3
		五言排律	無	0
應酬（21首）	娛樂宴飲（11首）	五言絕句	無	0
		六言絕句	無	0
		七言絕句	118-122、313	6
		五言律詩	無	0
		七言律詩	109、110、115、379、380	5
		五言排律	無	0
	交際（10首）	五言絕句	無	0
		六言絕句	無	0
		七言絕句	108、173、255、257、374	5
		五言律詩	370	1

			七言律詩	21、63、124、402	4
			五言排律	無	0
		送別（10首）	五言絕句	無	0
			六言絕句	無	0
			七言絕句	391	1
			五言律詩	1、33、34、244-246	6
			七言律詩	105、166、329	3
			五言排律	無	0

表四十一：抒情詩類別統整表

類　　別			體　　裁	詩作編號	總計
抒情詩 （124首）	感懷 （118首）	遇事感發 （40首）	五言絕句	無	0
			六言絕句	無	0
			七言絕句	95、129-138、228、300、301、302、324、345	17
			五言律詩	7、111、112、113、127、155、156、186、233、249、271、278	12
			七言律詩	19、126、152、167、202、282、331、352、378	9
			五言排律	165、234	2
		閒適怡情 （27首）	五言絕句	364、365	2
			六言絕句	44、45	2
			七言絕句	86、87、96、107、150、151、172、224、225、298、299、358、360、375、376	15
			五言律詩	9、83、149、272、274、288	6
			七言律詩	275、287	2
			五言排律	無	0
		因景觸情 （26首）	五言絕句	無	0
			六言絕句	無	0
			七言絕句	77、141、142、171、346	5

		五言律詩	59、60、61、62、97、140、154、194、264、268、310	11
		七言律詩	22、139、193、197、198、214、315	7
		五言排律	153、231、270	3
	人生寄慨（13首）	五言絕句	169、170	2
		六言絕句	無	0
		七言絕句	309	1
		五言律詩	8、128、330、351、359	5
		七言律詩	20、90、91、117、168	5
		五言排律	無	0
	節慶詠懷（12首）	五言絕句	無	0
		六言絕句	無	0
		七言絕句	84、85、164、201	4
		五言律詩	72、73、116、335	4
		七言律詩	163、181、200、258	4
		五言排律	無	0
	輓悼（6首）	五言絕句	無	0
		六言絕句	無	0
		七言絕句	無	0
		五言律詩	94、343、344	3
		七言律詩	69、70、93	3
		五言排律	無	0

表四十二：詠物詩類別統整表

類　　別	體　裁		詩作編號	總計
詠物詩（74首）	動、植物（44首）	五言絕句	47-50、65-68、103、104	10
		六言絕句	無	0
		七言絕句	35、79、92、143-146、176、211、235-239、243、332、333、349、353-355、362、367、368、369、371、386	27

		五言律詩	4、187、334、363、366	5
		七言律詩	212、213	2
		五言排律	無	0
	氣候景象 （21首）	五言絕句	無	0
		六言絕句	無	0
		七言絕句	217、232	2
		五言律詩	3、10、11、123、147、148、174、175、 216、229、273、280、336	13
		七言律詩	18、89、223、266、290、381	6
		五言排律	無	0
	器物 （5首）	五言絕句	無	0
		六言絕句	無	0
		七言絕句	297、356、357、392	4
		五言律詩	無	0
		七言律詩	76	1
		五言排律	無	0
	建築物 （4首）	五言絕句	無	0
		六言絕句	無	0
		七言絕句	125	1
		五言律詩	106	1
		七言律詩	74、319	2
		五言排律	無	0

表四十三：寫景詩類別統整表

類　別	體　裁		詩作編號	總計
寫景詩 （43首）	道途即景 （18首）	五言絕句	252、253、261	3
		六言絕句	無	0
		七言絕句	5、80、81、251、262、263、327	7
		五言律詩	259、260、323、326、328	5
		七言律詩	71、250、325	3

	五言排律	無	0
遊賞山水 （17首）	五言絕句	177-180	4
	六言絕句	無	0
	七言絕句	157、158、276、277、295、394	6
	五言律詩	114、285、286、337	4
	七言律詩	88、192、312	3
	五言排律	無	0
登高遠眺 （8首）	五言絕句	無	0
	六言絕句	無	0
	七言絕句	199、222、240、241	4
	五言律詩	361	1
	七言律詩	195、196、317	3
	五言排律	無	0

表四十四：題辭詩統整表

類　別	體　裁	詩作編號	總計
題辭詩 （23首）	五言絕句	101	1
	六言絕句	無	0
	七言絕句	36、102、160-162、283、284、303-307、338-341、 347、348	18
	五言律詩	12	1
	七言律詩	23、281、311	3
	五言排律	無	0

由上述表格可知陳與義近體詩歌之類別，亦可知其對應之體裁及詩歌
編號，下文將逐一闡述各類別，並舉例說明之，如下：

一、酬酢詩

　　陳與義近體詩中，酬酢詩共有 140 首，又可進一步細分為和韻
（74首）、應酬（35首）、贈答（21首）及送別（10首）四項。「應酬
類偏向於有所目的之詩文辭賦創作，多屬專為某個特定人、事、物所

作，故以此作依循判斷；和韻類則將其特殊詩文用法另行挑揀而出，例如詩題處特別指明有「次韻和」字眼者，則將之歸屬於和韻類別；贈答類亦有其特殊文體運用，如詩題中有「贈、答」等之專屬字眼者即歸屬之；送別類則特就詩文內涵之送行別離、餞別等題裁進行歸納」〔註3〕。下文則以此定義判別、區分陳與義各細項之近體詩歌。

（一）和韻

和韻，又稱「唱和」，「這是一種文人社交活動的產物，詩人出於敬佩、干謁、奉承等原因，對詩歌的內容形式應和」〔註4〕。古遠清《詩歌分類學》曾說明此類詩歌之起源：

> 唱和詩，在我國有悠久的歷史。早在我國最早的一部史詩《尚書》中就有帝舜與皋陶載歌唱和的記載。《詩經·鄭風·蘀兮》裏也有「倡（唱），予（余）和女（汝）」的說法。但由於當時近體詩還未形成，因而這種唱和主要是指民歌中的「對唱」、「幫腔」以及「重唱」等形式。只有到了唐代格律詩形成之後，唱和詩（尤其是和韻的）才蔚成風氣，並改變了只有雜擬追和之類而無和韻的情況。〔註5〕

上文說明和韻詩之起源，其淵源久遠，在近體詩未出現前，已形成民歌中對唱、幫腔與重唱形式，可知此種兩兩應對、一唱一和之詩歌模式存在已久。王力《漢語詩律學》亦曾解釋和韻詩之演變：

> 和詩，最初的時候是一唱一和，並不一定要用對方的原韻或原韻腳。……宋代以後，和詩就差不多總要依照原韻，叫做「次韻」或「步韻」，……〔註6〕

上述引文說明和韻詩最初並非皆用對方所用之韻腳，到宋朝後，逐漸

〔註3〕引自鄭心媛：《楊億詩之研究》，頁63。
〔註4〕引自李鴻泰：《李白交往詩研究》，國立臺灣師範大學國文學系研究所，碩士論文，2013年7月，頁12。
〔註5〕參見古遠清：《詩歌分類學》，彰化：復文圖書出版社，1991年9月，頁369。
〔註6〕參見王力：《漢語詩律學》，上海：上海教育出版社，1979年，頁52。

演變為依照對方原韻進行創作。古遠清更精確地定義和韻詩，並且說明其中要旨：

> 所謂「唱」，是指吟詠歌唱，即一個人先寫了一首詩；「和」是指聲音相應，第二個人依照第一個人作的詩詞的體裁、題材、原韻，或針對第一個人「唱」的思想內容，作詩詞酬答。……和韻詩，既要給人新鮮感，又要做到每韻自然。要求新鮮感，和詩作者總是盡量避免和原作用字的雷同。如唱詩是平起，和詩往往改為仄起，這樣韻腳上一字就可減少和唱詩的重複。為做到和韻自然，以致使人看不出哪句先寫成然後和此韻的痕跡，和詩作者用在原韻原字外，還往往交叉使用依韻，即和詩中使用的韻，不全部用其原字，但與唱詩所用的韻同在一韻部中。〔註7〕

由上文可知和韻詩之定義，其特色為一唱一和、一往一返。雖然壓原韻，仍須保持新鮮感，同時亦要做到和韻自然，避免矯揉造作之情，實屬不易。陳與義所作之和韻詩共74首，為所有類別項目中數量最多者，以下就陳與義之和韻詩進行分類與說明：

1. 應接相和

作詩應接相和，屬於和韻詩之部分。陳與義與友人相互交流、互動之詩作即列此類。關於陳與義應接相和之詩作，此處舉〈次韻家叔〉（第30首）說明之：

> 袞袞諸公車馬塵，先生孤唱發陽春。
> 黃花不負秋風意，白髮空隨世事新。
> 閉戶讀書真得計，載賡從學豈無人。
> 只應又被支郎笑，從者依前困在陳。〔註8〕

本詩首聯以「諸公」對比「孤唱」，可想知「先生」之孤單落寞；頷聯

〔註7〕節引自古遠清：《詩歌分類學》，頁369～370。
〔註8〕引自鄭騫：《陳簡齋詩集合校彙注》，臺北：聯經出版事業公司，1975年10月，卷五，頁46。

以「黃花」、「秋風」表現濃厚的秋意；頸聯及末聯則以孔子困於陳蔡之典故描寫自身處境，傳達出無奈惆悵之情。

　　本詩從聲情角度分析，格律如下：「仄仄平平平仄平，平平平仄仄平平。平平仄仄平平仄，仄仄平平仄仄平。仄仄仄平平仄仄，平平仄平仄仄平。仄平仄仄平平仄，平仄平平仄仄平。」總結本詩之格律，此詩體裁為仄起式七言律詩，押上平十一真韻，為首句入韻，且一韻到底。謝雲飛曰：「凡『真、文、魂』韻的韻語都含有苦悶、深沉、怨恨的情調。」〔註9〕以真韻形容秋日之蕭瑟及自身之孤寂，「真韻之韻語特色適可與其悲戚之情相應，使文情與聲情配合得宜，詩中情感更得以彰顯」〔註10〕。

　　再舉〈和王東卿絕句〉之四（第191首）為例，詩作內容如下：

　　　平生不得吟詩力，空使秋霜入鬢垂。

　　　太岳峯前滿尊月，為君聊復一中之。〔註11〕

此詩首二句感嘆自己平生吟詠詩句並未有特殊成就，並以「秋霜入鬢垂」描述己身年歲漸高、鬢髮漸白；後二句描寫為了王東卿，暫且放下雜務，一邊舉杯飲酒，一邊欣賞太岳峰及月娘之美景。

　　本詩聲情之分析，格律如下：「平平仄仄平平仄，平仄平平仄仄平。仄仄平平仄平仄，仄平平仄仄平平。」統整本詩之格律，此詩體裁為平起式七言絕句，可知首句不入韻，全詩採上平四支韻，一韻到底。因「支紙縝密」〔註12〕，支韻能傳達縝密、細膩之情感，故可由支韻感受陳與義與友人細膩深刻之友誼。

　　又舉〈次韻謝邢九思〉（第294首）為例，詩作如下：

　　　平生不接里閭歡，豈料相逢尬蚋壇。

　　　能賦君推三世事，倦遊我棄七年官。

〔註9〕　參見謝雲飛：《文學與音律》，文見〈韻語的選用和欣賞〉，臺北：東大圖書有限公司，1978年，頁63。

〔註10〕　引自鄭心媛：《楊億詩之研究》，頁72。

〔註11〕　引自鄭騫：《陳簡齋詩集合校彙注》，卷十九，頁192。

〔註12〕　參見王易：《詞曲史》，臺北：廣文書局，1960年，頁238。

流傳惡語知誰好，勾引新篇得細看。

六月山齋當暑令，風霜獨發卷中寒。〔註13〕

此詩首聯闡述遇到為害的小人；頷聯表明厭倦政治鬥爭，而欲棄官遠走之志；頸聯描述官場上流言紛擾，若得到他人之新作必須仔細審閱；尾聯說明六月當是炎熱的夏季，然而此刻感受卻是處於風霜般寒冷。

分析本詩之聲情，格律如下：「平平仄仄仄平平，仄仄平平仄仄平。平仄平平平仄仄，仄平仄仄仄平平。平平仄仄平平仄，平仄平平仄仄平。仄仄平平平仄仄，平平仄仄仄平平。」由上述可知本詩體裁為平起式七言律詩，為首句入韻，全詩採上平十四寒韻，一韻到底。謝雲飛《文學與音律》云：「凡『寒、桓』韻的韻語都含有黯然神傷，偷彈雙淚的情愫，最適用於獨自傷情的詩。」〔註14〕由上平十四寒韻與詩作文字相輔相成，更可表現出陳與義對於官場黑暗的心神沮喪、憂傷。

2. 聚眾唱酬

聚眾唱酬，歸納於和韻詩中，「從群賢齊聚一堂進行詩歌唱和為準則，著重視角置於群聚和詩」〔註15〕。有關陳與義聚眾唱酬之詩作，以下舉三例說明，第一例為〈與夏致宏孫信道張巨山同集潤邊以散髮巖岫為韻賦四小詩〉之三（第184首），呈示如下：

舉頭山圍天，濯足樹映潭。

山中記今日，四士集空巖。〔註16〕

此詩約作於建炎二年，當時金人陷房州。陳與義及三位友人相聚潤邊，並作詩相和。詩作開頭先描寫眼前所見之山景，抬頭可見山勢高聳，低頭則見蓊鬱樹影倒映在濯足的潭面上；後兩句記今日相會，四位文人

〔註13〕引自鄭騫：《陳簡齋詩集合校彙注》，卷二十六，頁267。

〔註14〕參見謝雲飛：《文學與音律》，頁62。

〔註15〕引自鄭心媛：《楊億詩之研究》，頁73。

〔註16〕引自鄭騫：《陳簡齋詩集合校彙注》，卷十八，頁187。

在此空山中聚集、交流。

　　就聲情分析而言，全詩格律架構如下：「仄平平平平，仄仄仄仄平。平平仄平仄，仄仄仄平平。」因此可知本詩體裁為平起式五言絕句，此詩屬於首句不入韻，韻部使用下平十三覃韻、下平十五咸韻，屬通韻情形。詮釋其中之聲情，由於時局動盪不安，陳與義面對山中一片翠綠，心中仍掛念社稷，而「覃感蕭瑟」〔註17〕，因此陳與義使用覃韻排解蕭瑟、落寞之情。

　　第二例為〈康州小舫與耿百順李德升席大光鄭德象夜語以更長愛燭紅為韻得更字〉（第316首），如下：

> 萬里衣冠京國舊，一船風雨晉康城。
>
> 燈前顏面重相識，海內艱難各飽更。
>
> 天闊路長吾欲老，夜闌酒盡意還傾。
>
> 明朝古峽蒼煙道，都送新愁入櫓聲。〔註18〕

本詩約作於紹興元年，陳與義離開賀溪前往越州，準備上任兵部員外郎，途中經過康州，便乘坐小舟與四位故人聚會。詩作首聯慨歎國家處於風雨中；頷聯則寫與故友相聚，並聽聞海內各地皆為戰火所陷；頸聯感嘆到越州的路途漫長、欲催人老，是夜將酒飲畢仍意猶未盡；尾聯寫明日將啟程離開康州，船槳划動之聲飽含新愁。

　　自〈康州小舫與耿百順李德升席大光鄭德象夜語以更長愛燭紅為韻得更字〉全詩平仄格律觀之：「仄仄平平平仄仄，仄平平仄仄平平。平平平仄平平仄，仄仄平平仄仄平。平仄仄平平仄仄，仄平平仄仄平平。平平仄仄平平仄，平仄平平仄仄平。」統整本詩體裁為仄起式七言律詩，詩歌首句不入韻，全詩採用下平八庚韻，屬一韻到底，無通韻、轉韻情形。謝雲飛云：「凡『庚、青、蒸』韻的韻語都含有淡淡的哀愁，似乎又需有相當理智的抉擇，淡淡的哀愁又不失理性。」〔註19〕庚韻

〔註17〕參見王易：《詞曲史》，頁238。

〔註18〕引自鄭騫：《陳簡齋詩集合校彙注》，卷二十七，頁281。

〔註19〕參見謝雲飛：《文學與音律》，文見〈韻語的選用和欣賞〉，頁63。

的運用結合創作的時代背景，更可襯托出陳與義在政局動盪時上任官職之心情，即使憂愁不安也必須保持理智與決心。

第三例為〈同家弟用前韻謝判府惠酒〉之一（第 399 首），詩作內容如下：

> 銜盃樂聖便稱賢，無酒猶堪臥甕間。
>
> 使者在門催僕僕，麴車入夢正班班。
>
> 不煩白水真人力，來自青城道士山。
>
> 千載王弘仝並美，未應杞菊賦寒慳。〔註20〕

此詩為陳與義兄弟為感謝葛勝仲贈酒所作之和韻詩，首二句講述舉杯飲酒、樂於聖道即可稱為賢人，即使沒有酒亦可躺臥在甕間。下二句說明使者在門外頻頻催促，而酒車如同入夢般靜置在一旁。第三聯說明此酒水是由人力從青城道士山搬運而來。末二句表達與王弘仝同進退之希望，並說明杞菊從不曾抱怨寒酸慳吝。

自聲情角度切入探討，其全詩格律平仄如下：「平平仄仄仄平平，平仄平平仄仄平。仄仄仄平平仄仄，仄平仄仄仄平平。仄平仄仄平平仄，平仄平平仄仄平。平仄平平平仄仄，仄平仄仄仄平平。」由上述統整得知，詩體為平起式七言律詩，又自用韻處審視，本詩首句入韻，韻部押下平一先韻、上平十五刪韻，二者為通韻關係。刪韻置於句尾，且皆為平聲字，產生了傾向於無奈無助之情，流露出無力改變現況之慨歎〔註21〕。

（二）贈答

梅家玲《漢魏六朝新論：擬代與贈答篇》闡述贈答詩之定義，如下：

> 「贈答詩」是中國文學中十分特殊的一類作品，所謂「贈」，是先作詩送給別人，「答」，則是就來詩旨意進行回答。其迴

〔註20〕引自鄭騫：《陳簡齋詩集合校彙注》，外集，頁 352。

〔註21〕意引鄭心媛：《楊億詩之研究》，頁 80。

還往復之際，自然形成一對應自足的情意結構。因此，從性質上來說，「文人自作」和「有某一特定的傾訴對象」，乃是它的必要條件，也是與民間具有「對唱」性質的歌謠，及一般抒情、敘事之作最大的不同處。〔註22〕

由上述可知，贈答詩為贈詩予友，對方答詩回返，於往返之間，透過詩歌向特定之人交流看法、傾訴情意。而針對贈答詩與和韻詩之相異處，古遠清曾詳細解釋之：

> 贈答，或叫獻酬（「酬」，是寫詩回答別人），它和唱和詩有相似之處，前者是甲贈乙答，後者是甲唱乙和。但也有區別：「唱」詩題材範圍廣，一般不是專為某一人所寫，而且在寫作時，事先也不可能預料到會有人和。而贈詩，寫作對象明確，一般只為一人所寫（自然，有時也可能是一群）。「和」詩，是指跟著別人吟詠歌唱，按「唱」詩的意思（或韻腳）寫。而「答」詩顧名思義，著重點在回覆別人提出的問題，在通常情況下一般不求與人聲音相應和彼此配合，在寫作時不大考究別人詩歌的用韻形式。〔註23〕

是故可知和韻詩與贈答詩之差異，就題材範圍而言，和韻詩範圍較大，不專為某人而寫；贈答詩則相反，對象明確，專為此人作詩；就詩歌用韻形式而言，和韻詩會依照他人所用之韻創作，追求音韻相和，而贈答詩則不講究用韻相同。又黃智群曾深入說明如何分辨贈答詩及此類詩作之關鍵字：

> 可見得贈答詩的特質是在「人我」、「群己」關係上的著墨與發揚，其之所以被寫作，亦是聚焦於「人」的身上，向投贈者表明內心的所感、所求。而用以辨認贈答詩類的標準，則是在其詩題或內容上探察是否具有贈答概念的語言文字，其

〔註22〕 引自梅家玲：《漢魏六朝新論：擬代與贈答篇》，臺北：里仁出版社，1997 年 4 月，頁 151。

〔註23〕 引自古遠清：《詩歌分類學》，頁 372。

中「贈」、「答」二字佔絕大多數，為贈答詩之正題，其餘的
關鍵題眼有：呈、上、獻、見、與、示、美、嘲、諢、送、
寄、誡、授、賜、貽、詒、遺、問等這些均為「贈」概念的
文化語言，「答」的概念部分則以酬、和、報等詞語為付表，
藉此判知贈答詩群的身分。〔註24〕

上述清楚解釋了贈答詩之範疇，並提示了贈答詩之詩題關鍵字，故下
文將就陳與義近體詩中之贈答詩逐一整理、分析之，如下：

1. 往來寄贈

往來寄贈，就其目的性而言，即為陳與義和友人作詩往返寄贈，
又雙方皆彼此相和往來〔註25〕。故往來寄贈類別，列舉〈周尹潛過門
不我顧遂登西樓作詩見寄次韻謝之〉之三（第221首）為例說明之，
如下：

敲門俗子令我病，面有三寸康衢埃。

風饕雪虐君馳去，蓬戶那無酒一杯。〔註26〕

此詩前半部即表露低落之情，首句寫俗氣之人造訪令陳與義倍感不適，
接著寫面前道路累積了些許塵埃；後半部則透過「風饕雪虐」說明狂風
暴雪之況，在惡劣的天氣情況下，周尹潛迅速地離去，末句透由設問修
辭表達欲同周尹潛相聚、飲酒之心願。

自聲情角度切入探討，其全詩格律平仄如下：「平平仄仄平仄仄，
仄仄平仄平平平。平平仄仄平平仄，平仄仄平仄仄平。」故可得，詩
體為平起式七言絕句，又自用韻處審視，本詩首句不入韻，韻部押上
平十灰韻，且一韻到底。灰韻之韻語皆帶有洩氣憂鬱之感〔註27〕，以
灰韻表現錯失與友人相聚機會之惋惜、沮喪，更可感受到陳與義之真

〔註24〕 引自黃智群：《南朝贈答詩與士人文化研究》，新北：花木蘭文化出版
　　　　 社，2011年，頁15。
〔註25〕 意引鄭心媛：《楊億詩之研究》，頁75。
〔註26〕 參見鄭騫：《陳簡齋詩集合校彙注》，卷二十，頁209。
〔註27〕 意引謝雲飛：《文學與音律》，頁61。

性情。

再舉〈初至邵陽逢入桂林使作書問其地之安危〉（第 267 首）為例說明，呈示如下：

湖北彌年所，長沙費月餘。初為邵陽夢，又作桂林書。

老矣身安用，飄然計本疎。管寧遼海上，何得便端居。

〔註 28〕

此詩首聯說明曾居住之地，經年居住於湖北，歷經月餘抵達長沙；頷聯接續說明未來將抵達之處，初到邵陽不久，擔心桂林是否安全，因此寫信詢問，可知此為作詩之動機；頸聯感嘆年歲已大卻四處飄泊流浪，且對於時局之混亂無能為力；末聯表達在管寧遼海上，盼望著安居日子的到來。

自全詩平仄格律加以探討：「平仄平平仄，平平仄仄平。平平仄平仄，仄仄仄平平。仄仄平平仄，平平仄仄平。仄平平仄仄，平仄仄平平。」自格律架構可知此首為仄起式五言律詩，自用韻層面切入，則本詩首句不入韻，韻部押上平六魚韻，且一韻到底，無轉韻、換韻之情形。此詩寫流離失所之苦悶情緒，謝雲飛認為魚韻之韻語帶有日暮途窮，極端失意之情感〔註 29〕，沈曾植評論云：「無限感慨，讀之怦怦。」〔註 30〕亦為中肯之言。

又舉〈得張正字書〉（第 350 首）為例，詩作內容如下：

送老茅屋底，天寒人迹稀。一觴猶有味，萬事已無機。

歲暮塔孤立，風生鴉亂飛。此時張正字，書札到郊扉。

〔註 31〕

本詩首聯描寫環境寒冷、人煙稀少；第二聯以萬物蕭條、無生機凸顯酒的美好滋味；後半段寫時值歲末，眼前所見盡是蕭瑟景象，此時正巧收

〔註 28〕 引自鄭騫：《陳簡齋詩集合校彙注》，卷二十四，頁 246。
〔註 29〕 意引謝雲飛：《文學與音律》，頁 63。
〔註 30〕 轉引自鄭騫：《陳簡齋詩集合校彙注》，卷二十四，頁 246。
〔註 31〕 引自鄭騫：《陳簡齋詩集合校彙注》，卷三十，頁 309。

到張正字之書信。

　　從聲情角度分析本詩，格律如下：「仄仄平平仄，平平平仄平。仄平平仄仄，仄仄仄平平。仄仄仄平仄，平平平仄平。仄平平仄仄，平仄仄平平。」總結本詩之格律，詩歌體裁為仄起式五言律詩，為首句不入韻，全詩採上平五微韻，且一韻到底。微韻能傳達憂鬱、低落之情思〔註32〕，且陳與義以肅殺的秋氣、蕭條的秋景，藝術地表達他對政局衰敗的深刻感受〔註33〕，讀來更令人尤為悲嘆！

2. 贈詩表意

　　贈詩表意，就贈答詩功能、用途觀之，此類別為陳與義遭遇重大事件後，曾受惠於舊友，特贈詩予人以表述內心之謝意。贈詩表意類別，由〈火後借居君子亭書事四絕呈粹翁〉之四（第206首）作說明，以呈現出陳與義贈答詩歌之分析：

> 入山從此不須深，君子亭中人不尋。
>
> 青竹短籬圍晝靜，梅花兩樹照春陰。〔註34〕

陳與義四十歲時居岳州，正月，居所失火，借岳州守王撫州署後君子亭居之〔註35〕，陳與義贈詩以謝其恩。詩作前半段描述從此不需要深入山林中，在君子亭便可靜心沉潛；後半段描述君子亭清幽之環境，四周環繞著竹林、籬笆，兩樹梅花盛開形成了茂密的樹蔭，呈現出靜謐氛圍。

　　分析本詩之平仄格律架構，如下：「仄平平仄仄平平，平仄平平平仄平。平仄仄平平仄仄，平平仄仄仄平平。」統整可得此詩為平起式七言絕句，用韻格律為首句入韻，採下平十二侵韻，屬一韻到底，無轉韻或換韻情形。王易認為「侵寢沉靜」〔註36〕，侵韻之韻語傳達出沉穩

〔註32〕　意引謝雲飛：《文學與音律》，頁61。
〔註33〕　意引杭勇：〈論陳與義南渡後詩歌的意象營造〉，《學術交流》，第5期，2011年5月，頁161。
〔註34〕　引自鄭騫：《陳簡齋詩集合校彙注》，卷二十，頁203。
〔註35〕　意引鄭騫：〈陳簡齋年譜〉，收於《陳簡齋詩集合校彙注》，頁448。
〔註36〕　參見王易：《詞曲史》，頁238。

平靜，也可映照出陳與義借居君子亭後安寧和緩之情緒。

再舉〈再賦〉之一（第207首）加以說明，呈示如下：

　　西園芳氣雨餘新，喚起亭中入定人。

　　為報使君多釀酒，梅花落盡不關春。〔註37〕

此首〈再賦〉之一接續著〈火後借居君子亭書事四絕呈粹翁〉，同樣為陳與義欲贈與王擴之詩作。前半部描述西園內花朵香氣因雨後更加清新，陣陣芳香吸引君子亭中入定之人；後半部陳與義表達為了回報王擴之恩惠，決定多釀酒。放眼望去，梅花皆遭雨打落殆盡，即使如此，依然無法關住盎然春意。

自本詩格律角度觀之，各字之平仄為：「平平平仄仄平平，仄仄平平仄仄平。仄仄仄平平仄仄，平平仄仄仄平平。」因此可知本詩為平起式七言絕句，用韻格律為首句入韻，全詩押上平十一真韻，一韻到底。真韻之韻語帶有鬱悶、哀怨之情調〔註38〕，陳與義以真韻表現眼見梅花落盡之不捨及哀嘆。

又舉〈九日示大圓洪智〉（第342首）作為範例，說明如下：

　　自得休心法，悠然不賦詩。

　　忽逢重九日，無奈菊花枝。〔註39〕

此詩前二句描述陳與義心境閒適、怡然淡泊，不必作詩抒發情緒。後二句則寫忽逢重陽，對於菊花枝被摘折之命運感到惋惜。詩作平仄格律為：「仄仄平平仄，平平仄仄平。仄平平仄仄，平平仄仄平。」故可得本詩為仄起式五言絕句，亦可研判本詩格律為首句不入韻，全詩押上平四支韻，且一韻到底，無轉韻或換韻現象。支韻能表達較為縝密之情感〔註40〕，更可表現出陳與義悠然自得之狀態。

〔註37〕引自鄭騫：《陳簡齋詩集合校彙注》，卷二十，頁204。

〔註38〕意引謝雲飛：《文學與音律》，頁63。

〔註39〕引自鄭騫：《陳簡齋詩集合校彙注》，卷二十九，頁302。

〔註40〕意引王易：《詞曲史》，頁238。

（三）應酬

「應酬」，指於宴席場合中主客一同飲酒，而後泛指交際應酬〔註 41〕。應酬詩為詩人在人際互動過程中，因娛樂、聯絡、勸諫、慶賀等交際之需要而創作之詩歌，將詩人間各種關係進行藝術書寫及歷史紀錄，除了文學價值外，亦有重要的社會學和文化學價值，是中國文學特有的現象〔註 42〕。故於觥籌交錯之場合，文人雅士一時興起而信手拈來、吟詩作對，直抒胸臆同時包含娛樂性與目的性，此種詩作多屬應酬詩範疇〔註 43〕。下文將分析陳與義近體詩中之應酬詩，並更行深入細節以區分詩作意涵，如下：

1. 娛樂宴飲

娛樂宴飲之詩，「分屬視角置於其特殊意義，強調遊戲性、吟詠、唱和性和文人雅士之雅興等，是為眾賢齊聚宴飲須以詩文助興；抑或具有目的意義和特殊作用，指專就彰顯某一事件效果所作之詩，故詩歌歸納偏屬於此」〔註 44〕。以下舉例說明娛樂宴飲類別詩歌，以〈後三日再賦〉（第 110 首）為例：

> 天生癭木不須裁，說與兒童是酒杯。
>
> 落日留霞知我醉，長風吹月送詩來。
>
> 一官擾擾身增病，萬事悠悠首獨回。
>
> 不奈長安小車得，睡鄉深處作奔雷。〔註 45〕

此詩作為〈對酒〉之續作，首聯及頷聯寫自然景色，眼前可見癭木、夕陽及晚霞，入夜後有遠風伴著明月，此種景觀引起文人之詩興；頸聯及尾聯抒寫擔任官職徒增煩憂、疾病，回首只覺世事動盪不安。無奈地搭乘馬車前往長安，直至熟睡仍能鼾聲如雷。

〔註 41〕 意引鄭心媛：《楊億詩之研究》，頁 64。
〔註 42〕 意引章建文：〈吳應箕的應酬詩與明末文學生態〉，《池州學院學報》，第 27 卷第 5 期，2013 年 10 月，頁 78。
〔註 43〕 意引鄭心媛：《楊億詩之研究》，頁 64。
〔註 44〕 參見鄭心媛：《楊億詩之研究》，頁 67。
〔註 45〕 引自鄭騫：《陳簡齋詩集合校彙注》，卷十二，頁 119。

　　本詩自平仄格律架構分析之，如下：「平平仄仄仄平平，仄仄平平仄仄平。仄仄平平平仄仄，平平平仄仄平平。仄平仄仄平平仄，仄仄平平平仄仄平。仄仄平平仄平仄，仄平平仄仄平平。」由上述可知此詩為平起式七言律詩，用韻格律為首句入韻，全詩押上平十灰韻，一韻到底，無轉韻及換韻情況。灰韻能表達「氣餒抑鬱的情思」〔註46〕，陳與義深切傳達出身受疾病、官場、時局困擾之慨歎。

　　再舉〈竇園醉中前後五絕句〉之一（第118首）為例說明之，詩作呈示如下：

　　　　東風吹雨小寒生，楊柳飛花亂晚晴。

　　　　客子從今無可恨，竇家園裏有鶯聲。〔註47〕

此詩前半段寫外在環境，春風伴著細雨，因此產生了些許寒意，春風也吹拂楊柳及飛花，呈現一片交織景象。後半段帶出自身情感，客居之人從今無可怨恨，只聽見竇園裡陣陣鶯啼聲。

　　從聲情角度分析本詩，格律如下：「平平平仄仄平平，平仄平平仄仄平。仄仄平平平仄仄，仄平平仄仄平平。」總結本詩之格律，詩歌體裁為平起式七言絕句，為首句入韻，全詩採下平八庚韻，一韻到底。探究庚韻之韻語，皆帶著「淡淡的哀愁又不失理性」〔註48〕，陳與義與友人相聚竇園飲酒，在此良辰美景下，哀愁情緒漸被沖淡，轉而把握當下歡聚時刻。

　　又舉〈竇園醉中前後五絕句〉之五（第122首）說明，詩作內容如下：

　　　　一樽相屬莫辭空，報答今朝吹面風。

　　　　自唱新詩與明月，碧桃開盡曲聲中。〔註49〕

此詩同為在竇園飲酒所作之詩歌。前半部陳與義展現出與友相聚之歡

〔註46〕參見謝雲飛：《文學與音律》，頁61。
〔註47〕引自鄭騫：《陳簡齋詩集合校彙注》，卷十三，頁128。
〔註48〕參見謝雲飛：《文學與音律》，頁63。
〔註49〕引自鄭騫：《陳簡齋詩集合校彙注》，卷十三，頁129。

愉，囑咐友人盡情飲酒，以報答今日之美好天氣；後半部寫現場創作詩歌之氛圍，伴著明月唱首新詩，在悠揚曲聲中欣賞桃花盛開，呈現把酒言歡、和樂融融之景象。

　　自聲情方面分析本詩，平仄格律如下：「仄平平仄仄平平，仄仄平平平仄平。仄仄平平仄平仄，仄平平仄仄平平。」統整本詩格律，體裁為平起式七言絕句，為首句入韻，全詩押上平一東韻，且一韻到底，無轉韻、換韻情形。王易《詞曲史》云：「東董寬洪。」〔註50〕以洪亮遼闊之東韻表現相聚飲酒之歡快，更能體會陳與義歡愉快活之心情！

2. 交際

　　交際之詩，其分類義界多指因他人遠行、出仕就職或有求於友等狀況而於應酬場合下之詩作〔註51〕，此類別舉〈以事走郊外示友〉（第21首）為例說明之，全詩內容如下：

> 二十九年知已非，今年依舊壯心違。
>
> 黃塵滿面人猶去，紅葉無言秋又歸。
>
> 萬里天寒鴻雁瘦，千村歲暮烏烏微。
>
> 往來屑屑君應笑，要就南池照客衣。〔註52〕

本詩首聯描述壯志未酬之惆悵，頷聯透過黃塵、紅葉呈現時光飛逝、人事已非之氛圍，頸聯接續頷聯，透過「寒」、「暮」以及鴻雁、烏烏的纖瘦、稀少呈現蕭條景象，末聯描述舊友應該會笑自己往來匆促疲憊，南池之水映照出身上作客他鄉之衣裳。

　　全詩之平仄格律分佈如下：「仄仄仄平平仄平，平平平仄仄平平。平平仄仄平平仄，平仄平平平仄平。仄仄平平平仄仄，平平仄仄仄平平。仄平仄仄平平仄，仄仄平平仄仄平。」故可得此詩體裁為仄起式七言律詩，整理本詩之用韻格律，可知為首句入韻，所用之韻為上平五微韻。由於無轉韻、換韻情形，因此屬於一韻到底。據謝雲飛《文學與音

〔註50〕　參見王易：《詞曲史》，頁238。
〔註51〕　意引鄭心媛：《楊億詩之研究》，頁64。
〔註52〕　引自鄭騫：《陳簡齋詩集合校彙注》，卷四，頁40。

律》云：「凡『微、灰』韻的韻語都含有氣餒抑鬱的情思。」〔註53〕微韻中壓抑、沉鬱之情，凸顯了陳與義內心惆悵、憂傷之情感。

又舉〈心老久許為作畫未果以詩督之〉（第 370 首）為例加以闡述，詩作呈示如下：

　　布衲王摩詰，禪餘寄筆端，試將能事迫，肯作畫工難。

　　秋入無聲句，山連欲雨寒，平生夢想處，奉乞小巉屼。

　　　　〔註54〕

本詩首聯將心老比擬為王維，修行禪學之餘專注作畫；頷聯說明心老難得肯為人作畫，由於許久未收到作品，因此陳與義委婉地加以提醒；頸聯將視角轉往周遭環境，山峰連綿並帶有風雨欲來之微涼；陳與義於末聯表達生平夢想，即為與高峻山林為伍，平淡自在地度過餘生。

探究本詩之聲情內容，詩作平仄格律如下：「仄仄平平仄，平平仄仄平。仄平平仄仄，仄仄仄平平。平仄平平仄，平平仄仄平。平平仄仄仄，仄仄仄平平。」是故詩體為仄起式五言律詩，押韻格律為首句不入韻，韻部使用上平十四寒韻，且為一韻到底。寒韻之韻語通常帶有頹喪、意志消沉之情愫，常見於獨自傷情之詩〔註55〕，陳與義除了藉由此詩請求故人作畫，亦同時抒發心中之悲愁。

最後，再舉〈季高送酒〉（第374首）為例說明之，如下：

　　自接麴生蓬戶外，便呼伯雅竹牀頭。

　　真逢幼婦著黃絹，直遣從事到青州。〔註56〕

本詩為陳與義收到故人贈送之酒，故作詩記錄此事。前半部寫詩人於家門外取出釀酒，並且在竹牀頭擺放酒杯，準備飲酒。後半部則描述偶然見到少女身著黃衣，陳與義傳達欲送別故人至青州之心意。全詩平仄格律如下：「仄仄仄平平仄仄，仄平仄仄仄平平。平平仄仄仄平

〔註53〕 參見謝雲飛：《文學與音律》，頁 61。
〔註54〕 引自鄭騫：《陳簡齋詩集合校彙注》，外集，頁 337。
〔註55〕 意引謝雲飛：《文學與音律》，頁 62。
〔註56〕 引自鄭騫：《陳簡齋詩集合校彙注》，外集，頁 345。

仄，仄仄平仄仄平平。」統整此詩之格律，可得出本詩為仄起式七言絕句，為首句不入韻，押下平十一尤韻，且一韻到底。尤韻之韻語發音能營造出較為高亢激昂之語調，適可用於凸顯詩人內心激動澎湃情緒〔註57〕，由此可見陳與義收到季高之酒是多麼喜悅！亦可見兩人之交情深篤。

（四）送別

送別詩，「著重角度自雙方依依不捨之真情流露為主」〔註58〕，故陳與義近體詩詩歌中，送別詩主要內容為描寫陳與義對送行及離別之感，此類能彰顯更為深刻之情緒反應。此類別以〈送呂欽問監酒授代歸〉（第1首）為例說明：

> 以我千金帚，逢君萬斛船。要知窮有自，未覺懶相先。
> 盆盎三年夢，篇章四海傳。忽忽秣歸馬，離恨滿霜天。
> 〔註59〕

〈送呂欽問監酒授代歸〉首聯描述送別故友之心意，頷聯謙稱自己因為懶散導致窮苦貧困，後半部二聯抒發心中愁緒，說明庸庸碌碌地度過如夢的三年，創作的詩篇有幸能流傳四海。末聯寫戰爭期結束後，陳與義抒發心中如滿天霜雪的離恨。

探究本詩之聲情，羅列詩中平仄格律如下：「仄仄平平仄，平平仄仄平。仄平平仄仄，仄仄仄平平。平仄平平仄，平平仄仄平。平平仄平仄，平仄仄平平。」由以上內容統整〈送呂欽問監酒授代歸〉之格律，可知此詩之體裁為仄起式五言律詩，且其首句不入韻，韻部押下平一先韻，詩中無轉韻、換韻，屬於一韻到底。「先韻韻語發音之細膩特色，用於描述離別送別之情，將情感細膩、依依不捨之狀生動刻劃而出」。〔註60〕由此可知陳與義送別故友之不捨及低落。

〔註57〕　意引鄭心媛：《楊億詩之研究》，頁73。
〔註58〕　參見鄭心媛：《楊億詩之研究》，頁82。
〔註59〕　引自鄭騫：《陳簡齋詩集合校彙注》，卷一，頁9。
〔註60〕　引自鄭心媛：《楊億詩之研究》，頁81。

再舉〈送張迪功赴南京掾〉之二（第34首）為例說明之，詩作呈示如下：

> 岸潤舟仍小，林空風更多。能堪幾寒暑，又作隔山河。
>
> 看客休題鳳，將書莫換鵝。功名大槐國，終要白鷗波。
>
> 〔註61〕

本詩首聯將焦點置放於環境，先描述岸邊舟楫之狀，再寫偌大樹林及微風吹拂之聲，第二聯轉而表達與故友分隔兩地之留戀，第三聯進一步表達送別之情，末聯則寫淡泊名利，渴望與自然為伍之心願。本詩之平仄格律架構如下：「仄仄平平仄，平平平仄平。平平仄平仄，仄仄仄平平。仄仄平平仄，平平仄仄平。平平仄平仄，平仄仄平平。」整理本詩之格律內容，可得本詩之體裁為仄起式五言律詩，為首句不入韻，韻腳押下平五歌韻，且一韻到底。歌韻之韻語發音傾向平穩順暢、延伸而去之概念〔註62〕，因此置於每詩句末尾，可將陳與義之離別情感含括其中。

此類別又可舉〈送人歸京師〉（第391首）為例，全詩內容如下：

> 門外子規啼未休，山村日落夢悠悠。
>
> 故園便是無兵馬，猶有歸時一段愁。

詩題未註明離去者之姓名，然從「送」字仍能將之歸類為送別詩。本詩前半部藉由視覺與聽覺建構出畫面，門外不斷傳來杜鵑鳥啼聲，且正值日暮時分，讓氛圍更顯淒涼哀傷。後半部則寫深厚之離愁，即使未爆發戰爭，面對好友之離別，仍難捨難分。

以聲情角度分析平仄架構，如下：「平仄仄平平仄平，平平仄仄仄平平。仄平仄仄平平仄，平仄平平仄仄平。」由第一句第二字可知此詩為仄起式，為七言絕句，統整本詩之用韻格律，為首句入韻，韻部為下平十一尤韻，並無換韻、轉韻，屬於一韻到底。尤韻之韻語能營造出較

〔註61〕引自鄭騫：《陳簡齋詩集合校彙注》，卷五，頁47。

〔註62〕意引鄭心媛：《楊億詩之研究》，頁96。

為高亢波動之語調〔註63〕，可用於凸顯陳與義內心與友人分離之激動情緒。

二、抒情詩

陳與義近體詩中，抒情類詩歌共 124 首，當中又細分為感懷詩（118 首）、輓悼詩（6 首）。感懷類，多代表陳與義內心之抒發懷想、苦悶、憂愁、激動、愉悅等情感流露映顯之種種感觸，多用以其發自內心、即興所作，無其他特殊目的或因應委託。輓悼類則為具備目的性與專屬性質之挽歌，其詩題多有「故」、「挽歌」之字眼，是故有其因應性質之作，則歸屬於輓悼類〔註64〕。以下將列出陳與義近體詩歌中之抒情詩，並加以說明抒情詩之範疇及聲情內容。

（一）感懷

感懷詩，為詩人抒發心中感慨之作品。這類詩作往往因遭逢事由而引發感慨，所以遇到這類作品的時候，須先了解引發詩人感慨之事。再者，詩人不是著重於客觀冷靜之敘述，而是較明顯地直抒情懷，故須觀察「事」與「懷」的結合是否高明，體察詩人所抒之「懷」是否深摯感人〔註65〕。陳與義之感懷詩中多有因事抒情之作，依據數量統計排序可分成遇事感發 40 首、閒適怡情 27 首、因景觸情 26 首、人生寄慨 13 首、節慶詠懷 12 首，共此五類，詩文說明如下：

1. 遇事感發

遇事感發，就陳與義所遇之事及遭逢際遇、變故等遭遇，因而興發其內心波折，故作詩抒發感懷，此類即歸屬之〔註66〕。此類別舉〈秋試院將出書所寓窗〉（第95首）為例說明，詩作呈示如下：

〔註63〕 意引鄭心媛：《楊億詩之研究》，頁 73。
〔註64〕 意引鄭心媛：《楊億詩之研究》，頁 88。
〔註65〕 意引劉慶美：〈懷古詠史詩和即事感懷詩鑒賞方法淺探〉，《語文學刊》，第 2 期，2005 年，頁 103。
〔註66〕 意引鄭心媛：《楊億詩之研究》，頁 91。

門前柿葉已堪書，弄鏡燒香聊自娛。

百世窗明窗暗裏，題詩不用著工夫。〔註67〕

此詩為陳與義三十五歲時所作，正值遭遇貶謫陳留〔註68〕，於離開居所前題詩窗上。前半部描述門前柿葉已枯萎乾涸，詩人對鏡、燃香以自尋樂趣。後半部則將視角轉移至窗子，並從中延伸出歲月流逝之慨，結尾表達題詩應自然、不刻意花費工夫之理念。

分析〈秋試院將出書所寓窗〉之聲情內容，平仄格律架構如下：「平平仄仄仄平平，仄仄平平平仄平。仄仄平平平仄仄，平平仄仄仄平平。」故可知本詩為平起式七言絕句，探究全詩之韻腳字用韻，可知本詩首句入韻，韻部押上平六魚韻、上平七虞韻，因此屬於通韻。虞韻韻語都含有處境困難、極端失意之情感〔註69〕，陳與義使用虞韻表達遭逢貶謫之苦悶抑鬱，更顯創作時之真情流露。

此類別再舉〈鄧州西軒書事〉之八（第136首）進行說明，如下：

詔書憂民十六事，父老祝君一萬年。

白髮書生喜無寐，從今不仕可歸田。〔註70〕

〈鄧州西軒書事〉共有十首，作於靖康元年，時陳與義三十七歲，為避亂而自陳留南下至鄧州〔註71〕。詩歌開頭先闡述國君頒布詔書說明社稷危機，百姓父老祝願國君平安，表示期許國家安定之願。後半部轉為抒發自身理想，期望往後卸下官職，可返鄉務農。

自聲情角度切入分析平仄格律，全詩平仄架構如下：「仄平平平仄仄仄，仄仄仄平平仄平。仄仄平平仄平仄，平平仄仄仄平平。」藉由上述整理可得，此詩體裁為平起式七言絕句，且為首句不入韻，全詩採下平一先韻，一韻到底。先韻韻語發音細密入微〔註72〕，用於形容對社

〔註67〕引自鄭騫：《陳簡齋詩集合校彙注》，卷十一，頁106。

〔註68〕意引鄭騫：〈陳簡齋年譜〉，收於《陳簡齋詩集合校彙注》，頁440。

〔註69〕意引謝雲飛：《文學與音律》，頁63。

〔註70〕引自鄭騫：《陳簡齋詩集合校彙注》，卷十五，頁148。

〔註71〕意引鄭騫：〈陳簡齋年譜〉，收於《陳簡齋詩集合校彙注》，頁442。

〔註72〕意引鄭心媛：《楊億詩之研究》，頁81。

稷安定之期許，顯現出深厚之愛國情操。

又舉〈秋日客思〉（第152首）為例，詩作內容如下：

南北東西俱我鄉，聊從地主借繩牀。

諸公共得何侯力，遠客新抄陸氏方。

老去事多藜杖在，夜來秋到葉聲長。

蓬萊可託無因至，試覓人間千仞崗。〔註73〕

〈秋日客思〉作於靖康元年，與〈鄧州西軒書事〉同為陳與義居鄧州避亂時所作之詩歌〔註74〕。開頭說明四海皆為故鄉，因此向地主借繩牀作為休息處，此句亦表達出淡泊之胸懷。方回云：「『共得何侯力』以指新進，『新抄陸氏方』以憐遷客。〔註75〕」後半部以「老去事多」表現衰老、疲憊之感，然而「藜杖在」三字傳達陳與義不屈不撓之意志；下句呈現平淡閒適之氛圍。末聯描述沒有機緣可至蓬萊仙境，不如試著尋覓人世間之高山峻嶺，將之做為心靈寄託，亦能得自在灑脫之心境！

剖析〈秋日客思〉之聲情內容，列出平仄格律架構如下：「平仄平平仄仄平，平平仄仄仄平平。平平仄仄平平仄，仄仄平平仄仄平。仄仄仄平平仄仄，仄平平仄仄平平。平平仄仄平平仄，仄仄平平平仄平。」由上述可統整本詩為仄起式七言律詩，用韻格律為首句入韻，全詩押下平七陽韻，且一韻到底。陽韻之發音及聲調皆為上揚音，置於詩句末尾能建構出愉悅氛圍，使讀者亦感染了詩人之歡快情緒〔註76〕，可知陳與義心中之自得、喜樂表露無遺。

2. 閒適怡情

閒適怡情，「在自然風光中獲得內心的寧靜，從而真正遠離世俗的紛擾，這是陳與義的閒適態度，訴諸文學就是閒適詩。沉醉於自然

〔註73〕 引自鄭騫：《陳簡齋詩集合校彙注》，卷十六，頁161。

〔註74〕 意引鄭騫：〈陳簡齋年譜〉，收於《陳簡齋詩集合校彙注》，頁443。

〔註75〕 轉引自鄭騫：《陳簡齋詩集合校彙注》，卷十六，頁162。

〔註76〕 意引鄭心媛：《楊億詩之研究》，頁68。

風光中，就能夠遠離寂寞，因為寂寞來自內心的苦悶，而不是物質的貧乏，引而申之，陳與義閒適詩中的自然風光本質上其實是一種自由的外化，是陳與義想要達到的一種無拘無束的境界。」〔註77〕此類別將舉三首詩以說明內涵，首先，以〈春日二首〉之二（第87首）為例，詩作如下：

> 憶看梅雪縞中庭，轉眼桃梢無數青。
>
> 萬事一身雙鬢髮，竹牀欹臥數窗櫺。〔註78〕

此詩開頭先寫出眼前所見之景，陳與義回想以前曾賞梅、賞雪，並且看梅、雪將中庭染為一片皓白，轉眼間，桃樹上萌發無數嫩芽，宣告春季到來。後半部描述即便紛擾纏身，仍選擇斜臥在竹牀上細數窗櫺。

自聲情角度加以分析，本詩平仄格律架構如下：「仄平平仄仄平平，仄仄平平平仄平。仄仄仄平平仄仄，仄平平仄仄平平。」整理可知〈春日二首〉之二體裁為平起式七言絕句，且為首句入韻，韻部押下平九青韻，一韻到底。青韻之韻語發音表現出「淡淡的哀愁又不失理性」〔註79〕，正可表現出陳與義面對外界嘈雜時，仍能保持怡然自在之心境。

再舉〈九日宜春苑午憩幕中聽大光誦朱迪功詩〉（第107首）進行說明，呈示如下：

> 酒酣耳熱不能歌，奈此一川黃菊何！
>
> 臥聽西風吹好句，老夫無限幕生波。〔註80〕

本詩前半部描述酒興正濃、飲酒暢快卻不能放聲高歌，面對著盛開之黃菊稍感遺憾，躺臥著聽秋風吹拂，風聲彷彿能撥動心弦，感到豁然開朗。又加入聲情方式審視，全詩平仄格律：「仄平仄仄仄平平，仄仄平平平仄平。仄平平平平仄仄，仄平平仄仄平平。」可知詩作體裁屬於平

〔註77〕 參見傅紹磊：〈陳與義閒適詩新探〉，《文教資料》，第24期，2014年8月25日，頁7。

〔註78〕 引自鄭騫：《陳簡齋詩集合校彙注》，卷十，頁96。

〔註79〕 參見謝雲飛：《文學與音律》，頁63。

〔註80〕 引自鄭騫：《陳簡齋詩集合校彙注》，卷十二，頁117。

起式七言絕句，又自用韻處而言，〈九日宜春苑午憩幕中聽大光誦朱迪功詩〉首句入韻，韻部押下平五歌韻，且屬於一韻到底。歌韻之韻語發音較為平順流暢，體現陳與義與友相聚、飲酒作樂之閒適。

閒適怡情類別，可再舉〈山中〉（第 275 首）為例，詩作如下：

> 當復入州寬作期，人間踏地有安危。
>
> 風流丘壑真吾事，籌策廟堂非所知。
>
> 白水春陂天澹澹，蒼峯晴雪錦離離。
>
> 恰逢居士身輕日，正是山中多景時。〔註81〕

本詩首二聯表達對國家安危之擔憂，然而「風流丘壑」才是陳與義真正的嚮往。後二聯藉由河川、高峰及白雪營造出豐富之景象，同時亦是陳與義心之所向。自聲情方面加以剖析，本詩平仄格律架構為：「平仄仄平平仄平，平平仄仄仄平平。平平平仄平平仄，平仄仄平平仄平。仄仄平平平仄仄，平平平仄仄平平。仄平平仄平平仄，仄仄平平平仄平。」故可得詩作體裁為仄起式七言律詩，自用韻處審視，〈山中〉為首句入韻，韻部選用上平四支韻，無轉韻、換韻情形，屬一韻到底。王易云：「支紙縝密。〔註82〕」支韻韻語發音能體現細膩情感，以支韻展現陳與義安適愉快之狀態。

3. 因景觸情

因景觸情，指由景色、環境觸動詩人內心波動，故詩文多有情景交融之刻劃描述〔註83〕。因景觸情詩歌類別內容，採取〈連雨賦書事〉之二（第 60 首）為例說明：

> 風伯方安臥，雲師亦少饕。氣連河漢潤，聲到竹松高。
>
> 老雁猶貪去，寒蟬遂不號。相悲更相識，滿眼楚人騷。
>
> 〔註84〕

〔註81〕引自鄭騫：《陳簡齋詩集合校彙注》，卷二十四，頁 250。

〔註82〕參見王易：《詞曲史》，頁 238。

〔註83〕意引鄭心媛：《楊億詩之研究》，頁 90。

〔註84〕引自鄭騫：《陳簡齋詩集合校彙注》，卷七，頁 64。

本詩前半部描述自然現象之改變，形容風雲逐漸平靜，後半部以老雁、寒蟬營造出蕭條落寞之氛圍，末聯直截了當地寫出「悲」，可見悲苦情緒之深厚！探究此詩之平仄格律架構，各字平仄如下：「平仄平平仄，平平仄仄平。仄平平仄仄，平仄仄平平。仄仄平平仄，平平仄仄平。平平仄平仄，仄仄仄平平。」故得知本首詩為仄起式五言律詩，又自韻腳用韻方面分析，此詩首句不入韻，韻腳押下平四豪韻，且為一韻到底。豪韻韻語「含有輕佻、妖嬈之意」〔註85〕，陳與義藉豪韻較為輕浮之韻音表達內心之苦悶，減少詩歌內容中些許之沉重感。

再舉〈試院春懷〉（第97首）以說明因景觸情類別，詩作內容如下：

> 細讀平安字，愁邊失歲華。疏疏一簾雨，淡淡滿枝花。
> 投老詩成癖，經春夢到家。茫然十年事，倚杖數栖鴉。
> 〔註86〕

本詩為陳與義因雨景抒發情懷，頸聯描述年歲漸大，逐漸寫詩成癮，且在夢中才能夢到故鄉。末聯寫十年間茫然漂泊，只能拄著手杖細數栖鴉以抒發心中感慨。

分析〈試院春懷〉之平仄格律結構，如下：「仄仄平平仄，平平仄仄平。平平仄平仄，仄仄仄平平。平仄平平仄，平平仄仄平。平平仄平仄，仄仄仄平平。」統整本詩之格律，可知本詩為仄起式五言律詩，為首句不入韻，韻腳押下平六麻韻，一韻到底。麻韻發音屬平聲字，且是尾音上揚之陽平聲調，整體聲情營造較為激動、高亢，投射反應亦較為起伏動盪〔註87〕，搭配詩文內容則可顯現陳與義激昂之情感。

因景觸情類別又舉〈舟泛邵江〉（第268首）說明之，詩作如下：

> 老去作新夢，邵江非舊聞，灘前群鷺起，枻尾川華分。

〔註85〕 參見謝雲飛：《文學與音律》，頁62。
〔註86〕 引自鄭騫：《陳簡齋詩集合校彙注》，卷十一，頁108。
〔註87〕 意引鄭心媛：《楊億詩之研究》，頁75。

落花棲客鬢，孤舟遡歸雲，快然心自足，不獨避囂紛。
〔註88〕

此詩就詩題可知為陳與義於邵江乘舟時所作，頷聯刻劃出群鷺在岸邊展翅高飛之壯觀景象，後半部透過「客」、「孤」表現出落寞抑鬱，而末聯轉變心境，說明心中暢快則能保持滿足自在，並且避免塵世喧囂中的紛擾。

　　自聲情角度分析本詩，平仄格律結構如下：「仄仄仄平仄，仄平平仄平。平平平仄仄，平仄平平平。仄平平仄仄，平平仄平平。仄平平仄仄，仄仄仄平平。」統整本詩格律，可知〈舟泛邵江〉為仄起式五言律詩，用韻格律為首句不入韻，韻部選用上平十二文韻，且一韻到底。文韻「雖屬平聲字，亦是陽平聲，然反覆吟朗之則隱隱蘊含深意，隱約透露內斂而不鮮明之情志」〔註89〕，陳與義透由文韻展現低調、內斂之愁緒。

4. 人生寄慨

　　人生寄慨類別，指陳與義近體詩歌中，因疾病、貧窮等因素或有感於人生苦短，自內心發出對生命無常之感慨，皆屬於此類。此類別以〈目疾〉（第20首）為例進行說明，詩歌呈示如下：

天公嗔我眼常白，故著昏花阿堵中。
不怪參軍談瞎馬，但妨中散送飛鴻。
著蘺令惡誰能繼，損讀方奇定有功。
九惱從來是佛種，會如那律證圓通。〔註90〕

以詩題〈目疾〉可知，陳與義患有眼疾，並作此詩抒懷。前半部說明上天有意使陳與義兩眼昏花，並化用盲人瞎馬、目送歸鴻之典故；後半部融入禪學思想，說明參透佛種即可頓悟法性。本詩之平仄格律羅列如下：「平平平仄仄平仄，仄仄平平平仄平。仄仄平平平仄仄，仄平平仄仄平平。仄平仄仄平平仄，仄仄平平仄仄平。仄仄平平仄仄仄，仄平仄

〔註88〕引自鄭騫：《陳簡齋詩集合校彙注》，卷二十四，頁246。
〔註89〕參見鄭心媛：《楊億詩之研究》，頁68。
〔註90〕引自鄭騫：《陳簡齋詩集合校彙注》，卷四，頁39。

仄仄平平。」整理可得本詩為平起式七言律詩，由用韻處切入，〈目疾〉為首句不入韻，押上平一東韻，無轉韻、換韻情形，因此屬一韻到底。東韻之韻語發音較為宏大嘹亮〔註91〕，搭配詩歌內容，顯見陳與義盡情宣洩抑鬱情感之狀態。

再舉〈感懷〉（第117首）為例加以說明，詩作請見下文：

> 少日爭名翰墨場，只今扶杖送斜陽。
>
> 青青草木浮元氣，渺渺山河接故鄉。
>
> 作吏不妨三折臂，搜詩空費九迴腸。
>
> 子房與我同羈旅，世事千般酒一觴。〔註92〕

本詩首聯以今昔對比作為開頭，年輕時創作不懈，只為出人頭地，如今年老只能拄杖目送斜陽；頷聯建構出一幅雄偉之風景畫；後半部則抒發人生如同羈旅，人人皆是過客，遭遇各種世俗紛擾之事，只要飲酒一觴彷彿就能使煩憂煙消雲散。

分析此詩之聲情，羅列平仄格律架構如下：「仄仄平平仄仄平，仄平平仄仄平平。平平仄仄平平仄，仄仄平平仄仄平。仄仄仄平平平仄，平平平仄仄平平。仄平仄仄平平仄，仄仄平平仄平平。」就上述可知此詩為仄起式七言律詩，統整可得〈感懷〉首句入韻，韻部選用下平七陽韻，且一韻到底。陽韻之發音及聲調為上揚音，置於詩句末尾能營造歡快氣氛，使讀者亦沉浸其中〔註93〕，藉由陽韻之聲情特色，可調和詩歌文字之苦悶感，形成聲情、辭情和諧不突兀之佳作。

此類別可再舉〈石限病起〉（第309首）茲以分析、述明，呈示如下：

> 幽人病起山深處，小院鴉鳴日午時。
>
> 六尺屏風遮宴坐，一簾細雨獨題詩。〔註94〕

〔註91〕意引王易：《詞曲史》，頁238。

〔註92〕引自鄭騫：《陳簡齋詩集合校彙注》，卷十三，頁127。

〔註93〕意引鄭心媛：《楊億詩之研究》，頁68。

〔註94〕引自鄭騫：《陳簡齋詩集合校彙注》，卷二十六，頁272。

本詩為陳與義染疾時所作，前二句帶出身處之地及時間，後二句則描
述周圍環境。自聲情角度分析本詩，平仄格律如下：「平平仄仄平平
仄，仄仄平平仄仄平。仄仄平平平仄仄，仄平仄仄仄平平。」因此可
知本詩為平起式七言絕句，統整本詩之格律架構，為首句不入韻，韻
部押上平四支韻，且無轉韻、換韻情形，故為一韻到底。王易曰：「支
紙縝密。」〔註95〕支韻之韻語發音予人細膩、縝密之感，對應至詩歌
內容，則陳與義內在情緒便獲凸顯。

5. 節慶詠懷

　　節慶詠懷，此類分屬歸納準則為陳與義遇至節日、佳節、慶賀時
日，抑或特殊時節等，因感受氛圍影響而吟詠內心懷想〔註96〕。節慶
詠懷類別分析，以〈寒食〉（第116首）為例說明：

　　　　草草隨時事，蕭蕭傍水門。濃陰花照野，寒食柳圍村。

　　　　客袂空佳節，鶯聲忽故園。不知何處笛，吹恨滿清尊。

　　　〔註97〕

自詩題可知為寒食節所作之詩歌。前半部描寫眼前所見之花草，勾勒
出四周景象；後半部則重抒懷，於此佳節客居他鄉，心中不免湧上鄉
愁，聽聞鶯啼更忽然想到家園，末聯以笛聲象徵思念故鄉之情，將離恨
斟滿酒杯，表達了無盡之離愁。

　　自聲情角度分析此詩，平仄格律架構如下：「仄仄平平仄，平平仄
仄平。平平平仄仄，平仄仄平平。仄仄平平仄，平平仄仄平。仄平平仄
仄，平仄仄平平。」故此詩為仄起式五言律詩，統整〈寒食〉之全詩格
律，為首句不入韻，韻部選用上平十三元韻，且一韻到底。「上平十三
元韻之韻語發音予人蕭滌飄灑、端莊正直之感」〔註98〕，置於節慶詠
懷之詩歌作品上，可使之充滿無奈及哀戚情緒。

〔註95〕　參見王易：《詞曲史》，頁238。
〔註96〕　意引鄭心媛：《楊億詩之研究》，頁92。
〔註97〕　引自鄭騫：《陳簡齋詩集合校彙注》，卷十三，頁126。
〔註98〕　參見鄭心媛：《楊億詩之研究》，頁70。

再舉〈重陽〉（第 163 首）為例加以說明，詩歌內容如下：

去歲重陽已百憂，今年依舊歎羈遊。

籬底菊花惟解笑，鏡中頭髮不禁秋。

涼風又落宮南木，老雁孤鳴漢北州。

如許行年那可記，謾排詩句寫新愁。〔註99〕

詩歌開頭即感嘆去年及今年重陽節皆遭逢動亂，因此四處避亂、居無定所，唯有菊花能帶給詩人些許安慰，但頭髮仍因憂愁而泛白。後半部自比為老雁，更顯陳與義之孤寂，末聯則寫自身只能以創作詩句聊以排解新愁。

以聲情角度切入本詩，則平仄格律結構為：「仄仄平平仄仄平，平平平仄仄平平。平仄仄平平仄仄，仄平平仄仄平平。平仄仄平平仄仄，仄仄平平仄仄平。平仄平平仄仄仄，仄平平仄仄平平。」整理可得，〈重陽〉體裁為仄起式七言律詩，本詩為首句入韻，韻部選用下平十一尤韻，且一韻到底。尤韻之韻語發音傾向較為高昂激動之語調〔註100〕，搭配詩歌文字，則可傳遞詩人心中劇烈波動之情緒。

節慶詠懷類別，又可舉〈除夜〉（第 335 首）說明之，詩作呈示如下：

疇昔追歡事，如今病不能。等閒生白髮，耐久是青燈。

海內春還滿，江南硯不冰。題詩餞殘歲，鐘鼓報晨興。

〔註101〕

本詩雖於除夕夜所作，卻無迎接新年之喜悅氣氛，陳與義於首聯說明健康狀況大不如前，頷聯對於年邁衰弱發出感慨，後半部則寫四處充滿春季氣息，並以「晨興」表現新年之到來。本詩之平仄格律為：「平仄平平仄，平平仄仄平。仄平平仄仄，仄仄仄平平。仄仄平平仄，平平仄仄平。平平仄平仄，平仄仄平平。」故可得本詩為仄起式五言律詩，

〔註99〕引自鄭騫：《陳簡齋詩集合校彙注》，卷十七，頁 172。

〔註100〕意引鄭心媛：《楊億詩之研究》，頁 73。

〔註101〕引自鄭騫：《陳簡齋詩集合校彙注》，卷二十九，頁 297。

用韻格律為首句不入韻，韻部押下平十蒸韻，且屬一韻到底。蒸韻之韻語特色為「含有淡淡的哀愁，似乎又需有相當理智的抉擇，淡淡的哀愁又不失理性」〔註102〕，陳與義於健康不佳的狀態下，即使年節到來亦難以避免產生愁緒，蒸韻可凸顯這份幽微之哀愁。

（二）輓悼

關於輓悼詩之特點，劉勰《文心雕龍・誄碑》曰：

> 詳夫誄之為制，蓋選言錄行，傳體而頌文，榮始而哀終。論其人也，曖乎若可覿；道其哀也，悽焉如可傷。此其旨也。
> 〔註103〕

誄文之內容是用以讚揚逝者之功德，其特點與哀悼詩文類似，皆用以描述亡者生前之德行。輓悼詩全詩精要在於榮始而哀終，不僅僅在於抒哀；輓悼詩類別之內容，作以悼念、悲傷、哀念之用途並於詩文中對逝去之人進行追悼〔註104〕。陳與義之輓悼詩雖然僅有 6 首，然亦可體察其真情流露，此類別舉〈陳叔易學士母阮氏挽詞〉之一（第 69 首）為例以說明：

> 典刑奕奕照來今，鶴髮魚軒汝水潯。
> 避地梁鴻不偕老，弄烏萊子若為心。
> 送喪忽見三千乘，奉祝那聞五百金。
> 婦德母儀俱不愧，碑銘知己託張林。〔註105〕

按補箋云：「陳父名造，與阮氏偕隱嵩山，夫妻同歲。陳造年僅四十六，阮氏八十四歲始卒，叔易時已六十三歲，故有避地弄烏兩句。叔易頗負時譽而家甚貧，故有送喪奉祝兩句。」〔註106〕由上述可知陳與義依據陳叔易家庭狀況創作輓悼詩，於末聯讚頌阮氏兼具婦德、母儀。

〔註102〕參見謝雲飛：《文學與音律》，頁 63。
〔註103〕引自（梁）劉勰：《文心雕龍》，周振甫注：《文心雕龍注釋》，臺北：里仁書局，1994 年，文見〈誄碑第十二〉，頁 186。
〔註104〕意引鄭心媛：《楊德詩之研究》，頁 93。
〔註105〕引自鄭騫：《陳簡齋詩集合校彙注》，卷九，頁 82。
〔註106〕參見鄭騫：《陳簡齋詩集合校彙注》，卷九，頁 82。

　　分析本詩之聲情內容，平仄格律結構為：「仄平仄仄仄平平，仄仄平平仄仄平。仄仄平平仄平仄，仄平平仄仄平平。仄仄仄平平仄仄，仄平平仄仄平平。仄仄仄平平仄仄，平平平仄仄平平。」將上述內容加以整理，故此詩為平起式七言律詩，自用韻格律視之，為首句入韻，韻部為下平十二侵韻，屬於一韻到底。侵韻之韻語發音帶有沉靜安詳之感〔註107〕，置於輓悼類詩歌中，可顯現其莊嚴慎重。

　　再舉〈陳叔易學士母阮氏挽詞〉之二（第70首）茲以說明，詩作內容如下：

　　　去年披霧識儒先，欲拜萱堂未敢前。

　　　盧壼要傳紗縵業，王裒忽廢蓼莪篇。

　　　秀眉隔夢黃壚裏，落日驅風丹旐邊。

　　　佛子歸真定何處，空令苦淚漲黃泉。〔註108〕

按補箋云：「阮氏知書史，能文章，且諳釋典，故有紗縵業及佛子歸真兩句。」〔註109〕相較於〈陳叔易學士母阮氏挽詞〉之一偏重頌揚功德，此詩除了讚頌性質外，由「空令苦淚漲黃泉」可知子孫之悲傷不已。

　　探究本詩之聲情內容，平仄格律架構如下：「仄平平仄仄平平，仄仄平平仄仄平。平平仄平平仄仄，平平仄仄仄平平。仄平仄仄平平仄，仄仄平平平仄平。仄仄平平仄平仄，平仄仄仄仄平平。」將上述內容加以整理，可知〈陳叔易學士母阮氏挽詞〉之二為平起式七言律詩，本詩首句入韻，押下平一先韻，且一韻到底。先韻之韻語發音細膩，用於輓悼詩，將情感細膩、悲痛欲絕之狀生動刻劃〔註110〕。

　　輓悼詩類別，又可舉〈翁高郵挽詩〉（第94首）加以闡述，詩歌內容如下：

　　　萬里功名路，三生翰墨身。暮年銅虎重，浮世石羊新。

〔註107〕意引王易：《詞曲史》，頁238。

〔註108〕引自鄭騫：《陳簡齋詩集合校彙注》，卷九，頁82。

〔註109〕參見鄭騫：《陳簡齋詩集合校彙注》，卷九，頁82。

〔註110〕意引鄭心媛：《楊億詩之研究》，頁81。

天地慳豪傑，山川泣吏民。空傳四十誄，竟不識斯人。
〔註111〕

此詩前半部讚揚翁高郵成就傑出、位高權重，後半部描述對於失去賢才表示哀痛。若以聲情角度切入，平仄格律為：「仄仄平平仄，平平仄仄平。仄平平仄仄，平仄仄平平。平仄平平仄，平平仄仄平。平平仄仄仄，仄仄仄平平。」統整可得本詩為仄起式五言律詩，審視其用韻格律，為首句不入韻，韻部選用上平十一真韻，屬一韻到底。真韻之韻語「含有苦悶、深沉、怨恨的情調」〔註112〕，透由真韻可感受陳與義面對故友離世之悲戚、悽愴。

三、詠物詩

關於詠物詩之發展歷程，古遠清《詩歌分類學》中有詳細之解說：

> 詠物詩，本是我國傳統詩歌的一大品類。如果從屈原的《橘頌》算起，它已有兩千多年的歷史，其中先秦至六朝為詠物詩形成期，唐朝為發展期，宋朝為成熟期。不管是哪一朝代的詠物詩，它的主要特徵是通過維妙維肖的比喻與豐富巧妙的聯想，寄託詩人的抱負和志向。這類詩，最理想的是既描寫了物，又將作者的人格蘊含在物的形象之中，從而達到形神句四、人物一體的境界。在這裏，關鍵是立意。袁枚說：「詠物詩無寄託，便是兒童猜謎。」〔註113〕

由上述可知，詠物詩之特徵為藉由描寫物品，寄託詩人之抱負、人格。「詠物」一詞，顧名思義「物」為「詠」之對象，劉勰《文心雕龍·明詩》云：「人秉七情，應物斯感，感物吟志，莫非自然。」〔註114〕人常常因外物而引起情感之波動，藉由感知物品而吟詠心志，將可自然且具體地傳達內心情緒。

〔註111〕引自鄭騫：《陳簡齋詩集合校彙注》，卷十一，頁106。
〔註112〕參見謝雲飛：《文學與音律》，頁63。
〔註113〕引自古遠清：《詩歌分類學》，頁65。
〔註114〕參見（梁）劉勰：《文心雕龍》，周振甫注：《文心雕龍注釋》，頁309。

劉勰《文心雕龍·物色》曾論述詠物詩之特色：

> 歲有其物，物有其容，辭以情發。一葉且或迎意，蟲聲有足
> 引心。況清風與明月同夜，白日與春林共朝哉！

> 是以詩人感物，聯類不窮。流連萬象之際，沉吟視聽之區；寫
> 氣圖貌，既隨物以宛轉；屬采附聲，亦與心而徘徊。〔註115〕

上述談及外物、環境往往會影響詩人情感，進而吟詠為詩。清代俞琰
《歷代詠物詩選》亦解釋詠物詩之要旨：

> 詩感於物，而其體物者不可以不工，狀物者不可以不切。於
> 是有詠物一體，以窮物之情，盡物之態。而詩學之要，莫先
> 於詠物矣。〔註116〕

俞琰認為體察、描摹物品須巧妙、精準，才能「窮物之情，盡物之態」，
故詠物詩為詩學中不可或缺之一環。

　　陳與義近體詩歌中，詠物詩共 74 首，當中又分為動、植物（44
首）、氣候景象（21 首）、器物（5 首）、建築物（4 首），以下將針對此
四項類別一一舉例說明：

（一）動、植物

　　詠物詩類別之動、植物分類，以〈詠蟹〉（第 79 首）作說明、分
析陳與義詠物詩內容：

> 量才不數制魚額，四海神交顧建康。

> 但見橫行疑是躁，不知公子實無腸。〔註117〕

本詩吟詠螃蟹，開頭敘述衡量才能不足以超越魚類，普天之下與酒最
為心意契合。後半部則針對螃蟹之特性加以描摹，以「橫行」寫出螃蟹
獨特之行走方式，並由此延伸出擬人手法，將螃蟹摹擬為暴躁霸道，殊
不知其實為「無腸」之人，頗富趣味。

〔註115〕引自（梁）劉勰：《文心雕龍》，周振甫注：《文心雕龍注釋》，頁709。
〔註116〕引自（清）俞琰編輯，易縉雲、孫奮揚注：《歷代詠物詩選》，臺北：
　　　　　廣文書局有限公司，1968年1月，頁4。
〔註117〕引自鄭騫：《陳簡齋詩集合校彙注》，卷九，頁86。

　　本詩之平仄格律結構如下：「仄平仄仄仄平仄，仄仄平平仄仄平。仄仄平平平仄仄，仄平平仄仄平平。」由上述內容統整可知，〈詠蟹〉為平起式七言絕句，本詩首句不入韻，全詩押下平七陽韻，且無轉韻、換韻情形，故屬於一韻到底。陽韻之韻語發音屬於上揚聲調，因此能傳遞歡愉喜悅之情感〔註118〕，搭配〈詠蟹〉之內容，便可體會陳與義所營造出的輕鬆趣味之氛圍。

　　再舉〈梅花兩絕句〉之一（第103首）進行說明，詩歌內容如下：

　　　客行滿山雪，香處是梅花，

　　　丁寧明月夜，認取影橫斜。〔註119〕

本詩僅二十字，然陳與義運用了視覺、嗅覺等感官感受，使本詩豐富精彩！首句描述作客他鄉時見到滿山雪白，而香氣來源為梅花，而於明月當空之夜晚，欣賞梅花枝條或橫或斜之姿態。

　　分析本詩之聲情內容，平仄格律架構為：「仄平仄平仄，平仄仄平平。平平平仄仄，仄仄仄平平。」故〈梅花兩絕句〉之一為平起式五言絕句，統整本詩之聲情內容，為首句不入韻，韻部選用下平六麻韻，屬一韻到底。王易曰：「麻馬放縱。」〔註120〕麻韻之韻語較為放縱、激昂，置於此詩中，顯見陳與義面對梅花美景時慷慨激昂之情緒。

　　又舉〈閏八月十二日過奇父共坐翠竇軒賞木犀花玲瓏滿枝光氣動人念風日不貸此花無五日香矣而王使君未之知作小詩報之〉（第235首）為例，詩歌呈示如下：

　　　清露香浮黃玉枝，使君未到意低迷。

　　　極知有日交銅虎，可使無情向木犀。〔註121〕

本詩首句摹寫木犀花之外型及芳香，後半部則抒發個人心志，若知有

〔註118〕意引鄭心媛：《楊億詩之研究》，頁68。
〔註119〕引自鄭騫：《陳簡齋詩集合校彙注》，卷十二，頁115。
〔註120〕參見王易：《詞曲史》，頁238。
〔註121〕引自鄭騫：《陳簡齋詩集合校彙注》，卷二十二，頁224。

日會失去官職，便可毫無顧慮地盡情欣賞木犀花。若從聲韻情感層面加以分析，此詩之平仄格律結構為：「平仄平平平仄平，仄平仄仄仄平平。仄平仄仄平平仄，仄仄平平仄仄平。」由首句第二字「露」可知本詩為仄起式，體裁為七言絕句，自用韻處而言，本詩首句入韻，韻部選用上平八齊、上平四支韻，且屬通韻。齊韻之韻語發音屬聲調上揚〔註122〕，音韻繚繞加以表達對木犀花之珍惜疼愛。

（二）氣候景象

氣候景象類別，以〈雨〉（第123首）加以分析、闡述，詩歌內容如下：

> 沙岸殘春雨，茅簷古鎮官。一時花帶淚，萬里客憑欄。
> 日晚薔薇重，樓高燕子寒。惜無陶謝手，盡力破憂端。
> 〔註123〕

本詩運用許多事物組成層次豐富之景象，如沙岸、雨、茅簷、欄、薔薇、樓、燕子等等，使畫面充實協調。首句點出季節，頷聯中「萬里客」寫出自身遭遇，亦帶有鄉愁，末句表達欲一展長才之志願。紀昀評論曰：「深穩而清切，簡齋完美之篇。」〔註124〕實為一中肯之評論！

自聲情角度加以討論，本詩平仄格律架構如下：「平仄平平仄，平平仄仄平。仄平平仄仄，仄仄仄平平。仄仄平平仄，平平仄仄平。仄平平仄仄，仄仄仄平平。」由上述可知，本詩體裁為仄起式五言律詩，為首句不入韻，韻部押上平十四寒韻，且一韻到底。寒韻之韻語通常帶有沮喪、消沉之情感〔註125〕，搭配詩歌內容，凸顯陳與義心懷家鄉及社稷之複雜心情。

再以〈雨〉（第216首）為例，詩作如下：

〔註122〕意引鄭心媛：《楊億詩之研究》，頁81。
〔註123〕引自鄭騫：《陳簡齋詩集合校彙注》，卷十三，頁129。
〔註124〕參見鄭騫：《陳簡齋詩集合校彙注》，卷十三，頁130。
〔註125〕意引謝雲飛：《文學與音律》，頁62。

　　霏霏三日雨，藹藹一園青。霧澤含元氣，風花過洞庭。

　　地偏寒浩蕩，春半客伶俜。多少人間事，天涯醉又醒。

〔註 126〕

本詩首聯摹寫連日雨景及庭園景象，頷聯描述洞庭湖美景，頸聯藉由寒冷氣候反映出客居他鄉之孤寂，末聯將諸多紛擾寄託於美酒中，形成前半部詠雨、後半部抒懷之佳作。

　　自聲情層面加以討論，本詩之平仄格律結構為：「平平平仄仄，仄仄仄平平。仄仄平平仄，平平仄仄平。仄平平仄仄，平仄仄平平。平仄平平仄，平平仄仄平。」統整前述內容，故此詩體裁為平起式五言律詩，用韻格律為首句不入韻，韻腳押下平九青韻，且屬一韻到底。青韻之韻語發音皆帶有些許憂愁〔註 127〕，透過青韻可體會陳與義吟詠詩歌時之愁緒及感慨。

　　又舉〈雨〉（第 273 首）作為氣候景象類別之例子，呈示如下：

　　雲物澹清曉，無風溪自閑。柴門對急雨，壯觀滿空山。

　　春發蒼茫內，鳥鳴篁竹間。兒童笑老子，衣溼不知還。

〔註 128〕

本詩前半部鋪陳寫景，自雲彩、溪水至急雨、空山，盡收眼底，後半部加入鳥鳴聲，使詩歌層次多元。沈曾植評論云：「神來之作，更無筆墨之痕。」分析〈雨〉之聲情內容，其平仄架構為：「平仄仄平仄，平平平仄平。平平仄仄仄，仄平仄平平。平仄平平仄，仄平平仄平。平平仄仄仄，平仄仄平平。」整理上述可知，〈雨〉之詩體為仄起式五言律詩，本詩首句不入韻，韻部選用上平十五刪韻，無轉韻、換韻情形，屬於一韻到底。刪韻韻語傾向於無可奈何之感，流露出對現狀之歎息〔註 129〕，融入詩歌中，可映顯陳與義無奈、失落之情。

〔註 126〕引自鄭騫：《陳簡齋詩集合校彙注》，卷二十，頁 207。

〔註 127〕意引謝雲飛：《文學與音律》，頁 63。

〔註 128〕引自鄭騫：《陳簡齋詩集合校彙注》，卷二十四，頁 248。

〔註 129〕意引鄭心媛：《楊億詩之研究》，頁 80。

（三）器物

詠物詩中，器物類別以〈水車〉（第297首）加以闡述、分析，詩歌如下：

> 江邊終日水車鳴，我自平生愛此聲。
>
> 風月一時都屬客，杖藜聊復寄詩情。〔註130〕

陳與義開頭即表示喜愛水車鳴聲，後二句抒發情懷，認為美好的風月於此刻皆為己有，可以暫且寄託詩情。自聲情角度加以討論，本詩平仄格律結構為：「平平平仄仄平平，仄仄平平仄仄平。平仄仄平平仄仄，仄平仄仄仄平平。」因此〈水車〉為平起式，體裁為七言絕句，自用韻處視之，本詩首句入韻，韻部選用下平八庚韻，且為一韻到底。謝雲飛認為庚韻之韻語特色為「淡淡的哀愁又不失理性」〔註131〕，結合詩歌內容，可見陳與義詠物抒懷之心志。

此類別再舉〈盆池〉（第356首）茲以說明，呈示如下：

> 三尺清池窗外開，茨菰葉底戲魚回。
>
> 雨聲轉入浙江去，雲影還從震澤來。〔註132〕

本詩為陳與義吟詠水池之作，首句點出盆池位於窗外，並且池中有茨菰葉，魚兒在葉底下戲水悠游，好不自在！接著將焦點置於天氣之轉變，形容雨聲漸弱，雲影緩緩自太湖方向飄散而來。

探究〈盆池〉之聲情內容，詩中平仄格律結構為：「平仄平平平仄平，平平仄仄仄平平。仄平仄仄仄平仄，平平平平仄仄平。」統整上述內容，可知〈盆池〉之詩體為仄起式七言絕句，本詩首句入韻，全詩押上平十灰韻，一韻到底。灰韻帶有消沉頹喪之情思〔註133〕，故知陳與義運用灰韻於詠物詩中，可藉此發抒抑鬱之情。

又舉〈松棚〉（第357首）以說明詠物詩之器物類別，詩歌內容

〔註130〕引自鄭騫：《陳簡齋詩集合校彙注》，卷二十六，頁268。
〔註131〕參見謝雲飛：《文學與音律》，頁63。
〔註132〕引自鄭騫：《陳簡齋詩集合校彙注》，卷三十，頁313。
〔註133〕意引謝雲飛：《文學與音律》，頁61。

如下：

　　黯黯當窗雲不驅，不教風日到琴書。

　　只今老子風流地，何似茅山陶隱居。〔註134〕

本詩開頭二句「黯黯當窗雲不驅，不教風日到琴書。」可知當時烏雲密佈，使得光線黯淡，後二句「只今老子風流地，何似茅山陶隱居。」陳與義表示如今居所為自身之風流地，何處與陶隱之居所相似呢？由「風流」二字表現了自在快活之態度。

　　自聲情層面加以分析，本詩之平仄格律架構為：「仄仄平平平仄平，仄平平仄仄平平。仄平仄仄平平仄，平仄平平平仄平。」由上述整理可知，此詩體裁為七言絕句，為仄起式，〈松棚〉首句入韻，全詩採上平六魚、上平七虞韻，屬通韻情形。「魚韻之韻語發音因聲調尾音上揚，使全詩營造出纏綿悠揚之感」〔註135〕，適可與詩歌內容悠然之情相呼應。

（四）建築物

　　將針對詠物詩歌之建築物類別進行分析，以下舉〈龍門〉（第74首）說明：

　　不到龍門十載強，斷崖依舊掛斜陽。

　　金銀佛寺浮佳氣，花木禪房接上方。

　　羸馬暫來還徑去，流鶯多處最難忘。

　　老僧不作留人意，看水看山白髮長。〔註136〕

本詩前半部描述龍門之周遭環境，具佛寺、禪房，亦可於斷崖欣賞日暮。後半部則寫四處漂泊不定，最難忘依然是流鶯鳴聲，末聯表達即使僧人並無慰留之意，陳與義仍願意留下，與山水為伍直至年老。

　　從聲情角度進行分析，本詩之平仄格律架構為：「仄仄平平仄仄平，仄平平仄仄平平。平平仄仄平平仄，平仄平平仄仄平。平仄仄平平

〔註134〕引自鄭騫：《陳簡齋詩集合校彙注》，卷三十，頁313。

〔註135〕參見鄭心媛：《楊億詩之研究》，頁78。

〔註136〕引自鄭騫：《陳簡齋詩集合校彙注》，卷九，頁84。

仄仄，平平平仄仄平仄。仄平仄仄平平仄，仄仄仄平仄仄平。」統整上述內容可知，〈龍門〉為仄起式七言律詩，用韻格律為首句入韻，全詩採下平七陽韻，且一韻到底。陽韻可使歡愉氛圍繚繞〔註137〕，使讀者對陳與義感同身受，傳達安閒舒適之情。

　　此類別再舉〈宴坐之地籧篨覆之名曰蓬齋〉（第125首）為例，說明如下：

　　　　不須杯勺了三冬，旋作蓬齋待朔風。

　　　　會有打窗風雪夜，地爐孤坐策奇功。〔註138〕

此詩開頭闡述不需要飲酒度過三年光陰，只需簡單搭建蓬齋以防冬風吹拂。即使夜晚時漫天風雪，仍能獨自坐在地爐旁策畫計謀。本詩之平仄格律架構為：「仄平平仄仄平平，平仄平平仄仄平。仄仄仄平平仄仄，仄平平仄仄平平。」經統整上述內容，故可知本詩為平起式七言絕句，為首句入韻，韻部押上平一東、上平二冬韻，屬通韻情形。王易認為東韻之韻語帶有寬宏、廣大之意涵〔註139〕，配合詩歌內文，可知陳與義雖身處簡陋的蓬齋內，卻希冀能策立奇功，顯見其保持寬大胸懷及堅定志向。

　　又可舉〈雨中再賦海山樓詩〉（第319首）闡述詠物詩之建築物類別，詩作呈示如下：

　　　　百尺闌干橫海立，一生襟抱與山開。

　　　　岸邊天影隨潮入，樓上春容帶雨來。

　　　　慷慨賦詩還自恨，徘徊舒嘯卻生哀。

　　　　滅胡猛士今安有，非復當年單父臺。〔註140〕

本詩首聯寫闌干橫立眼前，此生抱負為與山林同在。頷聯描述岸邊雲影彷彿隨著浪潮波動，抬頭看見海山樓上一名女子面容帶淚。頸聯轉

〔註137〕意引鄭心媛：《楊億詩之研究》，頁68。

〔註138〕引自鄭騫：《陳簡齋詩集合校彙注》，卷十四，頁139。

〔註139〕意引王易：《詞曲史》，頁238。

〔註140〕引自鄭騫：《陳簡齋詩集合校彙注》，卷二十七，頁283。

為表達情緒，激昂作詩仍舊帶有憾恨，放聲呼嘯只徒生哀愁，末聯感嘆如今是否能尋覓滅胡猛將？藉此傳達對國家社稷之擔憂。

　　自聲情層面加以分析，本詩之平仄格律結構為：「仄仄平平平仄仄，仄平平仄仄平平。仄平平仄平平仄，平仄平平仄仄平。平仄仄平平仄仄，平平平仄仄平平。仄平仄仄平平仄，平仄平平仄仄平。」整理上述內容，〈雨中再賦海山樓詩〉為仄起式，詩歌體裁為七言律詩，本詩首句不入韻，全詩採上平十灰韻，一韻到底。灰韻傾向予人消極抑鬱之感〔註141〕，是故與詩文意涵整合解讀，陳與義心中之哀痛、沉悶便傾瀉而出。

四、寫景詩

　　寫景詩，大部分以山水為主要題材，劉勰《文心雕龍‧明詩》云：

　　　體有因革，莊老告退，山水方滋。〔註142〕

上述引文說明自莊老之後，自然山水詩作逐漸興盛，此種現象擴大了寫景詩之範疇，使其內容可為純粹之風光遊覽；亦可具情韻之抒發。黃永武曾說：「作者的身世際遇，與作者的心境，如影隨形，直接影響。所以作者的仕宦出處，也是欣賞他作品時重要的佐證。」〔註143〕文人舉凡登臨遊覽、退隱山林，多有接觸自然之機會。以觀賞景物、審美山水為主體之寫景詩，不僅表現了豐富之審美移情、想像作用，並且文人往往從中體悟世情與智慧〔註144〕。關於陳與義近體詩歌中之寫景詩，孫望與常國武針對前後期作品分別給予評論：

　　　陳與義前期的寫景詩，給人以清淡自然的享受。〔註145〕

除了給予前期寫景詩評價，亦評賞後期寫景詩為：

〔註141〕意引謝雲飛：《文學與音律》，頁 61。

〔註142〕參見（梁）劉勰：《文心雕龍》，周振甫注：《文心雕龍注釋》，頁 310。

〔註143〕參見黃永武：《中國詩學──鑑賞篇》，臺北：巨流圖書公司，2008 年，頁 280。

〔註144〕意引鍾志偉：《執志與保真：王荊公詩歌主題研究》，國立中央大學中國文學系，博士論文，2015 年 1 月，頁 263。

〔註145〕參見孫望、常國武：《宋代文學史》，北京：人民文學出版社，1996 年 9 月，頁 393。

輾轉奔走東南諸州郡的途中，詩人屢為沿路的名山勝水和異

地風物所吸引，因而寫下了不少優秀的寫景詩。〔註146〕

由此可知陳與義前後期之寫景詩各有不同特色，然皆具重要價值。陳
與義之寫景詩共計 43 首，分為道途即景（18 首）、遊賞山水（17 首）、
登高遠眺（8 首），以下將就此三類進行說明：

（一）道途即景

道途即景類別，指陳與義於逃亂、避難期間，於行經路途中記錄
所見之景，並抒發情懷，此類別舉〈衡嶽道中〉之二（第 251 首）為例
以闡述、分析，詩作內容如下：

客子山行不覺風，龍吟虎嘯滿山松。

綸巾一幅無人識，勝業門前聽午鍾。〔註147〕

本詩為陳與義於建炎三年所作，當年五月為避土寇貴仲正而抵岳州
〔註148〕。詩歌開頭描述行走於山中並未察覺風聲，然而風聲洪大，強
勁吹拂滿山松林。後半部寫無人相識，不妨在門前聆聽午鍾。本詩之平
仄格律架構為：「仄仄平平仄仄平，平平仄仄仄平平。平平仄仄平平仄，
仄仄平平平仄平。」整合上述內容可得，此詩為仄起式七言絕句，用韻
格律為首句入韻，韻部選用上平一東、上平二冬韻，屬於通韻。「冬韻
視其音調與發音特色，多有寬大、洪亮之意涵」〔註149〕，用此韻描述
強勁風聲及雄偉山景，以達到吟詠道途即景之效。

再舉〈宿資聖院閣〉（第 323 首）加以說明、闡述，詩歌如下：

暮投山崦寺，高處絕人羣。遠岫林間見，微泉舍後聞。

閣虛雲亂入，江闊野橫分。欲與僧為記，今年懶作文。

〔註150〕

〔註146〕參見孫望與常國武：《宋代文學史》，頁 346。

〔註147〕引自鄭騫：《陳簡齋詩集合校彙注》，卷二十四，頁 240。

〔註148〕意引鄭騫：〈陳簡齋年譜〉，收於《陳簡齋詩集合校彙注》，頁 448～
449。

〔註149〕參見鄭心媛：《楊億詩之研究》，頁 102。

〔註150〕引自鄭騫：《陳簡齋詩集合校彙注》，卷二十八，頁 288。

本詩約作於紹興元年，時陳與義於康州、封州、溫州等地行役〔註151〕。詩歌首聯點出投宿處之地理環境，位居高處、遠離人群，頷聯及頸聯寫投宿處之自然環境，遠處可見茂密叢林，且能聽聞幽微泉水聲，因地勢高峻，能看到雲朵及寬闊之江面。末聯透由「懶」字表現陳與義悠閒從容之態。

　　此詩之平仄格律架構為：「仄平平平仄，平仄仄平平。仄仄平平仄，平平仄仄平。仄平平仄仄，平仄仄平平。仄仄平平仄，平平仄仄平。」整合前述內容，故〈宿資聖院閣〉為平起式，為五言律詩，本詩首句不入韻，全詩採上平十二文韻，且無轉韻、換韻情形，故屬一韻到底。文韻之韻語特色「含有苦悶、深沉、怨恨的情調」〔註152〕，詩歌中雖偏重描述環境，然陳與義藉由文韻抒發長期行役之疲憊、辛勞。

　　又舉〈泛舟入前倉〉（第 328 首）茲以說明寫景詩之道途即景類別，詩作內容如下：

　　　　曾鼓鹽田棹，前倉不足言。盡行江左路，初過浙東村。

　　　　春去花無迹，潮歸岸有痕。百年都幾日，聊復信乾坤。

　　　〔註153〕

本詩與前文〈宿資聖院閣〉屬同一時期之作品，前倉位於溫州，由詩題可知陳與義於抵達溫州前創作此詩。詩歌前半部描述了道途景象，後半部以「春去」對比「潮歸」；「花無迹」對比「岸有痕」，一去一歸、一有一無間，建構出具體情景。

　　自聲情層面切入討論，平仄格律架構為：「平仄平平仄，平平仄仄平。仄平平仄仄，平仄仄平平。平仄平平仄，平平仄仄平。仄平平仄仄，平仄仄平平。」可得此詩為仄起式五言律詩，又審視其用韻格律，本詩首句不入韻，韻部選用上平十三元韻，且一韻到底。王易曰：「元

〔註151〕意引鄭騫：〈陳簡齋年譜〉，收於《陳簡齋詩集合校彙注》，頁 454。
〔註152〕參見謝雲飛：《文學與音律》，頁 63。
〔註153〕引自鄭騫：《陳簡齋詩集合校彙注》，卷二十八，頁 289。

阮清新。」〔註154〕元韻之韻語發音具有脫俗恬淡之特質，可映顯出陳
與義淡然處之、安定端莊的狀態。

（二）遊賞山水

遊賞山水類別，指陳與義悠遊山水之間時，興之所至、吟詠而成
之詩作，此類別舉〈同繼祖民瞻遊賦詩亭〉之二（第 158 首）為例加
以闡述：

> 浩浩白雲溪一色，冥冥青竹鳥三呼。
>
> 只今那得王摩詰，畫我憑欄覓句圖。〔註155〕

詩歌開頭描述白雲與溪水形成上下一片雪白，畫面協調唯美，接著
聽見青竹鳥啼聲，末二句表達現今難尋王維替自己畫一幅憑欄覓句
之圖。自聲情角度分析詩歌，平仄格律架構為：「仄仄仄平平仄仄，
平平平仄仄平平。仄平仄仄平平仄，仄仄平平仄仄平。」是故本詩為
仄起式七言絕句，整理用韻格律為首句不入韻，全詩押上平七虞韻，
無轉韻、換韻，故屬一韻到底。虞韻之韻語特色「含有日暮途窮，極
端失意的情感」〔註156〕，結合詩歌內容，可感受陳與義極為失落之
情緒。

再以〈山齋〉之二（第 286 首）說明，詩歌呈示如下：

> 雖愧荷鉏叟，朝來亦不閒，自剪牆角樹，盡納溪西山。
>
> 經行天下半，送老此窗間；日暮煙生嶺，離離飛鳥還。
>
> 〔註157〕

此詩前半部書寫早晨起即忙於雜務，修剪牆角樹枝，如此便可將溪西
山景色盡納眼前。接著敘述行役許多州郡，將於如此寧靜、與世無爭之
處度過餘生。探究本詩之聲情內容，詩歌之平仄格律為：「平仄仄平仄，
平平仄仄平。仄仄平仄仄，仄仄平平平。平平平仄仄，仄仄仄平平。仄

〔註154〕參見王易：《詞曲史》，臺北：廣文書局，1960 年，頁 238。
〔註155〕引自鄭騫：《陳簡齋詩集合校彙注》，卷十六，頁 165。
〔註156〕參見謝雲飛：《文學與音律》，頁 63。
〔註157〕引自鄭騫：《陳簡齋詩集合校彙注》，卷二十六，頁 264。

仄平平仄，平平平仄平。」可得〈山齋〉之二為仄起式，體裁為五言律詩，統整本詩之用韻為首句不入韻，韻部押上平十五刪韻，且一韻到底。刪韻韻語含有無助、落寞之情，且對現狀束手無策〔註158〕，搭配詩文可凸顯陳與義行役之辛勞，以及對現況之無奈。

　　此類別又以〈村景〉加以分析、闡述，詩歌如下：

　　　黃昏吹角聞呼鬼，清曉持竿看牧鵝。

　　　蠶上樓時桑葉少，水鳴車處稻苗多。〔註159〕

本詩前二句描述日暮及清晨時所從事之農務，後二句以「蠶」、「桑葉」、「水車」、「稻苗」等物構成一幅鄉村景象。探討本詩之聲情層面，〈村景〉之平仄格律結構為：「平平平仄平平仄，平仄平平仄仄平。平仄平平平仄仄，仄平平仄仄平平。」由此可知本詩為平起式七言絕句，探討其用韻格律，〈村景〉首句不入韻，全詩採下平五歌韻，且一韻到底。歌韻之韻語發音帶有平順穩定、綿延而去之情感〔註160〕，極為適合融入描述村景之詩作，呈現出無限祥和與靜謐。

（三）登高遠眺

　　登高遠眺類別，為陳與義登高遊覽時所作之詩歌，此類舉〈登岳陽樓二首〉之二（第196首）為例以說明、分析：

　　　天入平湖晴不風，夕帆和雁正浮空。

　　　樓頭客子杪秋後，日落君山元氣中。

　　　北望可堪回白首，南遊聊得看丹楓。

　　　翰林物色分留少，詩到巴陵還未工。〔註161〕

此詩為陳與義登上岳陽樓眺望，有感而發所作之詩作。前半部著重描寫登高所見之景致，由「天入平湖晴不風」略知當時天氣狀況，「夕帆」及「日落君山」點出登樓之時間。後半部除寫景外，亦含有抒懷成

〔註158〕意引鄭心媛：《楊億詩之研究》，頁80。

〔註159〕引自鄭騫：《陳簡齋詩集合校彙注》，卷二十六，頁267。

〔註160〕意引鄭心媛：《楊億詩之研究》，頁96。

〔註161〕引自鄭騫：《陳簡齋詩集合校彙注》，卷十九，頁196。

分，末聯感嘆可用之賢才稀少，直至巴陵，詩作仍未達到巧妙、精確之程度。

　　本詩之平仄格律架構為：「平仄平平平仄平，仄平平仄仄平平。平平仄仄仄平仄，仄仄平平平仄平。仄仄仄平平仄仄，平平平仄仄平平。仄平仄仄平平仄，平仄平平平仄平。」整理上述內容，可知〈登岳陽樓二首〉之二為仄起式七言律詩，此詩首句入韻，全詩採上平一東韻，一韻到底。東韻之韻語特色帶有廣闊、響亮之感〔註162〕，陳與義透由上平一東韻表現登高遠眺之開闊胸襟。

　　再舉〈又登岳陽樓〉（第199首）茲以分析、闡述，詩歌如下：

　　　岳陽樓前丹葉飛，欄干留我不須歸。

　　　洞庭鏡面平千里，卻要君山相發揮。〔註163〕

本詩開頭以「丹葉飛」提示當時季節，「欄干留我不須歸」傳達留戀美景、依依不捨之情，末二句則寫洞庭湖面平整如鏡，摹寫山清水秀之景，別有一番雅致。自聲情角度切入討論，本詩之平仄格律架構為：「仄平平平平仄平，平平平仄仄平平。仄平仄仄平平仄，仄仄平平平仄平。」故〈又登岳陽樓〉為平起式七言絕句，統整用韻格律，可知本詩首句入韻，韻部押上平五微韻，無轉韻、換韻情形，屬一韻到底。微韻能表現愁悶、苦惱之情〔註164〕，陳與義登樓遠望，因景觸情，運用微韻抒發抑鬱之情。

　　此類別又舉〈兩絕句〉之一（第240首）為例，詩歌呈示如下：

　　　西風吹日弄晴陰，酒罷三巡湖海深。

　　　岳陽樓上登高節，不負南來萬里心。〔註165〕

此詩前二句敘述當時天氣概況，以及飲酒作樂之景，後二句表達登上岳陽樓後，放眼所見之美景不辜負遊者之心。自聲情層面加以探討，本

〔註162〕意引王易：《詞曲史》，頁238。
〔註163〕引自鄭騫：《陳簡齋詩集合校彙注》，卷二十，頁201。
〔註164〕意引謝雲飛：《文學與音律》，頁61。
〔註165〕引自鄭騫：《陳簡齋詩集合校彙注》，卷二十二，頁225。

詩之平仄格律結構為：「平平平仄仄平平，仄仄平平平仄平。仄平平仄平平仄，仄仄平平仄仄平。」故本詩為平起式七言絕句，統整本詩之用韻格律，為首句入韻，韻部選用下平十二侵韻，且一韻到底。侵韻之韻語特色為帶有寧靜祥和之情〔註166〕，登高遠眺使心境平靜、安穩，陳與義以下平十二侵韻表現登樓之恬適安謐。

五、題辭詩

　　陳與義近體詩中之題辭詩共 23 首，其中 12 首為題詞於畫作上，餘 11 首則題詞於屋舍、岩壁上。關於題畫詩於宋代之發展歷程，郭潔解釋曰：

> 北宋中期，由於政治鬥爭日趨激烈，派系之間相互傾軋，大批文人、士大夫翻身落馬，被逐出政治的角鬥場。政治上的失意，使得大量文人紛紛投入到繪畫創作中來，由於這些文人大多精於詩畫、擅長書法，在他們的推動下，詩書畫結合的題畫詩藝術較之以往更加絢麗多彩，為以後元代題畫詩的空前繁榮奠定了基礎。〔註167〕

由上文可知，宋代之題畫詩發展興盛，並為元代奠定模範。梅潔瓊則指出宋代題畫詩之特色：

> 兩宋的題畫詩重寫神、尚淡雅。這一特點也與兩宋繪畫注重精神意蘊，不僅僅追求畫面的形似有關。〔註168〕

上述說明宋代題畫詩具寫神、清新之特色，可知宋代之題畫詩具有獨樹一幟之風格。以下舉〈題東家壁〉（第 281 首）分析題辭詩類別，詩作如下：

> 斜陽步屧過東家，便置清樽不煮茶。

〔註166〕意引王易：《詞曲史》，頁 238。
〔註167〕引自郭潔：〈漫談題畫詩〉，《山東商業職業技術學院學報》，第 4 卷第 3 期，2004 年 9 月，頁 41。
〔註168〕引自梅潔瓊：〈中國古代題畫詩論略〉，《廣東技術師範學院學報》，第 3 期，2011 年，頁 78。

高柳光陰初罷絮，嫩鳧毛羽欲成花。

群公天上分時棟，閒客江邊管物華。

醉裏吟詩空跌宕，借君素壁落棲鴉。〔註169〕

本詩首句之「斜陽」提示時間點，頷聯及頸聯對仗工整，意境高深，末聯抒寫飲酒作詩之樂。沈曾植評論曰：「千古名句，通首皆妙。物色生態，如在目前；尤難在天然入妙，至寶！至寶！」〔註170〕可知此詩實為一佳作。

自聲情層面切入分析，本詩之平仄格律架構為：「平平仄仄仄平平，仄仄平平仄仄平。平仄平平平仄仄，仄平平仄仄平平。平平平仄平平仄，平仄平平仄仄平。仄仄平平平仄仄，仄平仄仄仄平平。」統整上述內容，故此詩為平起式，體裁為七言律詩，〈題東家壁〉首句入韻，全詩採下平六麻韻，屬一韻到底。麻韻發音是尾音上揚之陽平聲調，營造較為激昂、亢奮之聲情氛圍〔註171〕，可映顯陳與義激動、高漲之情緒。

再舉〈題伯時畫溫溪心等貢五馬〉（第338首）以說明、闡述題辭詩類別，詩歌內容如下：

漠漠河西塵幾重，年來畫馬亦難逢。

題詩記著今朝事，同看聯翩五足龍。〔註172〕

本詩描述能於廣大的河西相逢、一同作畫，此事實屬難得，故題詩記錄今朝。若自聲情角度加以探究，本詩之平仄格律為：「仄仄平平平仄平，平平仄仄仄平平。平仄平平平仄，平仄平平仄仄平。」可知〈題伯時畫溫溪心等貢五馬〉為仄起式七言絕句，審視韻腳之用韻格律，本詩為首句入韻，韻部選用上平二冬韻，且一韻到底。冬韻之韻語帶有寬大、嘹亮之特色〔註173〕，可凸顯陳與義和故友作畫、題詩之快

〔註169〕引自鄭騫：《陳簡齋詩集合校彙注》，卷二十五，頁257。

〔註170〕參見鄭騫：《陳簡齋詩集合校彙注》，卷二十五，頁257。

〔註171〕意引鄭心媛：《楊億詩之研究》，頁75。

〔註172〕引自鄭騫：《陳簡齋詩集合校彙注》，卷二十九，頁300。

〔註173〕意引鄭心媛：《楊億詩之研究》，頁102。

活、愜意。

　　題辭詩類別，又以〈題畫〉（第339首）為例，詩作及說明如下：

　　　　分明樓閣是龍門，亦有溪流曲抱村。

　　　　萬里家山無路入，十年心事與誰論。〔註174〕

本詩深獲沈曾植好評，其評論曰：「此亦句外無限，妙在分明亦有。」
〔註175〕組合詩中各句即可構築出畫作，而於末句抒發情懷。自聲情角
度探討本詩，平仄格律架構為：「平平平仄仄平平，仄仄平平仄仄平。
仄仄平平平仄仄，仄平平仄仄平平。」整理上述內容，故〈題畫〉為平
起式七言絕句，本詩之用韻格律為首句入韻，全詩採上平十三元韻，屬
一韻到底。「上平十三元韻之韻語發音予人蕭滌飄灑、端莊正直之感」
〔註176〕，置於題辭詩作中，則可營造沉穩莊重之氛圍。

第二節　陳與義近體詩之聲情

　　「中國古代美學把藝術的內容（意蘊）分析為兩個方面：『辭情』
與『聲情』。在各門藝術中，『辭情』與『聲情』是統一的，但並不是平
衡的。例如：『詩』與『賦』的一個區別就在於『詩』辭情少而聲情多，
『賦』聲情少而辭情多；表演（欣賞）的方式也不一樣，聲情勝者宜
歌，而辭情勝者宜誦。這是非常值得注意的理論。」〔註177〕《世界詩
學大辭典》解釋「聲情」曰：「聲情則是聲調表現的思想感情。」〔註178〕
因此可知詩中聲情佔多數，可用以吟詠或歌唱，足見詩歌中具音樂性。
關於聲情協調之效果，劉方喜表示：

　　　　聲、情合拍則聲與情各自內部也必和諧；反之，聲、情乖離，

　　　　則必同時擾亂聲之和諧與情之和諧。也正因為可以與人的內

〔註174〕引自鄭騫：《陳簡齋詩集合校彙注》，卷二十九，頁301。

〔註175〕參見鄭騫：《陳簡齋詩集合校彙注》，卷二十九，頁301。

〔註176〕參見鄭心媛：《楊億詩之研究》，頁70。

〔註177〕參見葉朗：〈辭情與聲情〉，《西北美術》，第2期，2003年，頁53。

〔註178〕轉錄自劉方喜：〈「聲情」：漢語詩學基本範疇的新發現及理論啟示〉，
　　　　《南陽師範學院學報》，第3卷第1期，2004年1月，頁61。

在情感節奏相合拍，所以詩歌和諧的聲韻才成為人的內在情感極好的表現形式。〔註179〕

上述內容說明聲情和諧與否之影響，若和諧即能適切地表現內在情感；反之則同時破壞聲音、情感之協調。陳松青曾闡述「聲情說」之重要性：

中國古代詩歌以抒情為基本特徵，同時又與音樂有著千絲萬縷的聯繫，「聲情說」是揭示這一特徵與聯繫的重要詩論、樂論範疇。詩歌的節奏（頓、逗、押韻）、音調（平仄、雙聲、疊韻詞、疊音詞、象聲詞）、聲情美是構成其音樂美的重要因素。〔註180〕

由上述可知聲情為體現出詩歌中音樂美之重要元素，李元洛於《詩美學》亦描述：

詩的音樂美，除了詩人感情的狀態和律動所形成的內在韻律之外，其外在的表現就是語言的音樂美。詩的語言音樂美，主要表現在韻、節奏和音調三個方面。〔註181〕

由上文可知詩歌聲情主要由韻、節奏、音調所表現。陳松青曾闡述「聲情說」的價值內涵與實現途徑，主要以四個方面為主：

（一）靠近音樂：「聲情說」的理論基礎，是詩樂相通。……

（二）崇尚真情：……音樂對情感的要求更高，這就要求詩歌創作表現真情，而不能「以詞害意」。所謂讓詩歌靠近音樂，實際也包含讓詩歌自覺表現真情這一層意思。

（三）定位體系：……聲盛情偽，是情不副聲；情真聲俗，

〔註179〕引自劉方喜：〈「聲情」辨——對一個漢語古典詩學形式範疇的研究〉，《人文雜誌》，第6期，2002年11月，頁92。

〔註180〕參見陳松青：〈中國古典詩學之「聲情說」闡釋〉，《中國文學研究》，第3期，2006年，頁27。

〔註181〕引自李元洛：《詩美學》，臺北：東大圖書公司，2007年7月二版，頁548。

　　　　即或聲情相副，但因格調低俗，也不得許為聲情諧美。
　　　　只有聲韻與性情、格調、境界相諧和，方可稱為聲情
　　　　美。……

（四）兼顧聲律：……藝術同樣擺脫不了物極必反的辯證定
　　　　律，過度追求音韻諧美，以致於因律害義，是不可取
　　　　的。……以情性為根本，在自然與韻律中找到最佳的
　　　　結合點，應是實現詩歌聲情美的最好途徑。〔註182〕

由陳氏所言，可知聲情需靠近音樂、表現真實情感，亦需與性情、格
調、境界諧和，同時兼顧自然與韻律之最佳平衡點。

　　就詩之「音樂性」而言，多以「四聲」、「平仄格律」、「聲調」表
示最為明顯可見。古代四聲分為平聲、上聲、去聲、入聲。現代四聲
則分陰平聲（現今國語發音第一聲）、陽平聲（第二聲）、上聲（第三
聲）、去聲（第四聲），現今國語發音已無法辨識入聲字，乃因古代之
入聲字已分化至現代四聲當中。古代四聲與現代四聲間之關聯為：古
代平聲相當於現代陰平聲與陽平聲，上聲同上聲，去聲同去聲，古代
之入聲併入現代各四聲中〔註183〕。故藉由平上去入之音調、抑揚頓
挫，進而體會音樂美、聲情美。於上述四聲之外，平仄格律亦為聲情
中重要因素，透過平聲、仄聲字之組合鋪排，形成能映顯詩人內心情
感之聲韻美，而平聲、仄聲字各具不同之聲情特色，「『平聲調』用字，
予人悠揚、平和、平順或舒緩，綿延不止的意境感受；而『仄聲調』用
字，則較為憤慨激昂，更偏向於情緒高亢，亦是具備強烈、外顯的直
接反應。詩句文字透過平聲調與仄聲調相互穿插呈現，以致整體詩作
有抑揚頓挫、高低起伏，或甚是相互錯落的聲韻美感。將平聲調與仄
聲調用以四聲表示，陰平聲、陽平聲，合為『平聲』，上聲、去聲、入
聲，合為『仄聲』。陰平聲，整體語調較為平順；陽平聲，尾音揚升，
有悠揚之感；上聲，音高先低而後高；去聲，音調由高急促下降；入

〔註182〕節自陳松青：〈中國古典詩學之「聲情說」闡釋〉，頁30、34。
〔註183〕意引鄭心媛：《楊億詩之研究》，頁105。

聲，音調短促急收。」〔註184〕由此可見，平聲字與仄聲字能傳達詩人於創作時之深刻情感，亦能帶給讀者更深入之閱讀、音律感受。

又依據陳師茂仁於《臺灣傳統吟詩研究》一書中所言，古漢語有平、上、去入四聲調，此四聲調又按古聲母清濁之異，而分為陰聲調及陽聲調。因此，古四聲變為八聲。又因「濁上歸去」，使陽上聲的字大抵歸入陽去聲，形成「八音七調」。調值如下：陰平〔55：〕、陰上〔53：〕、陰去〔21：〕、陰入〔30：〕；陽平〔13：〕、陽上（空音）、陽去〔33：〕、陽入〔50：〕。趙元任先生提倡的「五度制調值標記法」，將現代中的陰平、陽平、上聲、去聲等四聲以調值數據呈現之，並藉由座標縱軸與橫軸來表示聲調的音高與音長，標示出刻度，從一至五。陰平聲調5：5，陽平聲調3：5，上聲調值2：1：4，去聲調值5：1。藉由完整瞭解詩句之音高與音長，進而體會詩中情感所在。

下文將就陳與義近體詩之五大類別：酬酢詩、抒情詩、詠物詩、寫景詩、題辭詩進行聲情整合與分析，並透過詩歌之體裁、起式和用韻，與辭情、聲情相互對照及闡釋，統整出陳與義近體詩中聲情與辭情間之關聯。亦將對陳與義近體詩中之用韻情形進行整理分析，以瞭解陳與義於詩中所欲表達之情與用韻關係，故下文就陳與義近體詩之五大類別及其聲情、用韻關係進行分析：

一、聲情與辭情間之關聯

結合上述分類論點，連繫上述之各要點及陳與義自身情感而整體論述，主要為探究詩中之「聲情」層次。具體分析方式，欲採取以「聲律音韻」作為分類畫分，例如：從起式而言，是將陳與義詩之平起或仄起進行區別，而輔以陳與義可能寄託其中之情感深淺程度；若從格律而言，則是全詩運用之體裁、平仄格律狀況，從中推敲出陳與義投注之情緒反應；又自用韻情形視之，藉採取之韻部、韻目，亦能

〔註184〕參見鄭心媛：《楊億詩之研究》，頁106。

營造出陳與義賦予詩歌之相異感受氛圍〔註185〕。故筆者將整合陳與義近體詩之聲情與辭情，以分析陳與義近體詩中是否有使用特殊聲韻與格律。因此，將藉由酬酢詩、抒情詩、詠物詩、寫景詩、題辭詩五大類別之詩歌內容，對當中之體裁、起式與用韻情形進行分析，結果呈示如下：

（一）酬酢詩及其聲情

酬酢詩之分類有和韻、贈答、應酬及送別四類，筆者進一步將各類類別之辭情進行聲情剖析，盼歸納出辭情與聲情間之關係，並從中瞭解陳與義作詩之喜好。以此部分進行分析、整理並歸納之，敘述如下：

1. 和韻

藉由和韻詩起式統整表，可更清楚瞭解陳與義和韻詩之格律、詩作及相關數據資料，今示之如下：

表四十五：和韻詩起式統整表

起　式	數量（首）	體　裁	詩作編號
平起式	39 首	五言絕句	182、184
		六言絕句	100
		七言絕句	16、98、188、190、191、256、318、372、373、393
		五言律詩	無
		七言律詩	2、24、25、27-29、31、37、39-41、51、52、57、58、64、75、82、227、294、308、314、395、398、399、401
		五言排律	無
仄起式	35 首	五言絕句	183、185
		六言絕句	無

〔註185〕意引鄭心媛：《楊億詩之研究》，頁106。

	七言絕句	13-15、17、99、189、218、296、320、321、383-385
	五言律詩	387-390
	七言律詩	26、30、32、42、46、53、54、56、226、316、377、382、396、397、400、403
	五言排律	無

表四十六：和韻詩上平聲韻統整表〔註186〕

	一東	二冬	三江	四支	五微	六魚	七虞	八齊	九佳	十灰	十一真	十二文	十三元	十四寒	十五刪
五絕															
六絕										1					
七絕	1	1		4	2		1				1			1	
五律	1			1	1										
七律	2			2	3						5	1		8	3
五排															
總計	4	1	0	7	6	0	1	0	0	1	6	1	0	9	3

表四十七：和韻詩下平聲韻統整表

	一先	二蕭	三肴	四毫	五歌	六麻	七陽	八庚	九青	十蒸	十一尤	十二侵	十三覃	十四鹽	十五咸
五絕													1		
六絕															

〔註186〕 本論文旨在討論平聲韻近體詩歌，故詩歌編號182〈與夏致宏孫信道張巨山同集澗邊以散髮巖岫為韻賦四小詩〉之一為去聲十五翰韻、183〈與夏致宏孫信道張巨山同集澗邊以散髮巖岫為韻賦四小詩〉之二為入聲六月韻、185〈與夏致宏孫信道張巨山同集澗邊以散髮巖岫為韻賦四小詩〉之四為去聲二十六宥韻，此三首仄聲韻詩歌不列入討論範圍，平聲韻和韻詩共71首。

七絕	1			1		1	4	1		2	2			
五律											1			
七律	3				1	1	2	1			9		1	
五排														
總計	4	0	0	1	1	2	6	2	0	2	12	0	2	0	0

表四十八：和韻詩聲情統整表

類　別	體　　裁				起　仄		用　韻	
和韻 （74首）	近體詩	絕句	五言	4首	平起式	35首	下平十一尤	12次
			六言	1首				
			七言	23首				
		律詩	五言	4首	仄起式	39首		
			七言	42首				
		排律	五言	0首				

　　和韻詩之分析，首先自體裁觀之，陳與義創作和韻詩多以七言律詩為主，共計 42 首，佔和韻詩整體 56.75%。其次，自平、仄起式方面，兩者並無顯著差距，平起式共 35 首，佔總體 47.29%；仄起式 39 首，佔 52.71%，深究平仄起式數量差異不大之因，乃是「因和韻是雙方兩兩相互應對互動，故為求音韻兩兩協調，因此較注重音調層面而非情感渲染，故平起與仄起數量相較下則較不明顯」〔註 187〕。最後，用韻情形部份，以下平十一尤韻運用最為頻繁，共 12 次。

　　　和韻詩於陳與義近體詩歌中共有 74 首，其中，七言律詩佔了 42 首，所佔比例超過半數，可知陳與義與友人相互唱和時，喜用七言律詩進行創作。接著，從和韻詩之平仄起式來看，平起式共 35 首；仄起式共 39 首，二者數量只相差四首，此差距甚小乃係「詩歌內容範疇龐雜，大致方向包含答謝寄贈、文士群聚往來和應酬和詩，故視詩歌內容情境之轉變，心緒亦隨之因應，因此平起、仄起相互穿插，二者比重小不

〔註 187〕參見鄭心媛：《楊億詩之研究》，頁 116。

甚明顯」〔註188〕。最後，由用韻情形觀之，和韻詩使用最多之下平十一尤韻屬於寬韻韻目，依陳師茂仁曰：「韻有寬窄之分，大抵以韻目含攝之字多者為寬，韻寬則作詩選韻之度廣……。」〔註189〕由此可知，陳與義運用下平十一尤韻與故人相互唱和，選韻程度較廣，可選用之韻字較多。綜合上述內容，陳與義和韻詩之體裁、起式及用韻情形與詩之意涵具相互影響之處。

2. 贈答

藉由贈答詩之起式統整表、平聲韻統整表及聲情統整表，能更深入瞭解陳與義贈答詩之格律、詩作及相關數據資料，進一步可體悟贈答詩中之聲韻情感，今示之如下：

表四十九：贈答詩起式統整表

起　式	數量（首）	體　裁	詩作編號
平起式	16 首	五言絕句	無
		六言絕句	無
		七言絕句	203、204、206、207-209、219、221、292
		五言律詩	無
		七言律詩	55、159、242、247、248、293、404
		五言排律	無
仄起式	19 首	五言絕句	342
		六言絕句	無
		七言絕句	78、205、210、220、254、291
		五言律詩	6、215、267、269、289、350
		七言律詩	38、43、230、265、279、322
		五言排律	無

〔註188〕參見鄭心媛：《楊億詩之研究》，頁 116。
〔註189〕參見陳師茂仁：〈實業詩人鄭福圳詩作探析〉，《大彰化地區近當代漢詩論文集》，2011 年 6 月，頁 176。

表五十：贈答詩上平聲韻統整表

	一東	二冬	三江	四支	五微	六魚	七虞	八齊	九佳	十灰	十一真	十二文	十三元	十四寒	十五刪
五絕			1												
六絕															
七絕		1		2		2				3	2			2	
五律					1	2					1			1	
七律	2			1		1	1				3			1	
五排															
總計	2	1	0	4	1	5	1	0	0	3	6	0	0	4	0

表五十一：贈答詩下平聲韻統整表

	一先	二蕭	三肴	四豪	五歌	六麻	七陽	八庚	九青	十蒸	十一尤	十二侵	十三覃	十四鹽	十五咸
五絕															
六絕															
七絕									1		2				
五律										1					
七律							2					2			
五排															
總計	0	0	0	0	0	0	2	0	1	1	2	2	0	0	0

表五十二：贈答詩聲情統整表

類　別	體　裁			起　仄		用　韻	
贈答 （35首）	近體詩	絕句	五言 1首	平起式	16首	上平十一真	6次
			六言 0首				
			七言 15首				
		律詩	五言 6首	仄起式	19首		
			七言 13首				
		排律	五言 0首				

贈答詩之分析，首先自體裁觀之，陳與義創作贈答詩以七言絕句為主，共計 15 首，佔整體 42.85%，七言律詩亦不少，共 13 首，佔贈答詩 37.14%。其次，自平、仄起式方面，兩者並無顯著差距，平起式共 16 首，佔總體 45.71%；仄起式 19 首，佔 54.29%。最後，於用韻情形部份，以運用上平十一真韻為主，共 12 次。

　　陳與義之贈答詩總計 35 首，在此之中數量最多者為七言絕句的 15 首，佔全體 42.85%，其次為七言律詩的 13 首，佔贈答詩 37.14%，其他體裁之詩作僅佔零星少數，可知陳與義創作贈答詩時喜用七言，而其中又傾向以使用七言絕句為主，故贈答詩中以七言絕句最多。第二，自贈答詩之起式而言，此類別之詩作平起式與仄起式數量差異不多：平起式共 16 首；仄起式則有 19 首，究其原因，因其中涵蓋往來寄贈、贈詩表意，故為因應各自不同之詩歌內容，陳與義創作當下心緒、情感亦有差異，影響詩歌開端之起式有所變化，導致起式數量方面呈現出二者相去不大之情況〔註190〕。最後，自用韻情形視之，陳與義贈答詩使用上平十一真韻最多，共使用 12 次，真韻之韻語根據謝雲飛《文學與音律》：「凡『真、文、魂』韻的韻語都含有苦悶、深沉、怨恨的情調。」〔註191〕透過真韻與陳與義贈答詩之內容相呼應，陳與義面對與親友離散、抒懷之氛圍，可由平仄起式及韻部感受之，因此足見陳與義贈答詩辭情與聲情兩者之間相互影響之效果。

　　3. 應酬
　　藉由應酬詩之起式統整表、平聲韻統整表及聲情統整表，能更深入瞭解陳與義應酬詩之格律、詩作及相關數據資料，進一步可感受應酬詩中之聲情，今示之如下：

〔註190〕意引鄭心媛：《楊億詩之研究》，頁 119。
〔註191〕參見謝雲飛：《文學與音律》，頁 63。

表五十三：應酬詩之起式統整表

起　式	數量（首）	體　裁	詩作編號
平起式	11 首	五言絕句	無
		六言絕句	無
		七言絕句	108、118、119、122、255
		五言律詩	無
		七言律詩	63、109、110、115、124、380
		五言排律	無
仄起式	10 首	五言絕句	無
		六言絕句	無
		七言絕句	120、121、173、257、313、374
		五言律詩	370
		七言律詩	21、379、402
		五言排律	無

表五十四：應酬詩上平聲韻統整表

	一東	二冬	三江	四支	五微	六魚	七虞	八齊	九佳	十灰	十一真	十二文	十三元	十四寒	十五刪
五絕															
六絕															
七絕	2			1						2	3			1	
五律														1	
七律			1	1		1				3	1				
五排															
總計	2	0	0	2	1	0	1	0	0	5	4	0	0	2	0

表五十五：應酬詩下平聲韻統整表

	一先	二蕭	三肴	四毫	五歌	六麻	七陽	八庚	九青	十蒸	十一尤	十二侵	十三覃	十四鹽	十五咸
五絕															

六絕															
七絕								1			1				
五律															
七律	1							1							
五排															
總計	1	0	0	0	0	0	0	2	0	0	1	0	0	0	0

表五十六：應酬詩聲情統整表

類　別	體　裁				起　仄		用　韻	
應酬 （21首）	近體詩	絕句	五言	0首	平起式	11首	上平十灰	5次
			六言	0首				
			七言	11首				
		律詩	五言	1首	仄起式	10首		
			七言	9首				
		排律	五言	0首				

應酬詩之分析，首先自體裁切入討論，陳與義創作應酬詩以七言絕句為主，共計11首，佔應酬詩52.38%，七言律詩亦不少，共9首，佔整體42.85%。其次，自平、仄起式方面，兩者並無顯著差距，平起式共11首，佔總體52.38%；仄起式10首，佔47.62%。最後，於用韻情形部份，以運用上平十灰韻為主，共5次。

　　陳與義之應酬詩總計21首，在此之中數量最多者為七言絕句的11首，佔全體52.38%，其次為七言律詩的9首，佔應酬詩42.85%，其他體裁之詩作僅佔零星少數，可見陳與義常用七言進行創作應酬詩，而其中又以使用七言絕句為多數，故應酬詩中以七言絕句最多。第二，自應酬詩之起式而言，此類別之詩作平起式與仄起式數量差異不多：平起式共11首；仄起式則有10首，僅相差一首，究其原因，因其中涵蓋娛樂宴飲及交際類別，為呼應各自不同之詩歌內容，陳與義創作之際心境、情思亦有所差別，致詩歌起式有所不同，而由起式數量

方面呈現出二者相差不多之情況〔註192〕。最後，自用韻情形觀之，陳
與義應酬詩使用上平十灰韻最多，共使用 5 次，灰韻之韻語根據謝雲
飛《文學與音律》：「凡『微、灰』韻的韻語都含有氣餒抑鬱的情思。」
〔註193〕呼應上述詩歌內容剖析，應酬詩多用於強調端莊氛圍、沉穩莊
嚴之用途，故總結應酬詩辭蘊內涵和音律間關係，兩者間之搭配和諧，
彼此相互因應、相互影響。

4. 送別

　　透過送別詩之起式統整表、平聲韻統整表及聲情統整表，能更深
入瞭解陳與義送別詩之格律、詩作及相關數據資料，並能感知送別詩
中之聲情，今示之如下：

表五十七：送別詩之起式統整表

起　式	數量（首）	體　裁	詩作編號
平起式	3 首	五言絕句	無
		六言絕句	無
		七言絕句	無
		五言律詩	無
		七言律詩	105、166、329
		五言排律	無
仄起式	7 首	五言絕句	無
		六言絕句	無
		七言絕句	391
		五言律詩	1、33、34、244-246
		七言律詩	無
		五言排律	無

〔註192〕意引鄭心媛：《楊億詩之研究》，頁 119。
〔註193〕參見謝雲飛：《文學與音律》，頁 61。

表五十八：送別詩上平聲韻統整表

	一東	二冬	三江	四支	五微	六魚	七虞	八齊	九佳	十灰	十一真	十二文	十三元	十四寒	十五刪
五絕															
六絕															
七絕															
五律				1	1						2				
七律				1	1										
五排															
總計	0	0	0	2	2	0	0	0	0	0	2	0	0	0	0

表五十九：送別詩下平聲韻統整表

	一先	二蕭	三肴	四豪	五歌	六麻	七陽	八庚	九青	十蒸	十一尤	十二侵	十三覃	十四鹽	十五咸
五絕															
六絕															
七絕											1				
五律	1				1										
七律								1							
五排															
總計	1	0	0	0	1	0	0	1	0	0	1	0	0	0	0

表六十：送別詩聲情統整表

類　別	體　　裁			起　仄		用　　韻	
送別 （10首）	近體詩	絕句	五言 0首	平起式	3首	上平四支、 上平五微、 上平十一真	皆2次
			六言 0首				
			七言 1首				
		律詩	五言 6首	仄起式	7首		
			七言 3首				
		排律	五言 0首				

送別詩之分析，自體裁切入討論，陳與義創作送別詩以五言律詩為主，共計 6 首，佔整體 60%。其次，自平、仄起式方面，平起式共 3 首，佔總體 30%；仄起式 7 首，佔 70%。最後，於用韻情形部份，以運用上平四支、上平五微、上平十一真韻為主，皆各 2 次。

　　陳與義之送別詩總計 10 首，在此之中佔最多數者為五言律詩的 6 首，佔全體 60%，其他體裁之詩作僅佔零星少數，可知陳與義創作送別詩類別較多以五言律詩為主。第二，自送別詩之起式而言，此類別之詩作平起式與仄起式數量差異顯著：平起式共 3 首；仄起式則有 7 首，以仄起詩數量多過平起詩，因應送別內容多充斥離別、送行與不捨之情，故以情緒起伏較明顯之仄起詩為主〔註 194〕，陳與義面對離別與送行之豐沛情感於詩中表露無遺。最後，自用韻情形觀之，陳與義送別詩使用上平四支、上平五微、上平十一真韻最多，皆用 2 次，支韻聲調能體現出細膩情感〔註 195〕；微韻之韻語透露出氣餒憂鬱之情緒〔註 196〕；真韻則帶有苦悶、憾恨之情調〔註 197〕，因此總結送別詩內容與用韻，支韻、微韻及真韻發音特色多予人低落、悲傷、失意之意味，傾向描述細膩情感之流露，故送別詩多以此三種韻部作為主要運用。

（二）抒情詩及其聲情

　　抒情詩之分類有感懷、輓悼二類，於此進一步地將各類別之辭情進行聲情的剖析，以歸納出辭情與聲情間的關係，並從中瞭解陳與義作詩之喜好傾向。以此部分進行分析、整理並歸納之，論述如下：

1. 感懷

　　透過感懷詩之起式統整表、平聲韻統整表及聲情統整表，能更深入瞭解陳與義感懷詩之格律、詩作及相關數據資料，並能體會感懷詩中之聲情，今示之如下：

〔註 194〕意引鄭心媛：《楊億詩之研究》，頁 122。
〔註 195〕意引王易：《詞曲史》，頁 238。
〔註 196〕意引謝雲飛：《文學與音律》，頁 61。
〔註 197〕意引謝雲飛：《文學與音律》，頁 63。

表六十一：感懷詩起式統整表

起　式	數量（首）	體　裁	詩作編號
平起式	51 首	五言絕句	170
		六言絕句	無
		七言絕句	77、84、86、87、95、107、129、132-137、150、172、228、299、300、302、309、345、375、376
		五言律詩	8、140、156、278、288、351
		七言律詩	19、20、91、126、168、181、197、198、200、202、214、258、282、287、315、331、352、378
		五言排律	231、234、270
仄起式	67 首	五言絕句	169、364、365
		六言絕句	44、45
		七言絕句	85、96、130、131、138、141、142、151、164、171、201、224、225、298、301、324、346、358、360
		五言律詩	7、9、59-62、72、73、83、97、111-113、116、127、128、149、154、155、186、194、233、249、264、268、271、272、274、310、330、335、359
		七言律詩	22、90、117、139、152、163、167、193、275
		五言排律	153、165

表六十二：感懷詩上平聲韻統整表〔註 198〕

	一東	二冬	三江	四支	五微	六魚	七虞	八齊	九佳	十灰	十一真	十二文	十三元	十四寒	十五刪
五絕				1								1			
六絕															

〔註 198〕本論文旨在探討平聲韻近體詩歌，詩歌編號 359〈病骨〉為入聲十四緝韻，此首仄聲韻詩歌不列入討論範圍，則平聲韻感懷詩共有 117 首。

七絕	4		1	7	1	2	2			3	5			1	
五律				3	1	1	1			3	1	2	1	1	3
七律	2	1		4	3					1				2	
五排	1									1			1	1	
總計	7	1	1	15	5	3	3	0	0	6	8	3	2	5	3

表六十三：感懷詩下平聲韻統整表

	一先	二蕭	三肴	四毫	五歌	六麻	七陽	八庚	九青	十蒸	十一尤	十二侵	十三覃	十四鹽	十五咸
五絕						2									
六絕								1	1						
七絕	3			1		2	1	5	3		1				
五律					1	1	2	6	1	1	6	2			
七律	3					1	3	2	1		4				
五排												1			
總計	6	0	0	1	1	6	6	14	6	1	11	3	0	0	0

表六十四：感懷詩聲情統整表

類　別	體　裁				起　仄		用　韻	
感懷 （118首）	近體詩	絕句	五言	4首	平起式	51首	上平四支	15次
			六言	2首				
			七言	42首				
		律詩	五言	38首	仄起式	67首		
			七言	27首				
		排律	五言	5首				

關於感懷詩之分析，首先自體裁層面切入，由表六十四可知陳與義創作感懷詩類別以七言絕句為主，共計 42 首，佔整體 35.59%。其次，自平、仄起式方面探討，平起式共計 51 首，佔總體 43.22%；仄起式則有 67 首，佔 56.78%。最後，於用韻情形部份，以運用上平四支韻為最多，

共計 15 次。

　　陳與義之感懷詩總計 118 首，在此之中佔最多數者為七言絕句的 42 首，佔全體 35.59%，其他體裁之詩作僅佔少數，可知陳與義創作感懷詩類別之體裁以七言絕句為主。就其體裁而言，七言絕句因應其詩句較五絕、六絕長，又較五言律詩、七言律詩短，亦能承載感懷詩須因應音樂性節奏、字句辭彙堆疊與音節音韻之諧調等方面要求，且可簡潔有力地抒發內心感懷，因此創作感懷詩時使用最多。第二，自感懷詩之起式層面分析，此類別之詩作平起式與仄起式數量差異顯著：平起式共 51 首；仄起式則有 67 首，以仄起詩數量多過平起詩，因應感懷詩內容多為對人生之感嘆、因景物或事務觸發情感等，故以情緒變化較明顯之仄起詩為主〔註199〕。最後，自用韻情形視之，陳與義感懷詩使用上平四支韻最多，共佔 15 次，支韻之韻語能表達幽微細膩情感〔註200〕，因此總結感懷詩內容與用韻，支韻發音特色多予人落寞、哀愁之意味，傾向描述細膩情感之流露，故感懷詩多以支韻作為主要運用。

　　2. 輓悼

　　透過輓悼詩之起式統整表、平聲韻統整表及聲情統整表，能更深入瞭解陳與義輓悼詩之格律、詩作及相關數據資料，並能體會輓悼詩中之聲情，今示之如下：

表六十五：輓悼詩起式統整表

起　式	數量（首）	體　裁	詩作編號
平起式	3 首	五言絕句	無
		六言絕句	無
		七言絕句	無
		五言律詩	無
		七言律詩	69、70、93

〔註199〕意引鄭心媛：《楊億詩之研究》，頁 122。
〔註200〕意引王易：《詞曲史》，頁 238。

		五言排律	
仄起式	3首	五言絕句	無
		六言絕句	無
		七言絕句	無
		五言律詩	94、343、344
		七言律詩	無
		五言排律	無

表六十六：輓悼詩上平聲韻統整表

	一東	二冬	三江	四支	五微	六魚	七虞	八齊	九佳	十灰	十一真	十二文	十三元	十四寒	十五刪
五絕															
六絕															
七絕															
五律					1						2				
七律			1												
五排															
總計	0	0	0	1	1	0	0	0	0	0	2	0	0	0	0

表六十七：輓悼詩下平聲韻統整表

	一先	二蕭	三肴	四毫	五歌	六麻	七陽	八庚	九青	十蒸	十一尤	十二侵	十三覃	十四鹽	十五咸
五絕															
六絕															
七絕															
五律															
七律	1											1			
五排															
總計	1	0	0	0	0	0	0	0	0	0	0	1	0	0	0

表六十八：輓悼詩聲情統整表

類　　別	體　　裁				起　仄		用　　韻	
輓悼 （6首）	近體詩	絕句	五言	0首	平起式	3首	上平十一真	2次
			六言	0首				
			七言	0首				
		律詩	五言	3首	仄起式	3首		
			七言	3首				
		排律	五言	0首				

　　輓悼詩之類別，以體裁中的五言、七言律詩為眾，各佔 3 首，比例各佔了 50%，在這之中，陳與義傾向以語句較長之律詩鋪敘為長篇輓歌，藉以抒發內心沉痛與悲傷。又於起式而言，平起式共 3 首，佔了 50%；仄起式亦有 3 首，亦佔 50%，可知平、仄起詩數量相同，另在用韻情形上，則以上平聲十一真為主，共 2 次。

　　陳與義之輓悼詩共計 6 首，體裁之選擇多以五言、七言律詩呈現，由此可見陳與義喜以律詩體裁創作輓悼詩類別。又從起式方面來看，輓悼詩中平起式有 3 首；仄起式有 3 首，而由起式之運用更可見輓悼詩之辭情與起式間之聲情關係，因輓悼詩之內容多為詩人追憶、讚頌亡者，為因應不同內容之輓悼詩而選用平、仄起式，而致兩者數量相同。最後，從用韻情形中可知，輓悼詩多採上平聲十一真韻為主，而真韻之韻語按謝雲飛《文學與音律》一書中道：「凡『真、文、魂』韻的韻語都含有苦悶、深沉、怨恨的情調。」〔註201〕此與輓悼詩之內容相結合更為清楚地表露出陳與義內心的哀戚、傷痛之情，因此，輓悼詩所用韻部表現之聲情亦與輓悼詩之辭情相互有所關聯。

（三）詠物詩及其聲情

　　詠物詩共分為動、植物、氣候景象、器物及建築物四類，於此將四種類別之辭情進行聲情之剖析，以統整出辭情與聲情間的關係，並

〔註201〕 參見謝雲飛：《文學與音律》，頁 63。

從中瞭解陳與義創作詠物詩之喜好傾向。以此部分進行分析、整理並歸納之，論述如下：

1. 動、植物

藉由動、植物詩起式統整表，可更清楚瞭解陳與義動、植物詩之格律、詩作及相關數據資料，今示之如下：

表六十九：動、植物詩起式統整表

起　式	數量（首）	體　裁	詩作編號
平起式	23 首	五言絕句	47、49、50、65、66、68、103、104
		六言絕句	無
		七言絕句	35、79、144、146、176、236、239、349、367-369、386
		五言律詩	334、366
		七言律詩	212
		五言排律	無
仄起式	21 首	五言絕句	48、67
		六言絕句	無
		七言絕句	92、143、145、211、235、237、238、243、332、333、353-355、362、371
		五言律詩	4、187、363
		七言律詩	213
		五言排律	無

表七十：動、植物詩上平聲韻統整表〔註202〕

	一東	二冬	三江	四支	五微	六魚	七虞	八齊	九佳	十灰	十一真	十二文	十三元	十四寒	十五刪
五絕	1			1			1			2	1			1	
六絕															

〔註202〕本論文旨在探討平聲韻近體詩歌，詩歌編號 66〈蠟梅四絕句〉之二為入聲十四緝韻，故不列入討論範圍，平聲韻動、植物詩共 43 首。

七絕	1			2	1			5		5	1			1	1
五律											1				
七律										1					
五排															
總計	2	0	0	3	1	0	1	5	0	8	3	0	0	2	1

表七十一：動、植物詩下平聲韻統整表

	一先	二蕭	三肴	四毫	五歌	六麻	七陽	八庚	九青	十蒸	十一尤	十二侵	十三覃	十四鹽	十五咸
五絕						1		1							
六絕															
七絕	1				1	4	2		1	1					
五律	1					1	2								
七律							1								
五排															
總計	2	0	0	0	1	6	5	1	1	1	0	0	0	0	0

表七十二：動、植物詩聲情統整表

類　別	體　裁				起　仄		用　韻	
動、植物 （44首）	近體詩	絕句	五言	10首	平起式	23首	上平十灰	8次
			六言	0首				
			七言	27首				
		律詩	五言	5首	仄起式	21首		
			七言	2首				
		排律	五言	0首				

動、植物詩之類別，以體裁中的七言絕句為眾，共計 27 首，比例各佔了 61.36%，又於起式而言，平起式共 23 首，佔了 52.27%；仄起式亦有 21 首，亦佔 47.73%，可知平、仄起詩數量並無顯著差異，另在用韻情形上，則以上平聲十灰韻為主，共 8 次。

陳與義之動、植物詩共計 44 首，體裁之選擇多以七言絕句呈現，由此可見陳與義喜以七言絕句體裁創作動、植物詩。又從起式方面來看，動、植物詩中平起式有 23 首；仄起式有 21 首，可知陳與義為呼應不同內容之動、植物詩而選用平、仄起式，而致兩者數量僅有兩首之差，相差不大。最後，從用韻情形中可知，動、植物詩多採上平聲十灰韻為主，而灰韻之韻語特色依謝雲飛《文學與音律》中道：「凡『微、灰』韻的韻語都含有氣餒抑鬱的情思。」〔註203〕此與動、植物詩之內容相結合更為深入地表露出陳與義吟詠之情，因此，動、植物詩所用韻部表現之聲情亦與其辭情相互關聯、相互影響。

2. 氣候景象

透過氣候景象詩之起式統整表，可更深入瞭解陳與義氣候景象詩之格律、詩作及相關數據資料，今示之如下：

表七十三：氣候景象詩起式統整表

起 式	數量（首）	體 裁	詩作編號
平起式	7 首	五言絕句	無
		六言絕句	無
		七言絕句	無
		五言律詩	10、148、216、280
		七言律詩	89、223、266
		五言排律	無
仄起式	14 首	五言絕句	無
		六言絕句	無
		七言絕句	217、232
		五言律詩	3、11、123、147、174、175、229、273、336
		七言律詩	18、290、381
		五言排律	無

〔註203〕參見謝雲飛：《文學與音律》，頁61。

表七十四：氣候景象詩上平聲韻統整表

	一東	二冬	三江	四支	五微	六魚	七虞	八齊	九佳	十灰	十一真	十二文	十三元	十四寒	十五刪
五絕															
六絕															
七絕	1													1	
五律					1									1	1
七律				1							1			1	
五排															
總計	1	0	0	1	1	0	0	0	0	0	1	0	0	3	1

表七十五：氣候景象詩下平聲韻統整表

	一先	二蕭	三肴	四毫	五歌	六麻	七陽	八庚	九青	十蒸	十一尤	十二侵	十三覃	十四鹽	十五咸
五絕															
六絕															
七絕															
五律	1						2	3	2		1	1			
七律						1		2							
五排															
總計	1	0	0	0	0	1	2	5	2	0	1	1	0	0	0

表七十六：氣候景象詩聲情統整表

類　別	體　裁			起　仄		用　韻	
氣候景象（21首）	近體詩	絕句	五言 0首	平起式	7首	下平八庚	5次
			六言 0首				
			七言 2首				
		律詩	五言 13首	仄起式	14首		
			七言 6首				
		排律	五言 0首				

氣候景象詩之分析，首先自體裁觀之，陳與義創作氣候景象詩多以五言律詩為主，共計13首，佔整體61.9%，其餘體裁佔少數。其次，自平、仄起式方面分析，平起式共7首，佔總體33.33%；仄起式14首，佔66.67%。最後，探究其用韻情形，以下平八庚韻運用最為頻繁，共5次。

　　氣候景象詩於陳與義近體詩歌中共有21首，其中，五言律詩佔了13首，所佔比例超過半數，可知陳與義吟詠氣候景象時，喜用五言律詩進行創作。接著，從氣候景象詩之平仄起式來看，平起式共7首；仄起式共14首，仄起詩為平起詩二倍。陳與義氣候景象詩多寄寓其內心苦悶、激昂思緒，並多藉眼見之景象、物品抒懷內心沉悶和強烈情緒起伏，故起式明顯以仄起式開端，陳與義以詩歌開頭處即注入其情緒，加深情感濃度之敘述，故多以仄起式呈現〔註204〕。最後，由用韻情形觀之，氣候景象詩使用最多為下平八庚韻，依謝雲飛曰：「凡『庚、青、蒸』韻的韻語都含有淡淡的哀愁，似乎又需有相當理智的抉擇，淡淡的哀愁又不失理性。」〔註205〕由此可知，陳與義運用下平八庚韻結合吟詠氣候景象之詩作，可適當地抒發愁緒。綜合上述內容，陳與義氣候景象詩之體裁、起式及用韻情形與詩之意涵具相互影響之處。

　　3. 器物

　　透過器物詩之起式統整表、平聲韻統整表及聲情統整表，能更深入瞭解陳與義器物詩之格律、詩作及相關數據資料，並能體會器物詩中之聲情，今示之如下：

表七十七：器物詩起式統整表

起　式	數量（首）	體　裁	詩作編號
平起式	2首	五言絕句	無
		六言絕句	無
		七言絕句	297、392

〔註204〕意引鄭心媛：《楊億詩之研究》，頁136～137。
〔註205〕參見謝雲飛：《文學與音律》，頁63。

		五言律詩	無
		七言律詩	無
		五言排律	無
仄起式	3 首	五言絕句	無
		六言絕句	無
		七言絕句	356、357
		五言律詩	無
		七言律詩	76
		五言排律	無

表七十八：器物詩上平聲韻統整表

	一東	二冬	三江	四支	五微	六魚	七虞	八齊	九佳	十灰	十一真	十二文	十三元	十四寒	十五刪
五絕															
六絕															
七絕						1				1					
五律															
七律															1
五排															
總計	0	0	0	0	0	1	0	0	0	1	0	0	0	0	1

表七十九：器物詩下平聲韻統整表

	一先	二蕭	三肴	四毫	五歌	六麻	七陽	八庚	九青	十蒸	十一尤	十二侵	十三覃	十四鹽	十五咸
五絕															
六絕															
七絕								2							
五律															
七律															
五排															
總計	0	0	0	0	0	0	0	2	0	0	0	0	0	0	0

表八十：器物詩聲情統整表

類　別	體　裁			起　仄		用　韻	
器物 （5首）	近 體 詩	絕句	五言	0首	平起式	2首	下平八庚	2次
			六言	0首				
			七言	4首				
		律詩	五言	0首	仄起式	3首		
			七言	1首				
		排律	五言	0首				

器物詩之分析，首先自體裁層面切入，陳與義創作器物詩選用七言絕句為主，共計 4 首，佔整體 80%。其次，自平、仄起式方面分析，平起式共 2 首，佔總體 40%；仄起式 3 首，佔 60%。最後，探究器物詩用韻情形，以下平八庚韻運用最為頻繁，共 2 次。

　　器物詩於陳與義近體詩歌中共有 5 首，其中，七言絕句佔了 4 首，所佔比例為八成，可知陳與義歌詠器物時，喜用七言絕句進行創作。接著，從器物詩之平仄起式來看，平起式共 2 首；仄起式共 3 首，為呼應不同之詩歌內容，陳與義創作之際情緒亦有所差異，致詩歌起式有所不同，而由起式數量呈現出二者相差不多之情況。最後，由用韻情形觀之，器物詩使用最多為下平八庚韻，依謝雲飛曰：「凡『庚、青、蒸』韻的韻語都含有淡淡的哀愁，似乎又需有相當理智的抉擇，淡淡的哀愁又不失理性。」〔註206〕由此可知，陳與義運用下平八庚韻結合吟詠器物之詩作，能抒發心中哀愁。綜合上述內容，陳與義器物詩之體裁、起式及用韻情形與詩之意涵具有關聯性。

4. 建築物

　　透過器物詩之起式統整表、平聲韻統整表及聲情統整表，能更深入瞭解陳與義器物詩之格律、詩作及相關數據資料，並能體會器物詩中之聲情，今示之如下：

〔註206〕參見謝雲飛：《文學與音律》，頁 63。

表八十一：建築物詩起式統整表

起 式	數量（首）	體 裁	詩作編號
平起式	1首	五言絕句	無
		六言絕句	無
		七言絕句	125
		五言律詩	無
		七言律詩	無
		五言排律	無
仄起式	3首	五言絕句	無
		六言絕句	無
		七言絕句	無
		五言律詩	106
		七言律詩	74、319
		五言排律	無

表八十二：建築物詩上平聲韻統整表

	一東	二冬	三江	四支	五微	六魚	七虞	八齊	九佳	十灰	十一真	十二文	十三元	十四寒	十五刪
五絕															
六絕															
七絕	1														
五律				1											
七律										1					
五排															
總計	1	0	0	1	0	0	0	0	0	1	0	0	0	0	0

表八十三：建築物詩下平聲韻統整表

	一先	二蕭	三肴	四毫	五歌	六麻	七陽	八庚	九青	十蒸	十一尤	十二侵	十三覃	十四鹽	十五咸
五絕															

六絕															
七絕															
五律															
七律					1										
五排															
總計	0	0	0	0	0	0	1	0	0	0	0	0	0	0	0	0

表八十四：建築物詩聲情統整表

類　　別	體　　裁				起　仄		用　　韻	
建築物 （4首）	近體詩	絕句	五言	0首	平起式	1首	上平一東、 上平四支、 上平十灰、 下平七陽	各1次
			六言	0首				
			七言	1首				
		律詩	五言	1首	仄起式	3首		
			七言	2首				
		排律	五言	0首				

建築物詩，自體裁分類上可得知，其多以七言律詩表示，共 2 首，從起式之分配上則有較明顯差異，平起式僅 1 首，仄起式則共 3 首，故陳與義多藉吟詠建築物來寄寓自身情懷，故詩歌仄起式數量較多，以表達內心情緒之波動；又從用韻處得知，陳與義建築物詩運用上平一東、上平四支、上平十灰、下平七陽韻，四種韻部各使用 1 次。從建築物詩之詩歌體裁審視，陳與義創作此類詩運用七言律詩較多。就起式情形視之，建築物詩以仄起式居多，陳與義多將自身情緒投注於詩歌作品中，並藉眼前景物發抒情懷，故選用仄起式為主，以強調情緒之起伏。又自用韻狀況視之，建築物詩並無顯著集中常用之韻，然就其韻部分布，可見陳與義較常使用上平聲進行創作，並呼應建築物詩之辭情。

（四）寫景詩及其聲情

　　寫景詩共分為道途即景、遊賞山水及登高遠眺三類，筆者於此將三種類別之辭情進行聲情之剖析，以統整出辭情與聲情間的關係，並

從中瞭解陳與義創作寫景詩之喜好傾向。以此部分進行分析、整理並歸納之，論述如下：

1. 道途即景

透過道途即景詩之起式統整表、平聲韻統整表及聲情統整表，能更深入瞭解陳與義道途即景詩之格律、詩作及相關數據資料，並能體會詩中之聲情，今示之如下：

表八十五：道途即景詩起式統整表

起　式	數量（首）	體　裁	詩作編號
平起式	7 首	五言絕句	252、253
		六言絕句	無
		七言絕句	5、262、263
		五言律詩	323
		七言律詩	71
		五言排律	無
仄起式	11 首	五言絕句	261
		六言絕句	無
		七言絕句	80、81、251、327
		五言律詩	259、260、326、328
		七言律詩	250、325
		五言排律	無

表八十六：道途即景詩上平聲韻統整表〔註207〕

	一東	二冬	三江	四支	五微	六魚	七虞	八齊	九佳	十灰	十一真	十二文	十三元	十四寒	十五刪
五絕				1											
六絕															

〔註207〕 本論文旨在討論平聲韻近體詩歌，詩歌編號252〈衡嶽道中〉之三為去聲九泰韻，故不列入討論範圍，平聲韻道途即景詩共 17 首。

七絕	1	1		1		1				1					
五律	1												1	1	
七律				1											
五排															
總計	2	1	0	3	0	1	0	0	0	1	0	1	1	0	0

表八十七：道途即景詩下平聲韻統整表

	一先	二蕭	三肴	四毫	五歌	六麻	七陽	八庚	九青	十蒸	十一尤	十二侵	十三覃	十四鹽	十五咸
五絕						1									
六絕															
七絕	1							1							
五律						2									
七律	1						1								
五排															
總計	2	0	0	0	0	3	1	1	0	0	0	0	0	0	0

表八十八：道途即景詩聲情統整表

類　別	體　裁				起　仄		用　韻	
道途即景（18 首）	近體詩	絕句	五言	3 首	平起式	7 首	上平四支、下平六麻	皆 3 次
			六言	0 首				
			七言	7 首				
		律詩	五言	5 首	仄起式	11 首		
			七言	3 首				
		排律	五言	0 首				

道途即景詩之類別，首先，以體裁中的七言絕句為眾，共佔 7 首，比例佔了 38.88%。又於起式而言，平起式共 7 首，佔了 38.88%；仄起式亦有 11 首，亦佔 61.12%，可知仄起詩數量較多。最後，在用韻情形上，則以上平四支、下平六麻韻為主，皆共 3 次。

　　陳與義之道途即景詩共計 18 首，體裁之選擇多以七言絕句呈現，由此可見陳與義喜以七言絕句創作道途即景詩。又從起式方面來看，道途即景詩中平起式有 7 首；仄起式有 11 首，陳與義道途即景詩多寄託其低落心情、激昂思緒，並多藉眼見之景象抒懷內心沉悶情緒，故起式明顯以仄起式開端，陳與義以詩歌開頭處即注入其情緒，加深情感濃度之敘述，故多以仄起式呈現〔註208〕。最後，從用韻情形中可知，道途即景詩多採上平四支、下平六麻韻為主，而支韻之韻語按王易《詞曲史》中道：「支紙縝密。」〔註209〕亦云：「麻馬放縱。」〔註210〕於道途中時常因景觸情，使用麻韻洪亮寬大之特色表現道途即景詩細膩縝密之情感，因此，道途即景詩所用韻部表現之聲情亦與其辭情相互有所關聯。

2. 遊賞山水

　　透過遊賞山水詩之起式統整表、平聲韻統整表及聲情統整表，能更深入瞭解陳與義遊賞山水詩之格律、詩作及相關數據資料，並能體會詩中之聲情，今示之如下：

表八十九：遊賞山水詩起式統整表

起　式	數量（首）	體　裁	詩作編號
平起式	12 首	五言絕句	177-180
		六言絕句	無
		七言絕句	276、277、295、394
		五言律詩	285、337
		七言律詩	88、192
		五言排律	無
仄起式	5 首	五言絕句	無
		六言絕句	無

〔註208〕 意引鄭心媛：《楊億詩之研究》，頁 136～137。
〔註209〕 參見王易：《詞曲史》，頁 238。
〔註210〕 參見王易：《詞曲史》，頁 238。

	七言絕句	157、158
	五言律詩	114、286
	七言律詩	312
	五言排律	無

表九十：遊賞山水詩上平聲韻統整表〔註211〕

	一東	二冬	三江	四支	五微	六魚	七虞	八齊	九佳	十灰	十一真	十二文	十三元	十四寒	十五刪
五絕														1	
六絕															
七絕				1			1								
五律				2				1							1
七律				1									1		
五排															
總計	0	0	0	4	0	0	1	1	0	0	0	0	1	1	1

表九十一：遊賞山水詩下平聲韻統整表

	一先	二蕭	三肴	四豪	五歌	六麻	七陽	八庚	九青	十蒸	十一尤	十二侵	十三覃	十四鹽	十五咸
五絕						1									
六絕															
七絕	1				1			2							
五律															
七律											1				
五排															
總計	1	0	0	0	1	1	0	2	0	0	1	0	0	0	0

〔註211〕本論文旨在探討平聲韻近體詩歌，詩歌編號177〈出山〉之一為入聲四質韻、179〈入山〉之一為去聲十七霰韻，故不列入討論範圍，平聲韻遊賞山水詩共15首。

表九十二：遊賞山水詩聲情統整表

類　別	體　裁				起　仄		用　韻	
遊賞山水（17首）	近體詩	絕句	五言	4首	平起式	12首	上平四支	4次
			六言	0首				
			七言	6首				
		律詩	五言	4首	仄起式	5首		
			七言	3首				
		排律	五言	0首				

　　遊賞山水詩，首先從體裁層面切入，此類別以七言絕句為眾，共佔 6 首，比例佔了 35.29%。又於起式而言，平起式共 12 首，佔了 70.59%；仄起式共計 5 首，亦佔 29.41%，可知平起詩數量較多。最後，在用韻情形上，則以上平四支韻為主，共計 4 次。

　　陳與義之遊賞山水詩共計 17 首，體裁之選擇多以七言絕句呈現，由此可知陳與義創作遊賞山水詩時，較常選用七言絕句。又從起式方面來看，遊賞山水詩中平起式有 12 首；仄起式有 5 首，平起詩數量顯著多於仄起詩，陳與義徜徉於山水之中，大自然環境使其內心平靜，情緒波動較小，故遊賞山水詩多為情緒較無明顯起伏之平起詩。最後，從用韻情形中可知，遊賞山水詩之韻部以上平四支韻為主，而支韻之韻語按王易《詞曲史》中道：「支紙縝密。」〔註212〕使用支韻表現遊賞山水詩縝密入微之情感，因此，可知遊賞山水詩所用韻部表現之聲情與其辭情相互呼應、體現。

3. 登高遠眺

　　透過登高遠眺詩之起式統整表、平聲韻統整表及聲情統整表，能更深入瞭解陳與義登高遠眺詩之格律、詩作及相關數據資料，並能體會詩中之聲情，今示之如下：

〔註212〕參見王易：《詞曲史》，頁238。

表九十三：登高遠眺詩起式統整表

起　式	數量（首）	體　裁	詩作編號
平起式	5 首	五言絕句	無
		六言絕句	無
		七言絕句	199、222、240
		五言律詩	無
		七言律詩	195、317
		五言排律	無
仄起式	3 首	五言絕句	無
		六言絕句	無
		七言絕句	241
		五言律詩	361
		七言律詩	196
		五言排律	無

表九十四：登高遠眺詩上平聲韻統整表 〔註 213〕

	一東	二冬	三江	四支	五微	六魚	七虞	八齊	九佳	十灰	十一真	十二文	十三元	十四寒	十五刪
五絕															
六絕															
七絕					1		1					1			
五律															
七律	1			2											
五排															
總計	1	0	0	2	1	0	1	0	0	0	0	1	0	0	0

〔註 213〕 本論文旨在探討平聲韻近體詩歌，詩歌編號 361〈登閣〉為入聲十藥
　　　　韻，故不列入討論範圍，平聲韻登高遠眺詩共 7 首。

表九十五：登高遠眺詩下平聲韻統整表

	一先	二蕭	三肴	四豪	五歌	六麻	七陽	八庚	九青	十蒸	十一尤	十二侵	十三覃	十四鹽	十五咸
五絕															
六絕															
七絕												1			
五律															
七律															
五排															
總計	0	0	0	0	0	0	0	0	0	0	0	1	0	0	0

表九十六：登高遠眺詩聲情統整表

類　別	體　裁				起　仄		用　韻	
登高遠眺 （8首）	近體詩	絕句	五言	0首	平起式	5首	上平四支	2次
			六言	0首				
			七言	4首				
		律詩	五言	1首	仄起式	3首		
			七言	3首				
		排律	五言	0首				

登高遠眺詩，首先從體裁層面切入，此類別以七言絕句為眾，共佔 4 首，比例佔了 50%，其餘體裁僅佔少數。又於起式而言，平起式共 5 首，佔了 62.5%；仄起式共計 3 首，亦佔 37.5%，可知平起詩數量較多。最後，在用韻情形上，則以上平四支韻為主，共計 2 次。

　　陳與義之登高遠眺詩共計 8 首，體裁之選擇多以七言絕句呈現，由此可知陳與義創作登高遠眺詩時，較常選用七言絕句。又從起式方面來看，登高遠眺詩中平起式有 5 首；仄起式有 3 首，可知陳與義登高望遠時心境祥和寧靜，情緒較無波動，故登高遠眺詩多為情緒較無

明顯起伏之平起詩。最後，從用韻情形中可知，陳與義創作登高遠眺詩選用上平四支韻較多，而支韻之韻語特色按王易《詞曲史》中道：「支紙縝密。」〔註214〕使用支韻表現登高遠眺詩細緻入微之情感，可見登高遠眺詩所用韻部表現之聲情與其辭情關聯密切。

（五）題辭詩及其聲情

題辭詩，筆者於此將此類別之辭情進行聲情之剖析，以統整出辭情與聲情間的關係，並從中瞭解陳與義創作題辭詩之喜好傾向。以此部分進行分析、整理並歸納之，論述如下：

表九十七：題辭詩起式統整表

起　式	數量（首）	體　裁	詩作編號
平起式	11 首	五言絕句	無
		六言絕句	無
		七言絕句	36、102、162、303、306、339、340、347
		五言律詩	無
		七言律詩	23、281、311
		五言排律	無
仄起式	12 首	五言絕句	101
		六言絕句	無
		七言絕句	160、161、283、284、304、305、307、338、341、348
		五言律詩	12
		七言律詩	無
		五言排律	無

〔註214〕參見王易：《詞曲史》，頁238。

表九十八：題辭詩上平聲韻統整表

	一東	二冬	三江	四支	五微	六魚	七虞	八齊	九佳	十灰	十一真	十二文	十三元	十四寒	十五刪
五絕															
六絕															
七絕		1		2	3	2	1			2	1	1	1		
五律															1
七律															
五排															
總計	0	1	0	2	3	2	1	0	0	2	1	1	1	0	1

表九十九：題辭詩下平聲韻統整表

	一先	二蕭	三肴	四毫	五歌	六麻	七陽	八庚	九青	十蒸	十一尤	十二侵	十三覃	十四鹽	十五咸
五絕											1				
六絕															
七絕	2							1			1				
五律															
七律	2					1									
五排															
總計	4	0	0	0	0	1	0	1	0	0	2	0	0	0	0

表一百：題辭詩聲情統整表

類　別	體　　裁			起　仄		用　韻	
題辭 （23首）	近體詩	絕句	五言 1首	平起式	11首	下平一先	4次
			六言 0首				
			七言 18首				
		律詩	五言 1首	仄起式	12首		
			七言 3首				
		排律	五言 0首				

題辭詩之分析，首先探討體裁方面，陳與義創作題辭詩選用七言絕句為主，共計 18 首，佔題辭詩整體 78.26%，數量遠遠多於其他體裁。其次，自平、仄起式方面分析，平起式共 11 首，佔總體 47.83%；仄起式12 首，佔 52.17%。最後，探究題辭詩用韻情形，以下平一先韻運用最為頻繁，共 4 次。

　　題辭詩於陳與義近體詩歌中共有 23 首，其中，七言絕句佔了 18首，所佔比例為 78.26%，可知陳與義創作題辭詩傾向選用七言絕句。接著，從題辭詩之平仄起式來看，平起式共 11 首；仄起式共 12 首，為使對應不同之題辭內容，陳與義創作當下之情緒亦有所差別，而致詩歌起式有所不同，進而呈現平、仄起式數量相差不多之情況。最後，由用韻情形視之，題辭詩使用最多為下平一先韻，據周濟《宋四家詞選》〈序論〉所言：「支先韻細膩。」〔註215〕由此可知，陳與義運用下平一先韻融入題辭詩，表現了細膩深刻之情感。綜合上述內容，陳與義題辭詩之體裁、起式及用韻情形與詩之意涵具有關聯性。

二、聲情與用韻間之關聯

　　自陳與義近體詩整體切入討論，檢視其中之體裁、起式、首句入韻與否，及平仄格律，即可初步釐清陳與義近體詩之創作體裁範疇，並進一步統計、歸納各體裁之比例，可更加瞭解陳與義作詩喜好與其情志彰顯。自詩之用韻情形切入敘述，將陳與義近體詩之用韻逐一檢視並分類，並進行統計及整理，能得知陳與義作詩時韻部之揀擇傾向。陳少松於《古詩詞文吟誦》說明韻部及其表現之韻情，今節錄於下：

> 東冬等韻……給人以寬平、渾厚、鎮靜的感覺；適宜表現莊
> 嚴的神態、渾厚的情感和宏壯的氣概。……真文侵等韻……
> 給人以平穩、沉靜的感覺；適宜表達深沉、憂傷、憐憫等情

〔註215〕　（清）周濟：《宋四家詞選》，文見〈序論〉，臺北：藝文印書館，1967
　　　　年，頁 3。

　　思。……支微齊等韻……給人以細聲細氣的感覺；適宜表達
　　隱微的心曲和細膩的情思。……先寒刪覃鹽咸等韻……給人
　　以悠揚、穩重的感覺；適宜表達奔放、深厚等感情。……魚
　　虞等韻……給人以鬱結難吐的感覺；適宜表達纏綿深微、感
　　嘆不已等感情。……歌韻……給人一種鬱結難吐的感覺，故
　　適宜表達的情感同魚韻近似。……蕭肴豪等韻……給人的感
　　覺確如《紅樓夢》中所指出的「流利飄蕩」；適宜表現瀟灑的
　　風神、豪邁的氣概、激動而悠長等感情。……尤韻……給人
　　以滾滾不盡的感覺；適宜表現闊遠的境界和深沈感慨等感
　　情。……陽江等韻……給人以洪亮、渾厚的感覺；適宜表達
　　豪放、激動、昂揚等感情。……麻韻……給人以清朗的感覺；
　　適宜于表達喜悅、快樂等感情。〔註216〕

由上述陳氏所言，可認識各韻部予人之感覺及適宜表達之感情，即可
瞭解詩人使用韻部之內心情感反映，然而關於各韻部所體現之韻情，
陳氏有所延伸補充說明：

　　什麼樣的韻適宜表達什麼樣的情，也不是絕對的，因為抒情
　　還與全篇音節的安排、語言色彩的選擇、藝術技巧的運用和
　　意境的創造等都有關係。明乎此則不難理解，同一韻部的字
　　為什麼有時用以表達不同基調的感情。比如，杜牧的兩首七
　　絕，山行和泊秦淮押竹都是麻韻，兩詩的情感色彩卻不同，
　　前者欣喜、歡快，後者哀傷、慨嘆。〔註217〕

陳氏所言說明了韻部之融通性，韻部及其情感表現並不具單一性、絕
對性，情感之宣洩仍會受許多外在條件、環境影響，然而可以肯定的是
韻部、情感表現二者之間具有概略方向可供推敲，並且是相互影響的，
陳師茂仁亦闡述韻部與聲情間之關聯：

〔註216〕節錄自陳少松：《古詩詞文吟誦》，北京：社會科學文獻出版社，2002
　　　　年12月，頁229～233。
〔註217〕引自陳少松：《古詩詞文吟誦》，頁234。

詩之用韻如能與詩之內容、意境兩相配合，於觀覽吟詠之
際，必能更領受詩人所涵賦詩作之聲情美感，以此，擇韻於
詩人而言有其重大意義，因之讀者由詩作之用韻，可以體會
作者創作時之情思，而歸納作者詩作用韻之多寡，正可以窺
見作者寫詩風格之傾向。〔註218〕

由上述引文可知用韻之重要性，詩人可藉由韻部表現創作當下之心
緒，讀者亦可透過韻部領會詩人之情思，並可經由統計、歸納用韻情
形瞭解作者寫詩之風格。故下文中，筆者將羅列出71首詩作，以統整
出陳與義近體詩中的聲情、用韻間之關聯性，依詩作之情感映顯可約
略分為愁思、懷想、慨歎等三項，並列舉出對應詩作及用韻數量之統
計，如下表所示：

表一百一：愁思用韻表

體　裁	序　號	詩　作	韻　部
七言絕句	1	〈清明二絕〉之一	下平聲六麻
	2	〈清明二絕〉之二	下平聲八庚
	3	〈鄧州西軒書事〉之一	上平聲十一真
	4	〈鄧州西軒書事〉之二	上平聲十灰
	5	〈鄧州西軒書事〉之三	上平聲六魚
	6	〈鄧州西軒書事〉之四	下平聲八庚
	7	〈鄧州西軒書事〉之五	上平聲十一真
	8	〈鄧州西軒書事〉之六	上平聲五微
	9	〈鄧州西軒書事〉之七	上平聲四支
	10	〈鄧州西軒書事〉之八	下平聲一先
	11	〈鄧州西軒書事〉之九	下平聲一先
	12	〈鄧州西軒書事〉之十	上平聲一東
	13	〈觀雪〉	上平聲十一真

〔註218〕引自陳師茂仁：〈實業詩人鄭福圳詩作探析〉，頁173。

五言律詩	14	〈年華〉	上平聲四支
	15	〈送張迪功赴南京掾〉之一	上平聲十一真
	16	〈送張迪功赴南京掾〉之二	下平聲五歌
	17	〈連雨賦書事〉之一	下平聲十一尤
	18	〈連雨賦書事〉之二	下平聲四豪
	19	〈連雨賦書事〉之三	下平聲十一尤
	20	〈連雨賦書事〉之四	下平聲九青
	21	〈翁高郵挽詩〉	上平聲十一真
	22	〈赴陳留〉	上平聲十一真
	23	〈至陳留〉	上平聲十灰
	24	〈劉大資挽詞〉之一	上平聲五微
	25	〈劉大資挽詞〉之二	上平聲十一真
七言律詩	26	〈目疾〉	上平聲一東
	27	〈陳叔易學士母阮氏挽詞〉之一	下平聲十二侵
	28	〈陳叔易學士母阮氏挽詞〉之二	下平聲一先
	29	〈侯處士女挽詞〉	上平聲四支
	30	〈寺居〉	下平聲九青

表一百二：愁思上平聲用韻統計表

韻　部	數　量	總　計
上平一東	2	17
上平二冬	0	
上平三江	0	
上平四支	3	
上平五微	2	
上平六魚	1	
上平七虞	0	
上平八齊	0	
上平九佳	0	
上平十灰	2	
上平十一真	7	

上平十二文	0
上平十三元	0
上平十四寒	0
上平十五刪	0

表一百三：愁思下平聲用韻統計表

韻　部	數　量	總　計
下平一先	3	13
下平二蕭	0	
下平三肴	0	
下平四毫	1	
下平五歌	1	
下平六麻	1	
下平七陽	0	
下平八庚	2	
下平九青	2	
下平十蒸	0	
下平十一尤	2	
下平十二侵	1	
下平十三覃	0	
下平十四鹽	0	
下平十五咸	0	

　　愁思類別與用韻間之關係，由表格一百二及表格一百三得知，愁思類之用韻傾向使用上平十一真韻。陳與義近體詩中具有愁思情感之詩作多為感懷詩、輓悼詩，故詩作中往往流露深切感情。於韻部方面，上平十一真韻共使用了 7 次為最多，其次為上平四支與下平一先韻，分別各使用了 3 次，其餘用韻次數佔零星少數。是故以愁思詩類別來看，陳與義於創作此類詩作時，較常使用上平十一真韻，營造出那淡淡的苦悶與哀愁之情，卻又不失理性。

表一百四：懷想用韻表

體　裁	序　號	詩　作	韻　部
七言絕句	1	〈清明二絕〉之一	下平聲六麻
	2	〈清明二絕〉之二	下平聲八庚
	3	〈有感再賦〉	上平聲一東
	4	〈除夜〉之二	上平聲十一真
	5	〈除夜不寐飲酒一杯明日示大光〉	上平聲一東
五言律詩	6	〈連雨賦書事〉之一	下平聲十一尤
	7	〈連雨賦書事〉之二	下平聲四豪
	8	〈連雨賦書事〉之三	下平聲十一尤
	9	〈連雨賦書事〉之四	下平聲九青
	10	〈道中寒食〉之一	上平聲十四寒
	11	〈道中寒食〉之二	下平聲八庚
	12	〈試院書懷〉	下平聲六麻
	13	〈寒食〉	上平聲十三元
	14	〈除夜〉	下平聲十蒸
七言律詩	15	〈次韻周教授秋懷〉	下平聲六麻
	16	〈連雨不能出有懷同年陳國佐〉	下平聲十一尤
	17	〈又和歲除感懷用前韻〉	上平聲十四寒
	18	〈次韻答張迪功坐上見貽張將赴南都任〉之一	下平聲十一尤
	19	〈次韻答張迪功坐上見貽張將赴南都任〉之二	下平聲十一尤
	20	〈答元方述懷作〉	下平聲十一尤
	21	〈寓居劉倉廨中晚步過鄭倉臺上〉	上平聲四支
	22	〈秋日客思〉	下平聲七陽
	23	〈重陽〉	下平聲十一尤
	24	〈清明〉	下平聲六麻
	25	〈除夜〉之一	下平聲八庚

表一百五：懷想上平聲用韻統計表

韻　部	數　量	總　計
上平一東	2	7
上平二冬	0	
上平三江	0	
上平四支	1	
上平五微	0	
上平六魚	0	
上平七虞	0	
上平八齊	0	
上平九佳	0	
上平十灰	0	
上平十一真	1	
上平十二文	0	
上平十三元	1	
上平十四寒	2	
上平十五刪	0	

表一百六：懷想下平聲用韻統計表

韻　部	數　量	總　計
下平一先	0	18
下平二蕭	0	
下平三肴	0	
下平四豪	1	
下平五歌	0	
下平六麻	4	
下平七陽	1	
下平八庚	3	
下平九青	1	

下平十蒸	1
下平十一尤	7
下平十二侵	0
下平十三覃	0
下平十四鹽	0
下平十五咸	0

懷想類別與用韻間之關係，由表格一百五及表格一百六得知，懷想類之用韻偏好使用下平十一尤韻。陳與義近體詩中，多以感懷詩或節日相關之詩作抒發了懷想之情，故詩作中表現了內心心志。於韻部方面，選用最多次之韻部為下平十一尤韻，共計 7 次；其次為下平六麻韻，使用了 4 次；第三為下平八庚韻，使用了 3 次，據統計資料可知陳與義喜用下平聲韻。是故以懷想詩類別來看，陳與義較常揀用下平十一尤韻融入懷想詩當中，使詩作含有著千般愁怨，心中苦悶卻又無法訴說之意味。

表一百七：慨歎用韻表

體 裁	序 號	詩 作	韻 部
五言絕句	1	〈正月十六日夜二絕〉之一	下平聲六麻
	2	〈正月十六日夜二絕〉之二	上平聲十二文
七言絕句	3	〈秋夜〉	下平聲八庚
	4	〈春日二首〉之一	下平聲十二侵
	5	〈春日二首〉之二	下平聲九青
	6	〈秋日〉	上平聲四支
五言律詩	7	〈風雨〉	下平聲八庚
	8	〈茅屋〉	上平聲十灰
	9	〈客裏〉	下平聲十一尤
	10	〈西軒寓居〉	下平聲十二侵
	11	〈小閣〉	下平聲八庚

七言律詩	12	〈目疾〉	上平聲一東
	13	〈十月〉	上平聲五微
	14	〈漫郎〉	下平聲一先
	15	〈無題〉	上平聲十一真
	16	〈傷春〉	上平聲二冬

表一百八：慨歎上平聲用韻統計表

韻　部	數　量	總　計
上平一東	1	7
上平二冬	1	
上平三江	0	
上平四支	1	
上平五微	1	
上平六魚	0	
上平七虞	0	
上平八齊	0	
上平九佳	0	
上平十灰	1	
上平十一真	1	
上平十二文	1	
上平十三元	0	
上平十四寒	0	
上平十五刪	0	

表一百九：慨歎下平聲用韻統計表

韻　部	數　量	總　計
下平一先	1	9
下平二蕭	0	
下平三肴	0	

下平四毫	0
下平五歌	0
下平六麻	1
下平七陽	0
下平八庚	3
下平九青	1
下平十蒸	0
下平十一尤	1
下平十二侵	2
下平十三覃	0
下平十四鹽	0
下平十五咸	0

慨嘆類別與用韻間之關係，由表格一百八及表格一百九得知，此類詩作用韻偏好使用下平八庚韻。陳與義近體詩中，慨嘆之情多出現於疾病相關或氣候變化之詩作，詩歌中充滿了無奈。於韻部方面，選用最多次之韻部為下平八庚韻，共 3 次，其次為下平十二侵韻，使用了 2 次，其餘韻部僅佔零星少數。是故以慨嘆詩類別而言，陳與義創作詩歌時較常選用下平八庚韻，詩作往往含有淡淡的哀愁，似乎又需有相當理智的抉擇，淡淡的哀愁又不失理性。

總結本章「陳與義近體詩之辭情與聲情」，以詩歌內容類別而言，陳與義近體詩共可分為五大類，按照詩歌數量多寡排序為：酬酢詩、抒情詩、詠物詩、寫景詩、題辭詩；酬酢詩又可分成四類，分別為：其一，和韻詩，共 74 首，細分為應接相和 63 首、聚眾唱酬 11 首；其二，贈答詩，共 35 首，再分為往來寄贈 21 首、贈詩表意 14 首；其三，應酬詩，總計 21 首，另細分為娛樂宴飲 11 首、交際 10 首；其四，送別詩 10 首，以上酬酢詩類別之詩作總計 140 首；抒情詩再分為兩項：其一為感懷詩，計 118 首，又細分為遇事感發 40 首、閒適怡情 27 首、因景觸情 26 首、人生寄慨 13 首、節慶詠懷 12 首；其二，輓悼詩，共 6

首，抒情詩類別合計 124 首。詠物詩分為四項：其一，動、植物，計 44 首；其二，氣候景象，共 21 首；其三，器物，共 5 首；其四，建築物，共 4 首，詠物詩整體合計共 74 首。寫景詩則再細分三項，分別是：其一，道途即景，共 18 首；其二，遊賞山水，共 17 首；其三，登高遠眺，共 8 首，寫景詩共計 43 首。最後則是題辭詩，題辭詩整體共 23 首，並無進一步區分細項。

　　陳與義詩歌內容類別與體裁、起式、用韻層面之歸納統整，如下所述：酬酢詩之聲情總結：其一，和韻詩，從體裁處審視，此類別運用數量最頻繁者屬於七言律詩，共使用 42 次，佔整體 56.75%；起式狀況，則以仄起式詩歌數量較多，共 39 首；用韻情況以下平聲十一尤韻為主，共 12 次。其二，贈答詩，自體裁處審視，贈答詩運用七言絕句最多，共計 15 首，佔整體 42.85%；接著，自平、仄起式方面，以仄起詩略多於平起詩，佔 19 首；韻部揀用則以上平聲十一真韻佔多數，共使用了 12 次。其三，應酬詩，自體裁層面切入，應酬詩以七言絕句為主，總計 11 首，佔全體 52.38%；起式情況，平起詩以一首之差略多於仄起詩，共 11 首；用韻情形則以上平十灰韻最多，總計 5 次。其四，送別詩，自詩歌體裁分類可知，送別詩以五言律詩為主，共計 6 首，佔整體 60%；平仄起式方面，仄起式所佔比例較多，共 7 首，佔 70%；又自用韻處審視，以運用上平四支、上平五微、上平十一真韻為最多，皆各 2 次。抒情詩之聲情總結：其一，感懷詩，自體裁處分析，感懷詩之體裁以七言絕句為主，共計 42 首，佔整體 35.59%；接著自起式層面切入，平起詩佔 51 首，仄起詩則佔 67 首，可知仄起詩數量多於平起詩；再從用韻處探討，以運用上平四支韻為最多，共計 15 次。其二，輓悼詩，詩作體裁以五言、七言律詩為多數，各計 3 首，可知陳與義傾向以語句較長之律詩鋪敘為長篇輓歌，藉以抒發內心沉痛與悲傷；於起式方面而言，平、仄起詩數量相同，皆為 3 首，而於用韻情形部分，輓悼詩選用上平聲十一真韻為主，共 2 次。詠物詩之聲情總結：其一，動、植物詩，從體裁分類可知，動、植物詩以七言絕句為主，共

計 27 首，比例各佔了 61.36%；探討起式層面，以平起詩略多於仄起詩，共 23 首，佔了 52.27%；自用韻處審視，選用上平聲十灰韻最頻繁，共 8 次。其二，氣候景象詩，自體裁觀之，此類別以五言律詩為主，共計 13 首，佔整體 61.9%；自起式方面視之，以仄起詩較多，共 14 首，佔 66.67%；探究其用韻情形，以下平八庚韻運用最為頻繁，共 5 次。其三，器物詩，自體裁層面審視，器物詩以七言絕句為多數，共計 4 首，佔整體 80%；自起式分析，平起式共 2 首，佔總體 40%；仄起式 3 首，佔 60%，兩者僅相差一首；自用韻情形視之，器物詩選用下平聲八庚韻為主，共 2 次。其四，建築物詩，審視其體裁分類，以七言律詩為主，共 2 首；自起式層面而言，仄起詩共有 3 首，可知陳與義透由歌詠建築物抒發情懷，故仄起詩佔多數；從用韻情形來看，建築物詩運用上平一東、上平四支、上平十灰、下平七陽韻，四種韻部各使用 1 次，並無集中用韻之情形。寫景詩之聲情總結：其一，道途即景詩，此類別之詩歌體裁以七言絕句為眾，共佔 7 首，比例佔了 38.88%；自起式處審視，仄起詩數量較多，共有 11 首，佔道途即景詩整體 61.12%；於用韻情形上，以上平四支、下平六麻韻為主，皆共 3 次。其二，遊賞山水詩，自體裁角度切入，遊賞山水詩以七言絕句為多數，共計 6 首，佔整體 35.29%；於起式層面而言，平起式共計 12 首，佔了 70.59%，數量顯著多於仄起式；又自用韻方面觀之，此類別以上平四支韻為主，共計 4 次。其三，登高遠眺詩，自詩歌體裁分析，此類別以七言絕句為眾，共佔 4 首，佔了登高遠眺詩整體 50%；又於起式而言，平起式共 5 首，佔了 62.5%，可知平起式多於仄起式；自用韻處審視，則以上平四支韻為主，共計 2 次。題辭詩之聲情總結：從體裁方面探討，題辭詩以七言絕句為主，共計 18 首，佔題辭詩整體 78.26%，其數量遠遠超越其他體裁；再從起式方面觀之，平起式共 11 首，佔總體 47.83%；仄起式 12 首，佔 52.17%，兩者僅相差一首；最後，探究題辭詩用韻情形，以下平一先韻運用最為頻繁，共 4 次。

　　陳與義近體詩之情感與用韻之關聯，從愁思、懷想、慨歎三個類

別各自進行與韻部間關係之統整，進而歸納出：愁思類詩作多使用上平聲十一真韻，共 7 次，流露出苦悶與哀愁之情；懷想類詩作喜用下平十一尤韻融入其中，共選用 7 次，使詩歌體現千般哀愁卻又無法訴說之情思；慨歎類多運用下平八庚韻，共 3 次，使慨嘆類詩作帶有淡淡的哀愁。總結上述，藉第五章之分析與歸納，可獲知陳與義近體詩歌中，文辭及用韻間關聯性高，二者相互呼應、搭配。藉由深入理解詩作中呈現之辭情與聲情，亦能對於陳與義近體詩有更全面之解讀、更完整之理解。

第六章　結　論

第一節　研究成果

　　本論文以《陳與義近體詩之研究》為題，研究動機與目的在於透過體裁、形式、內容及修辭等角度剖析陳與義之近體詩。陳與義近體詩詩作風格質樸、典雅浪漫，題材範疇廣泛且意義深遠，當中亦有其抒發自身情思、心志之作，且陳與義近體詩內容注重音韻，故又以詩作之辭情與聲情等美學角度進行分析，審視陳與義近體詩之起式、首句入韻與否、用韻情形及詩歌內涵，並與詩之修辭相互搭配，進而整理、歸納出陳與義近體詩之總結。以下將就本論文之研究結果作統整及陳述：

一、陳與義生平經歷及時代背景

　　陳與義，字去非，自號簡齋居士。生於宋哲宗元祐五年（1090），卒於宋高宗紹興八年（1138），年四十九。陳與義之父為陳抂，母張氏，退傅鄧國公張士遜之孫。陳與義與外家互動頻繁，其書法受其外祖影響甚深，與兩表兄張規臣、張矩臣的唱和亦甚多，品德高尚，為南北宋的重要文人。

　　陳與義之官宦仕途，簡述如下：政和三年癸巳（1113），陳與義二十四歲時任開德府教授。政和八年戊戌（1118），轉任辟雍錄。宣和二

年庚子（1120）春、夏間喪母，故去官服喪。宣和四年壬寅（1122），
為太學博士，掌分經講授等職務。宣和五年癸卯（1123），因〈和張規
臣水墨梅五絕〉之第四首受到宋徽宗青睞，故擢升為秘書省著作佐
郎。宣和六年（1124），遭貶謫為監陳留酒稅，《宋史》未記遭貶之因。
宣和七年（1125），金人犯京師，次年（1126）靖康之難，陳與義開始
六年的流亡歲月，足跡遍布河南、湖北、湖南、廣東、福建、浙江等
地，在避亂歲月之後期出任兵部員外郎。紹興二年（1132），陳與義擔
任左通直郎、中書舍人兼侍講，掌管起草詔書、奏章。紹興四年
（1134），陳與義改試禮部侍郎兼侍講兼權直學士院。紹興七年
（1137），陳與義任參知政事，掌副宰相，此為其仕途中位階最高之官
位。紹興八年（1138），因病情嚴重而辭官，不久即撒手人寰，卒年四
十九歲。縱觀陳與義的政治仕途，雖然不致位極人臣，但宋政權南渡後
仕途較平順穩定。

　　陳與義一生中有四位影響較大之重要友人，首先，陳與義之師——
崔鷗，字德符，雍丘人。登進士第，調鳳州司戶參軍、筠州推官。崔鷗
作詩之兩大原則為「忌俗」及「不可有意於用事」，陳與義受其影響，
亦以此為作詩之規準。第二位為席益，字大光，紹興初曾任參知政事，
亦曾任資政殿學士，紹興九年薨於溫州。《簡齋詩集》中共有二十三首
與席益之唱和詩，詩句中流露對友人濃濃之思念，可證明兩人友誼之
深厚。第三位為葛勝仲，字魯卿，丹陽人。紹興十四（1144）年卒，年
七十三，諡文康。葛勝仲甚為賞識陳與義等人，且數相唱和，《簡齋詩
集》中共有二十三首與葛勝仲唱和詩，可見兩人之好交情。第四位為孫
確，字信道，曾任京西運司屬官，卒年四十。陳與義同孫確唱和詩共有
七首，集中於宋高宗建炎元年，內容多為描寫兩人徜徉於大自然亦懷
有鄉愁之情，感受到兩人於異鄉相伴、扶持之堅定友情。

二、陳與義近體詩之格律與聲韻分析

　　陳與義之近體詩為 404 首，而近體詩中，絕句共 191 首，五言絕

句 27 首，六言絕句 3 首，七言絕句 161 首。律詩共 208 首，五言律詩
88 首，七言律詩 120 首。另外，五言排律亦有 5 首。細究各文體之數
量，七言絕句佔最大宗，其次為七言律詩，二者合計 281 首，佔近體
詩總體 70%，可知陳與義喜作七言。

　　以陳與義近體詩之起式方面而言：平起式詩作共計 191 首，佔了
47.3%；仄起式詩作共計 213 首，佔了 52.7%。陳與義創作平起式詩歌
喜用七言絕句及七言律詩；而創作仄起式詩歌則喜用七言絕句及五言
律詩。陳與義之近體詩，平起式與仄起式之比例相差不大，故其創作心
境應是平順、激昂各半。又由首句是否入韻觀之：正格五言詩作，共
119 首；變格五言詩作，共 1 首；正格七言詩作，共 215 首；變格七言
詩作，共 66 首。統計正格詩共 334 首，佔近體詩 83.3%；變格詩共 67
首，佔 16.7%，兩者差距非常懸殊，可知陳與義創作時以七言首句入韻
者為主；五言首句不入韻為次。

　　又自用韻情形視之，其韻部揀用次數前五名者為：上平聲韻用韻，
四支（47 首）、十一真（33 首）、十灰（30 首）、十四寒（26 首）、一東
與五微並列（22 首）；下平聲韻用韻，十一尤（31 首）、八庚（30 首）、
七陽（24 首）、一先（23 首）、六麻（20 首）。在 395 首平聲韻近體詩
中，上平聲韻共計 235 首，佔 59.5%；下平聲韻共計 160 首，佔 40.5%，
可知陳與義寫詩選用上平聲韻較多。而由用韻寬窄程度所見，寬韻詩
作總計 220 首；中韻詩作總計 117 首；窄韻詩作共 57 首；險韻詩作僅
1 首，可知陳與義最常使用寬韻進行創作，險韻則最少使用。

　　最後，陳與義近體詩中之聲韻編排特色分別為：首先，押聲調之
複沓，押聲調指同位置之文字具有相同聲調，呈現迴環複沓之美。接
著，疊字之複沓，疊字能更充分、生動地傳達詩歌氛圍，形成和諧之音
韻、鮮明之節奏。最後，頂真韻、頂真聲母，除了可體悟押韻之聲情，
亦可領受頂真韻之複沓，又兼有頂真聲母之迴環，層層堆疊，形成層次
豐富之詩歌。

三、陳與義近體詩詩作之藝術特色

於第一節修辭技巧，將陳與義使用之修辭加以統計、整理，修辭運用次數由多至寡分別為：第一，摹寫，分有視覺摹寫、聽覺摹寫、嗅覺摹寫、味覺摹寫、觸覺摹寫五種；第二，類疊，陳與義近體詩中運用較多疊字手法，類字佔少數，並無疊句、類句；第三，轉化，又分為擬人修辭、形象化手法，並未使用擬物修辭；第四，倒裝；第五，借代；第六，設問，分為設問、激問，未使用提問修辭；第七，映襯；第八，對偶，其中句中對佔多數，另有少數單句對，並無複句對及長對；第九，譬喻，又分明喻、略喻、借喻，並未使用隱喻、假喻；第十，誇飾。上述修辭技巧使陳與義近體詩表現出豐富美妙之文字效果。

第二節寫作特色中，剖析陳與義近體詩中數字之運用、色彩之巧用。將數字加入詩歌中，能創造更深遠之意境效果，亦能形成和諧之音律，於眾多數字中，陳與義使用「一」的次數最為頻繁，共使用 146 次，佔整體運用比例 31.9%，次多者為「萬」，使用次數最少者則為「七」及「八」。藉由色彩詞之巧用，能生動營造出詩人所要的情境，陳與義於近體詩作中曾使用青色系、白色系、黃色系、紅色系、黑色系等色彩詞，經統計可知，陳與義運用青色系之色彩字最多，共計 93 次，佔44.5%；在青色系中，又以「青」色使用最頻繁，共有 48 次，另單就色彩字而言，則以「白」色運用最多次，共計 58 次，可知陳與義偏好用青色系及白色裝飾詩歌內容。

四、陳與義近體詩詩作之辭情與聲情

陳與義近體詩共可分為五大類，按照詩歌數量多寡排序為：酬酢詩、抒情詩、詠物詩、寫景詩、題辭詩。

首先，酬酢詩共 140 首，又可分成四類，分別為：其一，和韻詩，細分為應接相和 63 首、聚眾唱酬 11 首；其二，贈答詩，再進一步分為往來寄贈 21 首、贈詩表意 14 首；其三，應酬詩，另細分為娛樂宴飲 11 首、交際 10 首；其四，送別詩 10 首。第二，抒情詩共 124 首，

再分為兩項：其一為感懷詩，又細分為遇事感發 40 首、閒適怡情 27 首、因景觸情 26 首、人生寄慨 13 首、節慶詠懷 12 首；其二，輓悼詩，共 6 首。第三，詠物詩共 74 首，分為四項：其一，動、植物，計 44 首；其二，氣候景象，共 21 首；其三，器物，共 5 首；其四，建築物，共 4 首。第四，寫景詩共 43 首，再細分三項，分別是：其一，道途即景，共 18 首；其二，遊賞山水，共 17 首；其三，登高遠眺，共 8 首。最後則是題辭詩，題辭詩整體共 23 首，並無進一步區分細項。

各類別之聲情歸納如下：酬酢詩之聲情總結：其一，和韻詩，從體裁處審視，此類別運用數量最頻繁者屬於七言律詩，共使用 42 次；起式狀況，則以仄起式詩歌數量較多，共 39 首；用韻情況以下平聲十一尤韻為主，共 12 次。其二，贈答詩，自體裁處審視，贈答詩運用七言絕句最多，共計 15 首；接著，自平、仄起式方面，以仄起詩略多於平起詩，佔 19 首；韻部揀用則以上平聲十一真韻佔多數，共使用了 12 次。其三，應酬詩，自體裁層面切入，應酬詩以七言絕句為主，總計 11 首；起式情況，平起詩略多於仄起詩，共 11 首；用韻情形則以上平十灰韻最多，總計 5 次。其四，送別詩，自詩歌體裁分類可知，送別詩以五言律詩為主，共計 6 首；平仄起式方面，仄起式所佔比例較多，共 7 首；又自用韻處審視，以運用上平四支、上平五微、上平十一真韻為最多，皆各 2 次。

抒情詩之聲情總結：其一，感懷詩，自體裁處分析，感懷詩之體裁以七言絕句為主，共計 42 首；接著自起式層面切入，仄起詩數量多於平起詩；再從用韻處探討，以運用上平四支韻為最多，共計 15 次。其二，輓悼詩，詩作體裁以五言、七言律詩為多數，各計 3 首，可知陳與義傾向以語句較長之律詩鋪敘為長篇輓歌，藉以抒發內心沉痛與悲傷；於起式方面而言，平、仄起詩數量相同，皆為 3 首，而於用韻情形部分，輓悼詩選用上平聲十一真韻為主，共 2 次。

詠物詩之聲情總結：其一，動、植物詩，從體裁分類可知，動、植物詩以七言絕句為主，共計 27 首；探討起式層面，以平起詩略多於

仄起詩，共 23 首；自用韻處審視，選用上平聲十灰韻最頻繁，共 8 次。其二，氣候景象詩，自體裁觀之，此類別以五言律詩為主，共計 13 首；自起式方面視之，以仄起詩較多，共 14 首；探究其用韻情形，以下平八庚韻運用最為頻繁，共 5 次。其三，器物詩，自體裁層面審視，器物詩以七言絕句為多數，共計 4 首；自起式分析，平起式共 2 首；仄起式 3 首；自用韻情形視之，器物詩選用下平聲八庚韻為主，共 2 次。其四，建築物詩，審視其體裁分類，以七言律詩為主，共 2 首；自起式層面而言，仄起詩共有 3 首，可知陳與義透過歌詠建築物抒發情懷，故仄起詩佔多數；從用韻情形來看，建築物詩運用上平一東、上平四支、上平十灰、下平七陽韻，四種韻部各使用 1 次，並無集中用韻之情形。

　　寫景詩之聲情總結：其一，道途即景詩，此類別之詩歌體裁以七言絕句為眾，共佔 7 首；自起式處審視，仄起詩數量較多，共有 11 首；於用韻情形上，以上平四支、下平六麻韻為主，皆共 3 次。其二，遊賞山水詩，自體裁角度切入，遊賞山水詩以七言絕句為多數，共計 6 首；於起式層面而言，平起式共計 12 首，數量顯著多於仄起式；又自用韻方面觀之，此類別以上平四支韻為主，共計 4 次。其三，登高遠眺詩，自詩歌體裁分析，此類別以七言絕句為眾，共佔 4 首；又於起式而言，平起式共 5 首，平起式多於仄起式；自用韻處審視，則以上平四支韻為主，共計 2 次。

　　題辭詩之聲情總結：從體裁方面探討，題辭詩以七言絕句為主，共計 18 首，其數量遠遠超越其他體裁；再從起式方面觀之，平起式共 11 首；仄起式 12 首，平起式以一首之差多於仄起式；最後，探究題辭詩用韻情形，以下平一先韻運用最為頻繁，共 4 次。

　　陳與義近體詩之情感與用韻之關聯，從愁思、懷想、慨歎三個類別各自進行與韻部間關係之統整，進而歸納出：第一，愁思類詩作多使用上平聲十一真韻，共 7 次，流露出苦悶與哀愁之情，而愁思情感之詩作多為感懷詩、輓悼詩；第二，懷想類詩作喜用下平十一尤韻融入其

中，共選用 7 次，使詩歌體現千般哀愁卻又無法訴說之情思，懷想之情多體現於感懷詩或節日相關之詩作；第三，慨歎類多運用下平八庚韻，共 3 次，慨嘆之情多出現於疾病相關或氣候變化之詩作，使慨嘆類詩作帶有淡淡的哀愁。以陳與義近體詩而言，其詩歌流露愁思、懷想之情較多，慨嘆類之詩作較少。

第二節　待解決之問題與可延伸方向

　　本論文專就陳與義之近體詩進行研究分析，故對於陳與義其他方面之探索仍有研究空間，於研究過程中，尚有許多主題與資料可供整理與歸納。以至今陳與義研究現況而言，存在著因資料不完整之缺憾，使得陳與義相關之研究遲遲無法形成一個完善的脈絡組織。若以目前之研究現況而言，多是自陳與義生平經歷、性情心志、交遊往來、作品考證、文學風格等方面進行全方面之歸納，進而奠定陳與義相關研究之基礎，亦為未來從事相關研究者之珍貴資料。

　　在陳與義之生平經歷、性情心志、交遊往來部分，歷來有江道德《陳與義的生平及其詩》一書探討陳與義的生平，包含家世、生平事蹟及重要交遊，對於其生平考察甚詳，雖有探討詩作之內容，但較缺乏詩作形式部分之研究，如詩作之起式、句法、修辭等等。接著，楊玉華《陳與義陳師道研究》一書分別探討陳與義之家世生平、詩歌的思想內容、地位及影響，此書考察陳與義之生平、交遊甚為詳細，並引用多本古籍文獻，釐清陳與義父輩、祖輩之家譜，對於了解陳與義家世背景助益甚多！然作者論述詩歌的思想內容尚有鑽研空間，讓筆者有幸能得此議題加以分析、研究。

　　又在陳與義詩作之考證及文學風格層面之研究中，首先有吳淑鈿《陳與義詩歌研究》一書，從江西詩派之技法與形式來探究陳與義詩歌之藝術技巧，然對於陳與義詩歌風格殊異處未能詳察。另外有楊玉華《陳與義陳師道研究》一書，針對陳與義詩歌之思想內容、詩歌藝術、對文壇之影響等方面皆有論述，然對於陳與義詩作之考證並未著

墨，故此亦可為未來陳與義相關研究之議題材料。陳與義之創作體裁堪稱廣泛，除了較廣為人知的詩歌作品外，亦有詞、賦、散文等等，這些體裁作品亦包含詩人在生活中之感悟、對生命之啟發，亦或寄託個人之心志，是故若只將研究焦點置放於近體詩部分，將會無法對陳與義整體文學作品有完整、透徹之認識及瞭解。最後，由於筆者才疏學淺，於研究過程中雖然力求謹慎，仍不免有疏漏、不足之處，尚祈各方先進與學者不吝惠示指教！

參考文獻

一、**專書**（按朝代及作者姓氏筆畫遞增排序）

（一）文本

1. （宋）陳與義撰，（宋）胡穉箋註：《增廣箋註簡齋詩集》三十卷，常熟瞿鏞鐵琴銅劍樓藏宋刊本，收藏於東京大學東洋文化研究所。

2. （宋）陳與義撰，（宋）胡穉箋註：《增廣箋註簡齋詩集》三十卷無住詞一卷年譜一卷，清嘉慶間阮元進呈鈔本，收藏於國立故宮博物院圖書館。

3. （宋）陳與義撰，（宋）胡穉箋註，（清）馮煦校勘：《增廣箋註簡齋詩集》三十卷，江寧蔣國榜湖上草堂本，收藏於東京大學東洋文化研究所。

4. （宋）陳與義撰，（宋）胡穉箋註：《增廣箋註簡齋詩集》三十卷無住詞一卷附正誤一卷，常熟瞿鏞鐵琴銅劍樓藏宋刊本，目前收藏於國家圖書館。1929 年，上海：商務印書館據此本影印收入四部叢刊集部中。

5. （宋）陳與義撰，（宋）劉辰翁評點：《須溪先生評點簡齋詩集》，訓鍊都監字本，收藏於首爾大學奎章閣韓國學研究院。

6.（宋）陳與義撰，（宋）劉辰翁評點：《須溪先生評點簡齋詩集》十五卷，明嘉靖朝鮮刊本，收藏於東京大學東洋文化研究所。

7.（宋）陳與義：《簡齋集》十六卷，清乾隆間武英殿聚珍本，收藏於哈佛大學哈佛燕京圖書館。

8.（宋）陳與義：《簡齋集》十六卷，清乾隆間武英殿聚珍本，目前收藏於國立故宮博物院圖書館。1969 年，臺北：藝文印書館據此本影印，收入《原刻景印百部叢書集成》。

9.（宋）陳與義：《簡齋集》十六卷，清乾隆間文淵閣四庫全書本，收藏於國立故宮博物院圖書館。

10.（宋）陳與義撰，吳書蔭、金德厚點校：《陳與義集》三十卷，江寧蔣國榜湖上草堂本，目前收藏於東京大學東洋文化研究所。1982 年，北京：中華書局據此本排印。

11.（宋）陳與義撰，白敦仁點校：《陳與義集校箋》三十卷，《四部叢刊》影印瞿鏞鐵琴銅劍樓藏宋刊本，1990 年，上海：上海古籍出版社出版，收入《中國古典文學叢書》。

12.（宋）陳與義撰，鄭騫校箋：《陳簡齋詩集合校彙注》三十卷，江寧蔣國榜湖上草堂本，1975 年 10 月，臺北：聯經出版事業公司出版。

（二）古籍

1.（梁）劉勰：《文心雕龍》，上海：上海書店，1989 年。

2.（唐）孔穎達：《毛詩正義》，上海：上海古籍出版社，1990 年 12 月。

3.（宋）王明清：《揮麈後錄》，收於《筆記小說大觀》十五編，臺北：新興書局，1984 年 6 月。

4.（宋）李心傳：《建炎以來繫年要錄》，北京：中華書局，1985 年。

5.（宋）朱熹：《朱文公文集》，臺北：臺灣商務印書館，1980 年。

6.（宋）牟巘：《陵陽集》，收於《景印文淵閣四庫全書》集部別集

類，第一一八八冊，臺北：臺灣商務印書館，1983 年。

7.（宋）周必大：〈法帖音釋刊誤跋〉，收於《景印文淵閣四庫全書》子部藝術類，第八一二冊，臺北：臺灣商務印書館，1983 年。

8.（宋）胡仔：《苕溪漁隱叢話》，臺北：長安出版社，1978 年 12 月。

9.（宋）晁公武：《郡齋讀書志》，臺北：商務印書館，1978 年 1 月。

10.（宋）徐度：《卻掃編》，收於嚴一萍輯《原刻景印百部叢書集成》，臺北：藝文印書館，1971 年。

11.（宋）陳振孫：《直齋書錄解題》，上海：上海古籍出版社，1987 年 11 月。

12.（宋）陳善：《捫蝨新話》，收於《叢書集成》初編，北京：中華書局，1985 年。

13.（宋）陳巖肖：《庚溪詩話》，收於嚴一萍輯《原刻景印叢書集成》第二編，臺北：藝文印書館，1965 年。

14.（宋）章定：《名賢氏族言行類編》，收於《景印文淵閣四庫全書》子部類書類，第九三三冊，臺北：臺灣商務印書館，1983 年。

15.（宋）張嵲：《紫微集》，收於《景印文淵閣四庫全書》集部別集類，第一一三三冊，臺北：臺灣商務印書館，1983 年。

16.（宋）曾敏行：《獨醒雜志》，上海：上海古籍出版社，1986 年 6 月。

17.（宋）費袞：《梁谿漫志》，臺北：廣文書局，1961 年。

18.（宋）葛立方：《韻語陽秋》，北京：中華書局，1985 年。

19.（宋）楊仲良：《資治通鑑長編紀事本末》，收於趙鐵寒編《宋史資料萃編》第二編，臺北：文海出版社，1967 年。

20.（宋）葛勝仲：《丹陽集》，收於嚴一萍輯《原刻景印叢書集成》第三編，臺北：藝文印書館，1971 年。

21.（宋）劉克莊：《後村詩話》，北京：中華書局，1983 年 12 月。

22.（宋）魏慶之：《詩人玉屑》，上海：中華書局，1961 年 12 月。

23.（宋）羅大經：《鶴林玉露》，收於《景印文淵閣四庫全書》子部
雜家類，第八六五冊，臺北：臺灣商務印書館，1983 年。

24.（宋）嚴羽撰，（清）胡鑑注：《滄浪詩話注》，臺北：廣文書局，
1972 年 1 月。

25.（宋）蘇軾著，楊家駱主編：《蘇東坡全集》，臺北：世界書局，
1989 年 10 月六版。

26.（元）方回：《桐江續集》，收於《景印文淵閣四庫全書》集部總集
類，第一一九三冊，臺北：臺灣商務印書館，1983 年。

27.（元）方回：《瀛奎律髓》，收於《景印文淵閣四庫全書》集部總集
類，第三百五冊，臺北：臺灣商務印書館，1983 年。

28.（元）仇遠：《山村遺集》，收於嚴一萍輯《原刻景印叢書集成》三
編，第十八冊，臺北：藝文印書館，1971 年。

29.（元）吳澄：《吳文正集》，收於《景印文淵閣四庫全書》集部別集
類，第一一九七冊，臺北：臺灣商務印書館，1983 年。

30.（元）姚燧：《牧庵集》，收錄於《四部叢刊初編》第二三三冊，上
海：上海書店，1989 年 3 月。

31.（元）許有壬：《許有壬文集》，收於《永樂大典》第二冊，北京：
中華書局，1986 年 6 月。

32.（元）脫脫等著，楊家駱主編：《宋史》，臺北：鼎文書局，1980
年 1 月。

33.（元）脫脫等著，楊家駱主編：《新校本宋史并附編三種》，臺北：
鼎文書局，1983 年 11 月三版。

34.（元）程文海：《雪樓集》，收於《景印文淵閣四庫全書》集部別
集類，第一二〇二冊，臺北：臺灣商務印書館，1983 年。

35.（明）李開先：〈李中麓閑居集序〉，收於《李開先集》，北京：中
華書局，1959 年 12 月。

36.（明）胡應麟:《詩藪》,臺北:廣文書局,1973 年 9 月。

37.（明）陳邦瞻:《宋史紀事本末》,臺北:三民書局,1973 年。

38.（清）阮元:《四庫未收書目提要》,臺北:商務印書館,1971 年
3 月。

39.（清）吳之振:《宋詩鈔》,收於《景印文淵閣四庫全書》集部總
集類,第四百冊,臺北:臺灣商務印書館,1983 年。

40.（清）沈曾植:《寐叟題跋》,收錄於林慶彰主編《民國文集叢刊》
第一編,台中:文听閣圖書,2008 年 12 月。

41.（清）余照春亭編輯、周基校訂、朱明祥編寫:《增廣詩韻集成》,
高雄:復文出版社,1992 年。

42.（清）周濟:《宋四家詞選》,臺北:藝文印書館,1967 年。

43.（清）紀昀:〈簡齋集序〉,收錄於嚴一萍輯《百部叢書集成聚珍
版叢書》《簡齋集》,臺北:藝文印書館,1965 年。

44.（清）紀昀:《四庫全書總目提要》,臺北:商務印書館,1983 年
10 月。

45.（清）紀昀:《瀛奎律髓刊誤》,收於《叢書集成續編》第一四六
冊,上海:上海書店出版社,1994 年。

46.（清）俞琰編輯,易緯雲、孫奮揚注:《歷代詠物詩選》,臺北:廣
文書局有限公司,1968 年 1 月。

47.（清）劉熙載:《藝概》,上海:上海古籍出版社,1978 年。

48.（清）厲鶚:《宋詩紀事》,臺北:中華書局,1971 年 4 月。

49.（清）厲鶚:《樊榭山房文集》,收於《樊榭山房全集》第三冊,臺
北:文海出版社,1975 年。

50.（清）瞿鏞:《鐵琴銅劍樓藏書目錄》,臺北:廣文書局,1989 年 7
月。

（三）今人專著

1. 王力:《漢語詩律學》,上海:上海教育出版社,1979 年。

2. 王易：《詞曲史》，臺北：廣文書局，1960 年。

3. 北平故宮博物院編輯：《故宮周刊》，上海：上海書店，1988 年
   12 月。

4. 白敦仁：《陳與義年譜》，北京，中華書局，1983 年 3 月。

5. 朱光潛：《詩論》，安徽：安徽教育出版社，1997 年。

6. 古遠清：《詩歌分類學》，彰化：復文圖書出版社，1991 年 9 月。

7. 古遠清、孫光萱：《詩歌修辭學》，臺北：五南出版社，1997 年 6
   月。

8. 李元洛：《詩美學》，臺北：東大圖書股份有限公司，1990 年 2
   月。

9. 杜松柏：〈宋代詩學述要〉，收錄於黃永武、張高評編著之《宋詩
   論文選輯》，高雄：復文出版社，1988 年 5 月。

10. 李栖：《兩宋題畫詩論》，臺北：臺灣學生書局，1994 年 7 月。

11. 沈謙：《修辭學》，臺北：國立空中大學，1991 年 12 月。

12. 杜淑貞：《現代實用修辭學》，高雄：復文圖書出版社，2010 年 9
    月。

13. 吳淑鈿：《陳與義詩歌研究》，臺北：文津出版社，1993 年 1 月。

14. 沈謙：《修辭學》，臺北：國立空中大學，1995 年 1 月。

15. 邱燮友：《品詩吟詩》，臺北：東大圖書股份有限公司，1989 年 6
    月。

16. 季明華：《南宋詠史詩研究》，臺北：文津出版社，1997 年 11
    月。

17. 周生亞：《古代詩歌修辭》，北京：語文出版社，1995 年 4 月。

18. 林美清：《杜詩意象類型研究》，臺北：花木蘭文化出版社，2008
    年 9 月。

19. 竺家寧：《聲韻學》，臺北：五南圖書出版有限公司，1995 年 11
    月。

20. 林湘華:《禪宗與宋代詩學理論》,臺北:文津出版社,2002 年 2 月。

21. 周裕鍇:《宋代詩學通論》,上海:上海古籍出版社,2007 年 12 月。

22. 陳少松:《古詩詞文吟誦》,北京:社會科學文獻出版社,2002 年 12 月。

23. 陳正治:《修辭學》,臺北:五南圖書出版股份有限公司,2006 年 4 月。

24. 唐松波、黃建霖:《漢語修辭格大辭典》,臺北:建宏出版社,1996 年 1 月。

25. 陳茂仁:《古典詩歌初階》,臺北:文津出版社,2003 年 9 月。

26. 陳茂仁:《臺灣傳統吟詩研究》,臺北:博揚文化事業有限公司,2011 年 12 月。

27. 陳茂仁:《臺灣傳統吟詩入門──大家來吟詩》(附 CD),臺北:博揚文化事業有限公司,2013 年 4 月。

28. 孫望、常國武主編:《宋代文學史》,北京:人民文學出版社,1996 年 9 月。

29. 陳望道:《修辭學發凡》,臺北:文史哲出版社,1989 年。

30. 張光宇:《閩客方言史稿》,臺北:南天出版社,1996 年。

31. 教育部:《臺灣閩南語羅馬字拼音方案使用手冊》,臺北:教育部,2007 年。

32. 張高評:《宋詩之傳承與開拓──以翻案詩、禽言詩、詩中有畫為例》,臺北:文史哲出版社,1990 年 3 月。

33. 梅家玲:《漢魏六朝新論:擬代與贈答篇》,臺北:里仁出版社,1997 年 4 月。

34. 張峻榮:《南宋高宗偏安江左原因之探討》,臺北:文史哲出版社,1986 年 3 月。

35. 許清雲:《近體詩創作理論》,臺北:洪葉文化,1997 年。

36. 張夢機:《古典詩的形式結構》,臺北:駱駝出版社,1997 年。

37. 莫礪鋒:《江西詩派研究》,濟南:齊魯書社,1986 年 10 月。

38. 程千帆、吳新雷:《兩宋文學史》,高雄:麗文文化出版社,1993 年。

39. 黃永武:《字句鍛鍊法》,臺北:洪範書局,2003 年 11 月。

40. 黃永武:《中國詩學——鑑賞篇》,臺北:巨流圖書公司,2008 年。

41. 曾棗莊、劉琳主編:《全宋文》,上海:上海辭書出版社,2006 年 8 月。

42. 黃雅莉:《江西詩風的創新與再造——陳後山對杜詩的繼承與拓展》,臺北:花木蘭文化出版社,2012 年 9 月。

43. 黃惠菁:《唐宋陶學研究》,臺北:花木蘭文化出版社,2007 年 3 月。

44. 黃智群:《南朝贈答詩與士人文化研究》,新北:花木蘭文化出版社,2011 年。

45. 黃慶萱:《修辭學》,臺北:三民書局,1988 年 3 月。

46. 黃麗貞:《實用修辭學》,臺北:國家出版社,2007 年 1 月。

47. 楊玉華:《陳與義陳師道研究》,四川:巴蜀書社,2006 年 8 月。

48. 董季棠:《修辭析論》,臺北:文史哲出版社,1992 年 6 月。

49. 葉珊、林衡哲:《陳世驤文存》,臺北:志文出版社,1972 年 7 月。

50. 葉桂桐:《中國詩律學》,臺北:文津出版社,1998 年。

51. 路燈照、成九田:《古詩文修辭例話》,臺北:商務印書館,1987 年 10 月。

52. 劉伯驥:《宋代政教史》,臺北:中華書局,1971 年 12 月。

53. 蔡宗陽:《應用修辭學》,臺北:萬卷樓,2001 年 5 月。

54. 錢鍾書:《談藝錄》,臺北:藍燈文化事業股份有限公司,1987 年 11 月。

55. 錢鍾書:《宋詩選注》,北京:人民文學出版社,1988 年。

56. 謝雲飛:《文學與音律》,臺北:東大圖書有限公司,1978 年。

57. 簡明勇:《律詩研究》,臺北:文史哲出版社,1990 年 5 月。

58. 譚永祥:《漢語修辭美學》,北京:北京語言學院,1992 年 12 月。

59. 羅家祥:《北宋黨爭研究》,臺北:文津出版社,1993 年 11 月。

二、期刊論文（按出版時間先後排序）

1. 吳中勝:〈陳與義南渡期內在心理探析〉,《固原師專學報》,第 4 期,1994 年,頁 45～47。

2. 孫景陽:〈珠圓玉潤、妙趣橫生:談詩中疊字的妙用〉,《益陽師專學報》,第 15 卷第 3 期,1994 年 5 月,頁 76～79。

3. 姚良柱:〈宋詩的成就和特色〉,《烏魯木齊成人教育學院學報》,第 3 期,1994 年 8 月,頁 17～23。

4. 楊玉華:〈試論簡齋詩對前人的繼承〉,《楚雄師專學報》,第 2 期,1995 年,頁 25～31。

5. 璩銀吉:〈陳與義詩用韻考〉,《華南理工大學學報》,第 3 卷第 1 期,2001 年 3 月,頁 74～76。

6. 宋亞偉:〈《簡齋集》版本考略〉,《河南圖書館學刊》,第 21 卷第 3 期,2001 年 6 月,頁 80～83。

7. 周臘生:〈陳與義避亂鄂西北〉,《十堰職業技術學院學報》,第 15 卷第 2 期,2002 年 6 月,頁 50～53。

8. 劉方喜:〈「聲情」辨——對一個漢語古典詩學形式範疇的研究〉,《人文雜誌》,第 6 期,2002 年 11 月,頁 87～94。

9. 吳俊:〈擬人的審美價值〉,《修辭學習》,第 2 期,2003 年,頁 36。

10. 葉朗:〈辭情與聲情〉,《西北美術》,第 2 期,2003 年,頁 53。

11. 劉方喜:〈「聲情」:漢語詩學基本範疇的新發現及理論啟示〉,《南陽師範學院學報》,第 3 卷第 1 期,2004 年 1 月,頁 60～65。

12. 郭潔:〈漫談題畫詩〉,《山東商業職業技術學院學報》,第 4 卷第 3 期,2004 年 9 月,頁 41～43。

13. 孫敏:〈古典詩歌中的數字表現手法及其審美意義〉,《汕頭大學學報》,第 21 卷第 5 期,2005 年,頁 59～64。

14. 劉慶美:〈懷古詠史詩和即事感懷詩鑒賞方法淺探〉,《語文學刊》,第 2 期,2005 年,頁 102～103。

15. 陳松青:〈中國古典詩學之「聲情說」闡釋〉,《中國文學研究》,第 3 期,2006 年,頁 27～30。

16. 左福生:〈論陳與義南渡詩的「雄渾」〉,《樂山師範學院學報》,第 22 卷第 6 期,2007 年 6 月,頁 28～31。

17. 田海英:〈修辭的韻外審美境界〉,《大眾文藝》,第 12 期,2008 年,頁 82。

18. 陳寶賢、李小凡:〈閩南方言連續變調新探〉,《語文研究》,第 2 期,2008 年,頁 47～52。

19. 王豔峰:〈疊字在中國古典文學作品中的運用〉,《哈爾濱學院學報》,第 29 卷第 7 期,2008 年 7 月,頁 70。

20. 寧智鋒:〈簡論禪宗對陳與義的影響〉,《文藝評論》,第 1 期,2008 年 7 月,頁 134～136。

21. 王术臻:〈《滄浪詩話》「陳簡齋體亦江西之派而小異」疏證〉,《語文學刊》,第 11 期,2009 年,頁 5～7。

22. 黃俊杰:〈陳與義詩歌藝術探源〉,《荊門職業技術學院學報》,第 24 卷第 1 期,2009 年 1 月,頁 47～52。

23. 寧智鋒:〈陳與義詩歌分期新探〉,《成都理工大學學報》,第 17 卷第 3 期,2009 年 9 月,頁 39～45。

24. 李春霞：〈淺釋陳與義閑淡詩風的價值〉，《佳木斯大學社會科學學報》，第 27 卷第 5 期，2009 年 10 月，頁 68～70。

25. 陳海燕：〈數字在漢詩中的意境效果〉，《廣東工業大學學報》，第 9 卷第 5 期，2009 年 10 月，頁 74～78。

26. 謝百中：〈試論倒裝修辭在格律詩（詞曲）中的作用〉，《江西教育學院學報》，第 31 卷第 2 期，2010 年 4 月，頁 59～61。

27. 梅潔瓊：〈中國古代題畫詩論略〉，《廣東技術師範學院學報》，第 3 期，2011 年，頁 76～79。

28. 陳茂仁：〈閩南語陽去聲字之吟式研究〉，《嘉大中文學報》，第 5 期，2011 年 3 月，頁 155～180。

29. 杭勇：〈論陳與義南渡後詩歌的意象營造〉，《學術交流》，第 5 期，2011 年 5 月，頁 160～163。

30. 陳茂仁：〈實業詩人鄭福圳詩作探析〉，《大彰化地區近當代漢詩論文集》，2011 年 6 月，頁 173～185。

31. 王建生：〈陳與義的「新體」詩〉，《文史知識》，2012 年 3 月，頁 107～110。

32. 杜若鴻：〈北宋重要詩案與詩歌發展的轉向〉，《浙江大學學報》，第 42 卷第 3 期，2012 年 5 月，頁 168～177。

33. 陳茂仁：〈淺探吟顯近體詩音樂美之內因與外緣〉，《彰化師大國文學誌》，第 25 期，2012 年 12 月，頁 29～59。

34. 王迎春：〈陳與義題畫詩探論〉，《安慶師範學院學報》，第 32 卷第 3 期，2013 年 6 月，頁 42～45。

35. 劉雄：〈試論陳與義詩歌的聲律〉，《漯河職業技術學院學報》，第 12 卷第 4 期，2013 年 7 月，頁 67～71。

36. 章建文：〈吳應箕的應酬詩與明末文學生態〉，《池州學院學報》，第 27 卷第 5 期，2013 年 10 月，頁 78～83。

37. 傅紹磊：〈陳與義閒適詩新探〉，《文教資料》，第 24 期，2014 年

8 月 25 日，頁 7～8。

38. 戎默：〈淺論陳與義詩論的突破性與開拓性〉，《廣州大學學報》，第 13 卷第 11 期，2014 年 11 月，頁 92～96。

39. 董秋月：〈20 世紀 80 年代以來陳與義研究綜述〉，《牡丹江師範學院學報》，第 2 期，2015 年 2 月，頁 64～67。

40. 陳茂仁：〈由吟詩角度探杜甫〈江畔獨步尋花〉（其六）聲韻之美〉，《第十屆思維與創作暨第五屆臺灣南區大學中文系聯合學術會議論文集》，2016 年 9 月，頁 1～11。

41. 付婭：〈淺談山水詩中顏色詞的涵義——以王維山水詩中顏色詞為例〉，《科技視界》，第 16 期，2017 年 6 月，頁 111～112。

三、學位論文（按作者姓氏筆畫遞增排序）

1. 王秀雲：《北宋詩歌典範的遞變與確立》，世新大學中國文學系研究所，博士論文，2014 年 6 月。

2. 王莉莉：《《古詩十九首》修辭藝術探究》，玄奘人文社會學院中國語文研究所，碩士論文，2004 年 5 月。

3. 白曉萍：《宋南渡初期詩人群體研究》，浙江大學，中國古代文學系研究所，博士論文，2006 年 2 月。

4. 江道德：《陳與義的生平及其詩》，國立臺灣大學中國文學研究所，碩士論文，1982 年 5 月。

5. 吳倩：《陳與義詩歌論》，廣州大學中國古代文學研究所，碩士論文，2010 年 5 月。

6. 李鴻泰：《李白交往詩研究》，國立臺灣師範大學國文學系研究所，碩士論文，2013 年 7 月。

7. 林姵君：《宋南渡詞人的汴都之思與臨安之情》，國立臺灣師範大學，國文學系研究所，碩士論文，2012 年 6 月。

8. 姜甦芳：《靖康之難與陳與義詩風轉變》，鄭州大學中國古代文學研究所碩士論文，2006 年 6 月。

9. 陳秀鴻：《陳與義寫景文學研究》，國立清華大學中國文學系研究所，碩士論文，2008 年 7 月。

10. 夏爽：《古典詩歌中的語言文字美——文采及其表現方式》，延邊大學漢語言文化學院，碩士論文，2004 年 5 月。

11. 孫莉：《陳與義詩歌研究》，暨南大學中國古代文學研究所，碩士論文，2006 年 5 月。

12. 張天錫：《陳與義詩歌研究》，臺北市立師範學院應用語言文學研究所，碩士論文，2001 年 12 月。

13. 張奇：《陳與義詩歌三論》，安徽師範大學中國古代文學研究所，碩士論文，2007 年 5 月。

14. 張雯華：《東坡詞色彩意象析論》，臺北：國立臺灣師範大學國文研究所，碩士論文，2003 年 6 月。

15. 黃美瑤：《古典詩歌聲情教學研究——以現行國中國文課本為例》，國立臺灣師範大學中國文學系研究所，碩士論文，2010 年。

16. 董秋月：《陳與義七律研究》，閩南師範大學中國古代文學研究所，碩士論文，2016 年 6 月。

17. 鄭心媛：《楊億詩之研究》，國立嘉義大學人文藝術學院中國文學系研究所，碩士論文，2017 年 1 月。

18. 劉彥宏：《杜甫草堂詩研究》，明道大學國學研究所，碩士論文，2009 年 6 月。

19. 蕭雅蓮：《白居易新樂府詩語言藝術研究》，國立彰化師範大學國文研究所，碩士論文，2006 年 7 月。

20. 鍾志偉：《執志與保真：王荊公詩歌主題研究》，國立中央大學中國文學系，博士論文，2015 年 1 月。

附圖：陳與義文集書影

一、四部叢刊《增廣箋註簡齋詩集》

增廣箋註簡齋詩集卷第一

竹坡　胡穉　仲孺　箋

覺心畫山水賦

天寧堂中黃面老禪　翠巖老見傳燈錄釋迦為黃四海無

人碧眼視天　東坡書李太白像古云碧眼胡僧閒四海空頭點

有一居士山澤之儒　司馬相如大澤間人形賦容列其仙矓頤

結三生之習氣只不停乎說山　觀俯賢三經專得見無摩經天女散花維摩詰室至菩薩皆落習

見弟子即著摩詰云結習未盡花著身耳薩結習

至花不著身華嚴經離世間品言君氣十種

盡者又楞嚴經偈君氣成暴流世間品言君知我是

詩爰中不說山　聊寄吾於一笑夜乃夢乎其間子列

—279—

二、武英殿聚珍本《簡齋集》

簡齋集卷一

宋 陳 與 義

賦

覺心畫山水賦

天甯堂中黃面老禪四海無人碧眼視天有一居士山
淳之仙結三生之習氣口不停乎說山聊寄咎于一笑
夜乃夢乎其間重巖複嶺虧蔽吐吞紛應接其未了萬
雲忽忽兮歸屯亂瞬明于俄頃存十二之峯巒有木偃蹇
樵斤所難飽千霜與百霆根不動而意安澹山椒之落

簡齋集　卷一

一

三、中華書局《陳與義集》

陳與義集卷第一

覺心畫山水賦

天寧堂中，黃面老禪〔一〕，四海無人，碧眼視天〔二〕。有一居士，山澤之仙〔三〕，結三生之習氣，口不停乎說山〔四〕。聊寄答於一笑，夜乃夢乎其間〔五〕。重巖複嶺，蔽虧吐吞〔六〕，紛應接其未了〔七〕，萬雲忽其□歸屯〔八〕。亂晦明於俄頃〔九〕，存十二之峰巒〔一〇〕。有木偃蹇，樵斤所難〔一一〕。飽千霜與百霆兮〔一二〕，根不動而意安〔一三〕。澹山椒之寒日〔一四〕，送萬古以無言〔一五〕。彼飛鳥④其何知，方相急而破煙〔一六〕。口不能於噴噴〔一七〕，座以何見〔一八〕。須臾變没⑤所見惟壁〔一九〕。問上臆〔二〇〕。忽風雨之驟過，恍向來之所歷〔二一〕。豈彼口之真無，悟前境之非實〔二二〕。有木上座，夢中侍側〔二三〕。管城子在傍，代對以已見囿於筆墨之跡矣〔二三〕。居士再至，問以此故。復寄答於一笑，持畫疾去。

箋注

〔一〕翠巖稱釋迦爲黃面老，見《傳燈錄》。

〔二〕東坡《書李太白像》詩：眼高四海空無人。 楊次公《頌古》云：碧眼胡僧閣點頭。

山水賦

一

四、白敦仁《陳與義集校箋》

陳與義集校箋卷一

覺心畫山水賦 [一]

天寧堂中 [二]，黃面老禪 [三]，四海無人 [四]，碧眼視天 [五]。有一居士，山澤之仙 [六]，結三生之習氣 [七]，口不停乎說山 [八]，聊寄答於一笑，夜乃夢乎其間。

【箋注】

卷一

[一] 胡穉簡齋先生年譜（以下簡稱胡譜）訂此賦為宣和四年作。時簡齋丁母憂，客居汝州之第三年也。覺心，汝州天寧寺僧，能詩畫。夏文彥圖畫寶鑑卷三：「覺心字虛靜，嘉州人。善畫草蟲，後工山水。」本集卷八送秘典座勝侍者乞麥詩：「堂頭老師言語工，一詩自直三千鍾。」即指其人。同卷又有以石龜子施覺心長老，卷九有次韻天寧老見貽，外集有心老久許作畫未果以詩督之諸詩，與此賦當為一時前後之作。又次韻天寧老見貽詩：「自從識師面，日月幾轉轂。」詩為宣和四年作，則簡齋

五、鄭騫《陳簡齋詩集合校彙注》

陳簡齋詩集合校彙注卷一

鄭 騫 因百 校箋

覓心畫山水賦

天寧堂中，黃面老禪，四海無人，碧眼視天。有一居士，山澤之仙，結三生之習氣，口不停乎說山。聊寄答於一笑，夜乃夢乎其間。重巖複嶺，薇蕨吐吞，紛應接其未了，萬雲忽其歸屯，亂晦明於俄頃，存十二之峯巒。有木偃蹇，樵斤所難，飽千霜與百霆兮，根不動而意安，澹山椒之落日，送萬古以無言；彼飛鳥其何知，方相急而破煙。須臾變沒，所見惟壁。有木上座，夢中侍側；問上座以何見，口不能於噴噴。悟前境之非實。管城子在傍，代對以臆，忽風雨之驟過，恍向來之所歷。此其畫耶？則草木禽鳥皆似相識。抑猶夢耶？則已見圍於筆墨之跡矣。居士再至，問以此故；復寄答於一笑，持畫疾去。

【校勘】 （忽其）劉評舊鈔俱作忽令。 （霆令）劉評舊鈔俱無令字。 （澹山椒之落日）胡作澹山椒□之日，脫去一字。馮校云：據注應是寒日。騫按：馮校所謂注，卽胡箋所引李嘉祐詩霜林澹寒日也。寒字與澹字相應，意境較勝，且有注為證，似應從；但劉評舊鈔俱作落日，未便擅改。 （飛鳥）劉評作棲鳥。按：下句云相急破煙，自應是飛鳥。 （破煙）舊鈔作投煙。按：破字生動，投字呆板，恐是淺人所改，或形近致誤。參閱後補箋。

簡齋詩集卷一

三

附表一：《陳簡齋詩集合校彙注》 體裁、起式統整表

序	詩　名	體　裁	起　式
卷一			
1	〈送呂欽問監酒授代歸〉	五言律詩	仄起式
2	〈次韻周教授秋懷〉	七言律詩	平起式
卷三			
3	〈風雨〉	五言律詩	仄起式
4	〈曼陀羅花〉	五言律詩	仄起式
卷四			
5	〈襄邑道中〉	七言絕句	平起式
6	〈寄新息家叔〉	五言律詩	仄起式
7	〈年華〉	五言律詩	仄起式
8	〈茅屋〉	五言律詩	平起式
9	〈酴醾〉	五言律詩	仄起式
10	〈雨〉	五言律詩	平起式
11	〈西風〉	五言律詩	仄起式
12	〈題許道寧畫〉	五言律詩	仄起式
13	〈和張規臣水墨梅五絕〉之一	七言絕句	仄起式
14	〈和張規臣水墨梅五絕〉之二	七言絕句	仄起式

15	〈和張規臣水墨梅五絕〉之三	七言絕句	仄起式
16	〈和張規臣水墨梅五絕〉之四	七言絕句	平起式
17	〈和張規臣水墨梅五絕〉之五	七言絕句	仄起式
18	〈夜雨〉	七言律詩	仄起式
19	〈連雨不能出有懷同年陳國佐〉	七言律詩	平起式
20	〈目疾〉	七言律詩	平起式
21	〈以事走郊外示友〉	七言律詩	仄起式
卷五			
22	〈十月〉	七言律詩	仄起式
23	〈題小室〉	七言律詩	平起式
24	〈次韻張迪功春日〉	七言律詩	平起式
25	〈又和歲除感懷用前韻〉	七言律詩	平起式
26	〈張迪功攜詩見過次韻謝之〉之一	七言律詩	仄起式
27	〈張迪功攜詩見過次韻謝之〉之二	七言律詩	平起式
28	〈即席重賦且約再遊〉之一	七言律詩	平起式
29	〈即席重賦且約再遊〉之二	七言律詩	平起式
30	〈次韻家叔〉	七言律詩	仄起式
31	〈次韻答張迪功坐上見貽張將赴南都任〉之一	七言律詩	平起式
32	〈次韻答張迪功坐上見貽張將赴南都任〉之二	七言律詩	仄起式
33	〈送張迪功赴南京掾〉之一	五言律詩	仄起式
34	〈送張迪功赴南京掾〉之二	五言律詩	仄起式
35	〈梅花〉	七言絕句	平起式
卷六			
36	〈題畫兔〉	七言絕句	平起式
37	〈次韻謝表兄張元東見寄〉	七言律詩	平起式
38	〈若拙弟說汝州可居已卜約一丘用韻寄元東〉	七言律詩	仄起式
39	〈元方用韻見寄次韻奉謝兼呈元東〉之一	七言律詩	平起式
40	〈元方用韻見寄次韻奉謝兼呈元東〉之二	七言律詩	平起式
41	〈元方用韻寄若拙弟邀同賦元方將託若拙覓顏淵之五十畝故詩中見意〉	七言律詩	平起式

42	〈西郊春事漸入老境元方欲出遊以無馬未果今日得詩又有舉鞭何日之歎因次韻招之〉	七言律詩	仄起式
43	〈答元方述懷作〉	七言律詩	仄起式
44	〈六言〉之一	六言絕句	仄起式
45	〈六言〉之二	六言絕句	仄起式
卷七			
46	〈次韻家弟碧線泉〉	七言律詩	仄起式
47	〈同家弟賦蠟梅詩得四絕句〉之一	五言絕句	平起式
48	〈同家弟賦蠟梅詩得四絕句〉之二	五言絕句	仄起式
49	〈同家弟賦蠟梅詩得四絕句〉之三	五言絕句	平起式
50	〈同家弟賦蠟梅詩得四絕句〉之四	五言絕句	平起式
51	〈次韻光化宋唐年主簿見寄〉之一	七言律詩	平起式
52	〈次韻光化宋唐年主簿見寄〉之二	七言律詩	平起式
53	〈再用景純韻詠懷〉之一	七言律詩	仄起式
54	〈再用景純韻詠懷〉之二	七言律詩	仄起式
55	〈謝楊工曹〉	七言律詩	平起式
56	〈謹次十七叔去鄭詩韻二章以寄家叔一章以自詠〉之一	七言律詩	仄起式
57	〈謹次十七叔去鄭詩韻二章以寄家叔一章以自詠〉之二	七言律詩	平起式
58	〈謹次十七叔去鄭詩韻二章以寄家叔一章以自詠〉之三	七言律詩	平起式
59	〈連雨賦書事〉之一	五言律詩	仄起式
60	〈連雨賦書事〉之二	五言律詩	仄起式
61	〈連雨賦書事〉之三	五言律詩	仄起式
62	〈連雨賦書事〉之四	五言律詩	仄起式
卷八			
63	〈趙盧中有石名小華山以詩借之〉	七言律詩	平起式
64	〈次韻樂文卿北園〉	七言律詩	平起式
65	〈蠟梅四絕句〉之一	五言絕句	平起式
66	〈蠟梅四絕句〉之二	五言絕句	平起式

67	〈蠟梅四絕句〉之三	五言絕句	仄起式
68	〈蠟梅四絕句〉之四	五言絕句	平起式
卷九			
69	〈陳叔易學士母阮氏挽詞〉之一	七言律詩	平起式
70	〈陳叔易學士母阮氏挽詞〉之二	七言律詩	平起式
71	〈歸洛道中〉	七言律詩	平起式
72	〈道中寒食〉之一	五言律詩	仄起式
73	〈道中寒食〉之二	五言律詩	仄起式
74	〈龍門〉	七言律詩	仄起式
75	〈次韻謝心老以緣事至魯山〉	七言律詩	平起式
76	〈友人惠石兩峰巉然取子美玉山高並兩峰寒之句名曰小玉山〉	七言律詩	仄起式
77	〈秋夜〉	七言絕句	平起式
78	〈跋外祖存誠子帖〉	七言絕句	仄起式
79	〈詠蟹〉	七言絕句	平起式
卷十			
80	〈中牟道中〉之一	七言絕句	仄起式
81	〈中牟道中〉之二	七言絕句	仄起式
82	〈次韻王堯明郊祀顯相之作〉	七言律詩	平起式
83	〈放慵〉	五言律詩	仄起式
84	〈清明二絕〉之一	七言絕句	平起式
85	〈清明二絕〉之二	七言絕句	仄起式
86	〈春日二首〉之一	七言絕句	平起式
87	〈春日二首〉之二	七言絕句	平起式
卷十一			
88	〈道山宿直〉	七言律詩	平起式
89	〈雨晴〉	七言律詩	平起式
90	〈十月〉	七言律詩	仄起式
91	〈漫郎〉	七言律詩	平起式
92	〈柳絮〉	七言絕句	仄起式

93	〈侯處士女挽詞〉	七言律詩	平起式
94	〈翁高郵挽詩〉	五言律詩	仄起式
95	〈秋試院將出書所寓窗〉	七言絕句	平起式
96	〈秋日〉	七言絕句	仄起式
97	〈試院書懷〉	五言律詩	仄起式
	卷十二		
98	〈次韻何文縝題顏持約畫水墨梅花〉之一	七言絕句	平起式
99	〈次韻何文縝題顏持約畫水墨梅花〉之二	七言絕句	仄起式
100	〈又六言〉	六言絕句	平起式
101	〈題持約畫軸〉	五言絕句	仄起式
102	〈為陳介然題持約畫〉	七言絕句	平起式
103	〈梅花兩絕句〉之一	五言絕句	平起式
104	〈梅花兩絕句〉之二	五言絕句	平起式
105	〈送善相僧超然歸廬山〉	七言律詩	平起式
106	〈碁〉	五言律詩	仄起式
107	〈九日宜春苑午憩幕中聽大光誦朱迪功詩〉	七言絕句	平起式
108	〈西省餘醸架上殘雪可愛戲同王元忠席大光賦詩〉	七言絕句	平起式
109	〈對酒〉	七言律詩	平起式
110	〈後三日再賦〉	七言律詩	平起式
	卷十三		
111	〈赴陳留〉	五言律詩	仄起式
112	〈至陳留〉	五言律詩	仄起式
113	〈客裏〉	五言律詩	仄起式
114	〈遊八關寺後池上〉	五言律詩	仄起式
115	〈對酒〉	七言律詩	平起式
116	〈寒食〉	五言律詩	仄起式
117	〈感懷〉	七言律詩	仄起式
118	〈寶園醉中前後五絕句〉之一	七言絕句	平起式
119	〈寶園醉中前後五絕句〉之二	七言絕句	平起式

120	〈竇園醉中前後五絕句〉之三	七言絕句	仄起式
121	〈竇園醉中前後五絕句〉之四	七言絕句	仄起式
122	〈竇園醉中前後五絕句〉之五	七言絕句	平起式
123	〈雨〉	五言律詩	仄起式
卷十四			
124	〈招張仲宗〉	七言律詩	平起式
125	〈宴坐之地籧篨覆之名曰篷齋〉	七言絕句	平起式
126	〈寓居劉倉廨中晚步過鄭倉臺上〉	七言律詩	平起式
127	〈發商水道中〉	五言律詩	仄起式
128	〈西軒寓居〉	五言律詩	仄起式
卷十五			
129	〈鄧州西軒書事〉之一	七言絕句	平起式
130	〈鄧州西軒書事〉之二	七言絕句	仄起式
131	〈鄧州西軒書事〉之三	七言絕句	仄起式
132	〈鄧州西軒書事〉之四	七言絕句	平起式
133	〈鄧州西軒書事〉之五	七言絕句	平起式
134	〈鄧州西軒書事〉之六	七言絕句	平起式
135	〈鄧州西軒書事〉之七	七言絕句	平起式
136	〈鄧州西軒書事〉之八	七言絕句	平起式
137	〈鄧州西軒書事〉之九	七言絕句	平起式
138	〈鄧州西軒書事〉之十	七言絕句	仄起式
139	〈晚步順陽門外〉	七言律詩	仄起式
140	〈縱步至董氏園亭〉之一	五言律詩	平起式
141	〈縱步至董氏園亭〉之二	七言絕句	仄起式
142	〈縱步至董氏園亭〉之三	七言絕句	仄起式
143	〈香林〉之一	七言絕句	仄起式
144	〈香林〉之二	七言絕句	平起式
145	〈香林〉之三	七言絕句	仄起式
146	〈香林〉之四	七言絕句	平起式
147	〈春雨〉	五言律詩	仄起式

148	〈雨〉	五言律詩	平起式
149	〈夏夜〉	五言律詩	仄起式
150	〈又兩絕〉之一	七言絕句	平起式
151	〈又兩絕〉之二	七言絕句	仄起式
	卷十六		
152	〈秋日客思〉	七言律詩	仄起式
153	〈道中書事〉	五言排律	仄起式
154	〈將次葉城道中〉	五言律詩	仄起式
155	〈至葉城〉	五言律詩	仄起式
156	〈曉發葉城〉	五言律詩	平起式
157	〈同繼祖民瞻遊賦詩亭〉之一	七言絕句	仄起式
158	〈同繼祖民瞻遊賦詩亭〉之二	七言絕句	仄起式
	卷十七		
159	〈寄季申〉	七言律詩	平起式
160	〈題繼祖蟠室〉之一	七言絕句	仄起式
161	〈題繼祖蟠室〉之二	七言絕句	仄起式
162	〈題繼祖蟠室〉之三	七言絕句	平起式
163	〈重陽〉	七言律詩	仄起式
164	〈有感再賦〉	七言絕句	仄起式
165	〈感事〉	五言排律	仄起式
166	〈送客出城西〉	七言律詩	平起式
167	〈得席大光書因以詩迓之〉	七言律詩	仄起式
168	〈無題〉	七言律詩	平起式
169	〈正月十六日夜二絕〉之一	五言絕句	仄起式
170	〈正月十六日夜二絕〉之二	五言絕句	平起式
171	〈坐澗邊石上〉	七言絕句	仄起式
	卷十八		
172	〈採菖蒲〉	七言絕句	平起式
173	〈晚望信道立竹林邊〉	七言絕句	仄起式
174	〈岸幘〉	五言律詩	仄起式

175	〈雨〉	五言律詩	仄起式
176	〈醉中至西徑梅花下已盛開〉	七言絕句	平起式
177	〈出山〉之一	五言絕句	平起式
178	〈出山〉之二	五言絕句	平起式
179	〈入山〉之一	五言絕句	平起式
180	〈入山〉之二	五言絕句	平起式
181	〈清明〉	七言律詩	平起式
182	〈與夏致宏孫信道張巨山同集澗邊以散髮巖岫為韻賦四小詩〉之一	五言絕句	平起式
183	〈與夏致宏孫信道張巨山同集澗邊以散髮巖岫為韻賦四小詩〉之二	五言絕句	仄起式
184	〈與夏致宏孫信道張巨山同集澗邊以散髮巖岫為韻賦四小詩〉之三	五言絕句	平起式
185	〈與夏致宏孫信道張巨山同集澗邊以散髮巖岫為韻賦四小詩〉之四	五言絕句	仄起式
卷十九			
186	〈聞王道濟陷虜〉	五言律詩	仄起式
187	〈均陽官舍有安榴數株著花絕稀更增妍麗〉	五言律詩	仄起式
188	〈和王東卿絕句〉之一	七言絕句	平起式
189	〈和王東卿絕句〉之二	七言絕句	仄起式
190	〈和王東卿絕句〉之三	七言絕句	平起式
191	〈和王東卿絕句〉之四	七言絕句	平起式
192	〈觀江漲〉	七言律詩	平起式
193	〈舟次高舍書事〉	七言律詩	仄起式
194	〈石城夜賦〉	五言律詩	仄起式
195	〈登岳陽樓二首〉之一	七言律詩	平起式
196	〈登岳陽樓二首〉之二	七言律詩	仄起式
197	〈巴丘書事〉	七言律詩	平起式
198	〈再登岳陽樓感慨賦詩〉	七言律詩	平起式
卷二十			
199	〈又登岳陽樓〉	七言絕句	平起式

200	〈除夜〉之一	七言律詩	平起式
201	〈除夜〉之二	七言絕句	仄起式
202	〈火後問舍至城南有感〉	七言律詩	平起式
203	〈火後借居君子亭書事四絕呈粹翁〉之一	七言絕句	平起式
204	〈火後借居君子亭書事四絕呈粹翁〉之二	七言絕句	平起式
205	〈火後借居君子亭書事四絕呈粹翁〉之三	七言絕句	仄起式
206	〈火後借居君子亭書事四絕呈粹翁〉之四	七言絕句	平起式
207	〈再賦〉之一	七言絕句	平起式
208	〈再賦〉之二	七言絕句	平起式
209	〈再賦〉之三	七言絕句	平起式
210	〈再賦〉之四	七言絕句	仄起式
211	〈二十一日風甚明日梅花無在者獨紅萼留枝間甚可愛也〉	七言絕句	仄起式
212	〈望燕公樓下李花〉	七言律詩	平起式
213	〈陪粹翁舉酒於君子亭亭下海棠方開〉	七言律詩	仄起式
214	〈春夜感懷寄席大光〉	七言律詩	平起式
215	〈夜賦寄友〉	五言律詩	仄起式
216	〈雨〉	五言律詩	平起式
217	〈春寒〉	七言絕句	仄起式
218	〈次韻傅子文絕句〉	七言絕句	仄起式
219	〈周尹潛過門不我顧遂登西樓作詩見寄次韻謝之〉之一	七言絕句	平起式
220	〈周尹潛過門不我顧遂登西樓作詩見寄次韻謝之〉之二	七言絕句	仄起式
221	〈周尹潛過門不我顧遂登西樓作詩見寄次韻謝之〉之三	七言絕句	平起式
222	〈城上晚思〉	七言絕句	平起式
223	〈雨中對酒庭下海棠經雨不歇〉	七言律詩	平起式
卷二十一			
224	〈尋詩兩絕句〉之一	七言絕句	仄起式
225	〈尋詩兩絕句〉之二	七言絕句	仄起式

226	〈周尹潛以僕有郢州之命作詩見贈有橫槊之句次韻謝之〉	七言律詩	仄起式
227	〈次韻尹潛感懷〉	七言律詩	平起式
228	〈五月二日避貴寇入洞庭湖絕句〉	七言絕句	平起式
229	〈細雨〉	五言律詩	仄起式
230	〈贈傅子文〉	七言律詩	仄起式
231	〈晚晴野望〉	五言排律	平起式
232	〈雨中〉	七言絕句	仄起式
卷二十二			
233	〈寥落〉	五言律詩	仄起式
234	〈自五月二日避寇轉徙湖中復從華容道烏沙還郡七月十六日夜半出小江口宿焉徙倚托樓書事十二句〉	五言排律	平起式
235	〈閏八月十二日過奇父共坐翠寶軒賞木犀花玲瓏滿枝光氣動人念風日不貸此花無五日香矣而王使君未之知作小詩報之〉	七言絕句	仄起式
236	〈再賦二首呈奇父奇父自號七澤先生〉之一	七言絕句	平起式
237	〈再賦二首呈奇父奇父自號七澤先生〉之二	七言絕句	仄起式
238	〈十三日再賦二首其一以贊使君是日對花賦此韻詩筆落縱橫而郡中修水戰之具方大閱於燕公樓下也其一自敘所感憶年十五在杭州始識此花皆三丈高木嘗賦詩焉〉之一	七言絕句	仄起式
239	〈十三日再賦二首其一以贊使君是日對花賦此韻詩筆落縱橫而郡中修水戰之具方大閱於燕公樓下也其一自敘所感憶年十五在杭州始識此花皆三丈高木嘗賦詩焉〉之二	七言絕句	平起式
240	〈兩絕句〉之一	七言絕句	平起式
241	〈兩絕句〉之二	七言絕句	仄起式
卷二十三			
242	〈奇父先至湘陰書來戒由祿唐路而僕以他故由南洋路來夾道皆松如行青羅步障中先寄奇父〉	七言律詩	平起式
243	〈初識茶花〉	七言絕句	仄起式
244	〈別伯共〉	五言律詩	仄起式

245	〈再別〉	五言律詩	仄起式
246	〈別孫信道〉	五言律詩	仄起式
卷二十四			
247	〈江行野宿寄大光〉	七言律詩	平起式
248	〈寄信道〉	七言律詩	平起式
249	〈適遠〉	五言律詩	仄起式
250	〈衡嶽道中〉之一	七言律詩	仄起式
251	〈衡嶽道中〉之二	七言絕句	仄起式
252	〈衡嶽道中〉之三	五言絕句	平起式
253	〈衡嶽道中〉之四	五言絕句	平起式
254	〈跋江都王馬〉	七言絕句	仄起式
255	〈與王子煥席大光同遊廖園〉	七言絕句	平起式
256	〈除夜次大光韻大光是夕婚〉	七言絕句	平起式
257	〈除夜不寐飲酒一杯明日示大光〉	七言絕句	仄起式
258	〈元日〉	七言律詩	平起式
259	〈道中〉	五言律詩	仄起式
260	〈金潭道中〉	五言律詩	仄起式
261	〈絕句〉	五言絕句	仄起式
262	〈甘棠道中〉	七言絕句	平起式
263	〈將至杉木舖望野人居〉	七言絕句	平起式
264	〈曉發杉木〉	五言律詩	仄起式
265	〈先寄邢子友〉	七言律詩	仄起式
266	〈立春日雨〉	七言律詩	平起式
267	〈初至邵陽逢入桂林使作書問其地之安危〉	五言律詩	仄起式
268	〈舟泛邵江〉	五言律詩	仄起式
269	〈過孔雀灘贈周靜之〉	五言律詩	仄起式
270	〈江行晚興〉	五言排律	平起式
271	〈夜抵貞牟〉	五言律詩	仄起式
272	〈晚步〉	五言律詩	仄起式
273	〈雨〉	五言律詩	仄起式

274	〈今夕〉	五言律詩	仄起式
275	〈山中〉	七言律詩	仄起式
卷二十五			
276	〈羅江二絕〉之一	七言絕句	平起式
277	〈羅江二絕〉之二	七言絕句	平起式
278	〈洛頭書事〉	五言律詩	平起式
279	〈三月二十日聞德音寄李德升席大光新有召命皆寓永州〉	七言律詩	仄起式
280	〈夏夜〉	五言律詩	平起式
281	〈題東家壁〉	七言律詩	平起式
卷二十六			
282	〈傷春〉	七言律詩	平起式
283	〈題水西周三十三壁〉之一	七言絕句	仄起式
284	〈題水西周三十三壁〉之二	七言絕句	仄起式
285	〈山齋〉之一	五言律詩	平起式
286	〈山齋〉之二	五言律詩	仄起式
287	〈散髮〉	七言律詩	平起式
288	〈六月六日夜〉	五言律詩	平起式
289	〈六月十七夜寄邢子友〉	五言律詩	仄起式
290	〈觀雨〉	七言律詩	仄起式
291	〈寄大光〉之一	七言絕句	仄起式
292	〈寄大光〉之二	七言絕句	平起式
293	〈寄德升大光〉	七言律詩	平起式
294	〈次韻謝邢九思〉	七言律詩	平起式
295	〈村景〉	七言絕句	平起式
296	〈次周漕族人韻〉	七言絕句	仄起式
297	〈水車〉	七言絕句	平起式
298	〈山居〉之一	七言絕句	仄起式
299	〈山居〉之二	七言絕句	平起式
300	〈拜詔〉	七言絕句	平起式

301	〈別諸周〉之一	七言絕句	仄起式
302	〈別諸周〉之二	七言絕句	平起式
303	〈題向伯共過硤圖〉之一	七言絕句	平起式
304	〈題向伯共過硤圖〉之二	七言絕句	仄起式
305	〈題趙少隱清白堂〉之一	七言絕句	仄起式
306	〈題趙少隱清白堂〉之二	七言絕句	平起式
307	〈題趙少隱清白堂〉之三	七言絕句	仄起式
308	〈次韻邢九思〉	七言律詩	平起式
309	〈石限病起〉	七言絕句	平起式
卷二十七			
310	〈愚溪〉	五言律詩	仄起式
311	〈題道州甘泉書院〉	七言律詩	平起式
312	〈度嶺一首〉	七言律詩	仄起式
313	〈戲大光送酒〉	七言絕句	仄起式
314	〈次韻謝呂居仁居仁時寓賀州〉	七言律詩	平起式
315	〈舟行遣興〉	七言律詩	平起式
316	〈康州小舫與耿百順李德升席大光鄭德象夜語以更長愛燭紅為韻得更字〉	七言律詩	仄起式
317	〈與大光同登封州小閣〉	七言律詩	平起式
318	〈次韻大光五羊待耿伯順之作〉	七言絕句	平起式
319	〈雨中再賦海山樓詩〉	七言律詩	仄起式
320	〈和大光道中絕句〉	七言絕句	仄起式
321	〈又和大光〉	七言絕句	仄起式
卷二十八			
322	〈贈漳州守綦叔厚〉	七言律詩	仄起式
323	〈宿資聖院閣〉	五言律詩	平起式
324	〈雨中宿靈峰寺〉	七言絕句	仄起式
325	〈自黃巖縣舟行入台州〉	七言律詩	仄起式
326	〈過下杯渡〉	五言律詩	仄起式
327	〈王孫嶺〉	七言絕句	仄起式

328	〈泛舟入前倉〉	五言律詩	仄起式
329	〈送熊博士赴瑞安令〉	七言律詩	平起式
330	〈夜賦〉	五言律詩	仄起式
331	〈醉中〉	七言律詩	平起式
332	〈梅花〉之一	七言絕句	仄起式
333	〈梅花〉之二	七言絕句	仄起式
334	〈瓶中梅〉	五言律詩	平起式
卷二十九			
335	〈除夜〉	五言律詩	仄起式
336	〈雨中〉	五言律詩	仄起式
337	〈渡江〉	五言律詩	平起式
338	〈題伯時畫溫溪心等貢五馬〉	七言絕句	仄起式
339	〈題畫〉	七言絕句	平起式
340	〈題崇蘭圖〉之一	七言絕句	平起式
341	〈題崇蘭圖〉之二	七言絕句	仄起式
342	〈九日示大圓洪智〉	五言絕句	仄起式
343	〈劉大資挽詞〉之一	五言律詩	仄起式
344	〈劉大資挽詞〉之二	五言律詩	仄起式
345	〈與智老天經夜坐〉	七言絕句	平起式
346	〈觀雪〉	七言絕句	仄起式
347	〈題江參山水橫軸畫俞秀才所藏〉之一	七言絕句	平起式
348	〈題江參山水橫軸畫俞秀才所藏〉之二	七言絕句	仄起式
卷三十			
349	〈梅花〉	七言絕句	平起式
350	〈得張正字書〉	五言律詩	仄起式
351	〈小閣〉	五言律詩	平起式
352	〈懷天經智老因訪之〉	七言律詩	平起式
353	〈櫻桃〉	七言絕句	仄起式
354	〈葉柟惠花〉	七言絕句	仄起式
355	〈牡丹〉	七言絕句	仄起式

356	〈盆池〉	七言絕句	仄起式
357	〈松棚〉	七言絕句	仄起式
358	〈玉堂偶直〉	七言絕句	仄起式
359	〈病骨〉	五言律詩	仄起式
360	〈晨起〉	七言絕句	仄起式
361	〈登閣〉	五言律詩	仄起式
362	〈芙蓉〉	七言絕句	仄起式
363	〈得長春兩株植之窗前〉	五言律詩	仄起式
364	〈九月八日戲作兩絕句示妻子〉之一	五言絕句	仄起式
365	〈九月八日戲作兩絕句示妻子〉之二	五言絕句	仄起式
366	〈拒霜〉	五言律詩	平起式
367	〈微雨中賞月桂獨酌〉	七言絕句	平起式
外集			
368	〈畫梅〉	七言絕句	平起式
369	〈竹〉	七言絕句	平起式
370	〈心老久許為作畫未果以詩督之〉	五言律詩	仄起式
371	〈長沙寺桂花重開〉	七言絕句	仄起式
372	〈和若拙弟得陪游後園〉之一	七言絕句	平起式
373	〈和若拙弟得陪游後園〉之二	七言絕句	平起式
374	〈季高送酒〉	七言絕句	仄起式
375	〈墨戲〉之一	七言絕句	平起式
376	〈墨戲〉之二	七言絕句	平起式
377	〈和孫升之〉	七言律詩	仄起式
378	〈寺居〉	七言律詩	平起式
379	〈某竊慕東坡以鐵拄杖為樂全生日之壽今以大銅缾上判府待制庶幾因物以露區區且作詩二首將之亦東坡故事〉之一	七言律詩	仄起式
380	〈某竊慕東坡以鐵拄杖為樂全生日之壽今以大銅缾上判府待制庶幾因物以露區區且作詩二首將之亦東坡故事〉之二	七言律詩	平起式
381	〈又用韻春雪〉	七言律詩	仄起式

382	〈次韻邢子友〉	七言律詩	仄起式
383	〈某用家弟韻賦絕句上浼清視蕪詞累句非敢以為詩也願賜一言卒相之〉	七言絕句	仄起式
384	〈某以雨有嘉應遂占有秋輒採用家弟韻賦二絕句少貲勤呬之誠也〉之一	七言絕句	仄起式
385	〈某以雨有嘉應遂占有秋輒採用家弟韻賦二絕句少貲勤呬之誠也〉之二	七言絕句	仄起式
386	〈梅〉	七言絕句	平起式
387	〈蒙知府寵示秋日郡圃佳製遂侍杖屨逍遙林水間輒次韻四篇上瀆台覽〉之一	五言律詩	仄起式
388	〈蒙知府寵示秋日郡圃佳製遂侍杖屨逍遙林水間輒次韻四篇上瀆台覽〉之二	五言律詩	仄起式
389	〈蒙知府寵示秋日郡圃佳製遂侍杖屨逍遙林水間輒次韻四篇上瀆台覽〉之三	五言律詩	仄起式
390	〈蒙知府寵示秋日郡圃佳製遂侍杖屨逍遙林水間輒次韻四篇上瀆台覽〉之四	五言律詩	仄起式
391	〈送人歸京師〉	七言絕句	仄起式
392	〈賦康平老銅雀硯〉	七言絕句	平起式
393	〈和顏持約〉	七言絕句	平起式
394	〈早行〉	七言絕句	平起式
395	〈余識景純家弟出其詩見示喜其同臭味也輒用大成黃字韻賦八句贈之〉	七言律詩	平起式
396	〈次韻景純道中寄大成〉	七言律詩	仄起式
397	〈再蒙寵示佳什殆無遺巧勉成二章一以報佳既一以自貽〉之一	七言律詩	仄起式
398	〈再蒙寵示佳什殆無遺巧勉成二章一以報佳既一以自貽〉之二	七言律詩	平起式
399	〈同家弟用前韻謝判府惠酒〉之一	七言律詩	平起式
400	〈同家弟用前韻謝判府惠酒〉之二	七言律詩	仄起式
401	〈次韻家弟所賦〉	七言律詩	平起式
402	〈徙舍蒙大成賜酒〉	七言律詩	仄起式
403	〈次韻宋主簿詩〉	七言律詩	仄起式
404	〈用大成四桂坊韻賦詩贈令狐昆仲〉	七言律詩	平起式

附表二：《陳簡齋詩集合校彙注》格律統整表

序	詩　名	首句	韻　部	用韻	押韻情形
卷一					
1	〈送呂欽問監酒授代歸〉	不入韻	下平聲一先	寬韻	一韻到底
2	〈次韻周教授秋懷〉	入韻	下平聲六麻	中韻	一韻到底
卷三					
3	〈風雨〉	不入韻	下平聲八庚	寬韻	一韻到底
4	〈曼陀羅花〉	不入韻	下平聲七陽	寬韻	一韻到底
卷四					
5	〈襄邑道中〉	入韻	上平聲一東	寬韻	一韻到底
6	〈寄新息家叔〉	不入韻	下平聲十蒸	窄韻	一韻到底
7	〈年華〉	不入韻	上平聲四支	寬韻	一韻到底
8	〈茅屋〉	不入韻	上平聲十灰	中韻	一韻到底
9	〈酴醾〉	不入韻	下平聲七陽	寬韻	一韻到底
10	〈雨〉	不入韻	上平聲五微	窄韻	一韻到底
11	〈西風〉	不入韻	下平聲七陽	寬韻	一韻到底
12	〈題許道寧畫〉	不入韻	上平聲十五刪 下平聲一先	窄韻	通韻
13	〈和張規臣水墨梅五絕〉之一	入韻	上平聲七虞 上平聲六魚	寬韻	通韻

14	〈和張規臣水墨梅五絕〉之二	入韻	下平聲一先	寬韻	一韻到底
15	〈和張規臣水墨梅五絕〉之三	入韻	上平聲五微	窄韻	一韻到底
16	〈和張規臣水墨梅五絕〉之四	不入韻	下平聲四豪	中韻	一韻到底
17	〈和張規臣水墨梅五絕〉之五	入韻	上平聲四支	寬韻	一韻到底
18	〈夜雨〉	入韻	上平聲十灰 上平聲九佳	中韻	通韻
19	〈連雨不能出有懷同年陳國佐〉	入韻	下平聲十一尤	寬韻	一韻到底
20	〈目疾〉	不入韻	上平聲一東	寬韻	一韻到底
21	〈以事走郊外示友〉	入韻	上平聲五微	窄韻	一韻到底
卷五					
22	〈十月〉	入韻	上平聲十四寒	中韻	一韻到底
23	〈題小室〉	入韻	下平聲一先 上平聲十五刪	寬韻	通韻
24	〈次韻張迪功春日〉	不入韻	上平聲十四寒	中韻	一韻到底
25	〈又和歲除感懷用前韻〉	入韻	上平聲十四寒	中韻	一韻到底
26	〈張迪功攜詩見過次韻謝之〉之一	入韻	上平聲十四寒	中韻	一韻到底
27	〈張迪功攜詩見過次韻謝之〉之二	入韻	上平聲十四寒	中韻	一韻到底
28	〈即席重賦且約再遊〉之一	入韻	上平聲十四寒	中韻	一韻到底
29	〈即席重賦且約再遊〉之二	入韻	上平聲十四寒	中韻	一韻到底
30	〈次韻家叔〉	入韻	上平聲十一真	寬韻	一韻到底
31	〈次韻答張迪功坐上見貽張將赴南都任〉之一	入韻	下平聲十一尤	寬韻	一韻到底
32	〈次韻答張迪功坐上見貽張將赴南都任〉之二	入韻	下平聲十一尤	寬韻	一韻到底
33	〈送張迪功赴南京掾〉之一	不入韻	上平聲十一真	寬韻	一韻到底
34	〈送張迪功赴南京掾〉之二	不入韻	下平聲五歌	中韻	一韻到底

35	〈梅花〉	不入韻	下平聲五歌	中韻	一韻到底
		卷六			
36	〈題畫兔〉	不入韻	上平聲五微	窄韻	一韻到底
37	〈次韻謝表兄張元東見寄〉	入韻	下平聲十一尤	寬韻	一韻到底
38	〈若拙弟說汝州可居已卜約一丘用韻寄元東〉	不入韻	下平聲十一尤	寬韻	一韻到底
39	〈元方用韻見寄次韻奉謝兼呈元東〉之一	入韻	下平聲十一尤	寬韻	一韻到底
40	〈元方用韻見寄次韻奉謝兼呈元東〉之二	入韻	下平聲十一尤	寬韻	一韻到底
41	〈元方用韻寄若拙弟邀同賦元方將託若拙覓顏淵之五十畝故詩中見意〉	入韻	下平聲十一尤	寬韻	一韻到底
42	〈西郊春事漸入老境元方欲出遊以無馬未果今日得詩又有舉鞭何日之歎因次韻招之〉	入韻	下平聲十一尤	寬韻	一韻到底
43	〈答元方述懷作〉	入韻	下平聲十一尤	寬韻	一韻到底
44	〈六言〉之一	不入韻	下平聲九青	窄韻	一韻到底
45	〈六言〉之二	不入韻	下平聲八庚	寬韻	一韻到底
		卷七			
46	〈次韻家弟碧線泉〉	不入韻	下平聲五歌	中韻	一韻到底
47	〈同家弟賦蠟梅詩得四絕句〉之一	不入韻	上平聲十灰	中韻	一韻到底
48	〈同家弟賦蠟梅詩得四絕句〉之二	不入韻	上平聲十一真	寬韻	一韻到底
49	〈同家弟賦蠟梅詩得四絕句〉之三	不入韻	上平聲十四寒	中韻	一韻到底
50	〈同家弟賦蠟梅詩得四絕句〉之四	不入韻	上平聲十灰	中韻	一韻到底
51	〈次韻光化宋唐年主簿見寄〉之一	入韻	上平聲十五刪 下平聲一先	窄韻	通韻
52	〈次韻光化宋唐年主簿見寄〉之二	入韻	上平聲五微 上平聲四支	窄韻	通韻

53	〈再用景純韻詠懷〉之一	入韻	上平聲十五刪 下平聲一先	窄韻	通韻
54	〈再用景純韻詠懷〉之二	入韻	上平聲五微 上平聲四支	窄韻	通韻
55	〈謝楊工曹〉	入韻	上平聲十一真	寬韻	一韻到底
56	〈謹次十七叔去鄭詩韻二章 以寄家叔一章以自詠〉之一	入韻	下平聲一先	寬韻	一韻到底
57	〈謹次十七叔去鄭詩韻二章 以寄家叔一章以自詠〉之二	入韻	下平聲一先	寬韻	一韻到底
58	〈謹次十七叔去鄭詩韻二章 以寄家叔一章以自詠〉之三	入韻	下平聲一先	寬韻	一韻到底
59	〈連雨賦書事〉之一	不入韻	下平聲十一尤	寬韻	一韻到底
60	〈連雨賦書事〉之二	不入韻	下平聲四豪	中韻	一韻到底
61	〈連雨賦書事〉之三	不入韻	下平聲十一尤	寬韻	一韻到底
62	〈連雨賦書事〉之四	不入韻	下平聲九青	窄韻	一韻到底
卷八					
63	〈趙虛中有石名小華山以詩 借之〉	不入韻	下平聲八庚	寬韻	一韻到底
64	〈次韻樂文卿北園〉	入韻	上平聲一東	寬韻	一韻到底
65	〈蠟梅四絕句〉之一	不入韻	上平聲七虞	寬韻	一韻到底
66	〈蠟梅四絕句〉之二	不入韻	入聲十四緝韻		一韻到底
67	〈蠟梅四絕句〉之三	不入韻	下平聲八庚	寬韻	一韻到底
68	〈蠟梅四絕句〉之四	不入韻	上平聲一東	寬韻	一韻到底
卷九					
69	〈陳叔易學士母阮氏挽詞〉 之一	入韻	下平聲十二侵	中韻	一韻到底
70	〈陳叔易學士母阮氏挽詞〉 之二	入韻	下平聲一先	寬韻	一韻到底
71	〈歸洛道中〉	入韻	下平聲六麻	中韻	一韻到底
72	〈道中寒食〉之一	不入韻	上平聲十四寒	中韻	一韻到底
73	〈道中寒食〉之二	不入韻	下平聲八庚	寬韻	一韻到底
74	〈龍門〉	入韻	下平聲七陽	寬韻	一韻到底

75	〈次韻謝心老以緣事至魯山〉	入韻	上平聲一東	寬韻	一韻到底
76	〈友人惠石兩峰巉然取子美玉山高並兩峰寒之句名曰小玉山〉	入韻	上平聲十五刪 上平聲十四寒	窄韻	通韻
77	〈秋夜〉	入韻	下平聲八庚	寬韻	一韻到底
78	〈跋外祖存誠子帖〉	不入韻	上平聲六魚	中韻	一韻到底
79	〈詠蟹〉	不入韻	下平聲七陽	寬韻	一韻到底
	卷十				
80	〈中牟道中〉之一	入韻	下平聲八庚	寬韻	一韻到底
81	〈中牟道中〉之二	入韻	上平聲十灰	中韻	一韻到底
82	〈次韻王堯明郊祀顯相之作〉	入韻	下平聲十三覃	窄韻	一韻到底
83	〈放慵〉	不入韻	下平聲七陽	寬韻	一韻到底
84	〈清明二絕〉之一	入韻	下平聲六麻	中韻	一韻到底
85	〈清明二絕〉之二	入韻	下平聲八庚	寬韻	一韻到底
86	〈春日二首〉之一	入韻	下平聲十二侵	中韻	一韻到底
87	〈春日二首〉之二	入韻	下平聲九青	窄韻	一韻到底
	卷十一				
88	〈道山宿直〉	入韻	上平聲四支 上平聲五微	寬韻	通韻
89	〈雨晴〉	入韻	下平聲八庚	寬韻	一韻到底
90	〈十月〉	入韻	上平聲五微 上平聲四支	窄韻	通韻
91	〈漫郎〉	入韻	下平聲一先	寬韻	一韻到底
92	〈柳絮〉	入韻	上平聲十灰	中韻	一韻到底
93	〈侯處士女挽詞〉	入韻	上平聲四支	寬韻	一韻到底
94	〈翁高郵挽詩〉	不入韻	上平聲十一真	寬韻	一韻到底
95	〈秋試院將出書所寓窗〉	入韻	上平聲七虞 上平聲六魚	寬韻	通韻
96	〈秋日〉	入韻	上平聲四支	寬韻	一韻到底
97	〈試院書懷〉	不入韻	下平聲六麻	中韻	一韻到底

卷十二					
98	〈次韻何文縝題顏持約畫水墨梅花〉之一	入韻	上平聲十一真	寬韻	一韻到底
99	〈次韻何文縝題顏持約畫水墨梅花〉之二	入韻	上平聲五微	窄韻	一韻到底
100	〈又六言〉	不入韻	上平聲十灰	中韻	一韻到底
101	〈題持約畫軸〉	不入韻	下平聲十一尤	寬韻	一韻到底
102	〈為陳介然題持約畫〉	入韻	下平聲八庚	寬韻	一韻到底
103	〈梅花兩絕句〉之一	不入韻	下平聲六麻	中韻	一韻到底
104	〈梅花兩絕句〉之二	不入韻	上平聲四支	寬韻	一韻到底
105	〈送善相僧超然歸廬山〉	入韻	上平聲五微上平聲四支	窄韻	通韻
106	〈碁〉	不入韻	上平聲四支	寬韻	一韻到底
107	〈九日宜春苑午憩幕中聽大光誦朱迪功詩〉	入韻	下平聲五歌	中韻	一韻到底
108	〈西省酴醾架上殘雪可愛戲同王元忠席大光賦詩〉	不入韻	上平聲十四寒	中韻	一韻到底
109	〈對酒〉	入韻	上平聲十灰	中韻	一韻到底
110	〈後三日再賦〉	入韻	上平聲十灰	中韻	一韻到底
卷十三					
111	〈赴陳留〉	不入韻	上平聲十一真	寬韻	一韻到底
112	〈至陳留〉	不入韻	上平聲十灰	中韻	一韻到底
113	〈客裏〉	不入韻	下平聲十一尤	寬韻	一韻到底
114	〈遊八關寺後池上〉	不入韻	上平聲四支	寬韻	一韻到底
115	〈對酒〉	不入韻	上平聲十灰	中韻	一韻到底
116	〈寒食〉	不入韻	上平聲十三元	中韻	一韻到底
117	〈感懷〉	入韻	下平聲七陽	寬韻	一韻到底
118	〈寶園醉中前後五絕句〉之一	入韻	下平聲八庚	寬韻	一韻到底
119	〈寶園醉中前後五絕句〉之二	入韻	上平聲十灰	中韻	一韻到底
120	〈寶園醉中前後五絕句〉之三	入韻	上平聲十一真	寬韻	一韻到底

121	〈寶園醉中前後五絕句〉之四	入韻	上平聲十一真	寬韻	一韻到底
122	〈寶園醉中前後五絕句〉之五	入韻	上平聲一東	寬韻	一韻到底
123	〈雨〉	不入韻	上平聲十四寒	中韻	一韻到底
卷十四					
124	〈招張仲宗〉	不入韻	上平聲七虞	寬韻	一韻到底
125	〈宴坐之地籧篨覆之名曰篷齋〉	入韻	上平聲一東 上平聲二冬	寬韻	通韻
126	〈寓居劉倉廨中晚步過鄭倉臺上〉	入韻	上平聲四支	寬韻	一韻到底
127	〈發商水道中〉	不入韻	上平聲四支	寬韻	一韻到底
128	〈西軒寓居〉	不入韻	下平聲十二侵	中韻	一韻到底
卷十五					
129	〈鄧州西軒書事〉之一	不入韻	上平聲十一真	寬韻	一韻到底
130	〈鄧州西軒書事〉之二	入韻	上平聲十灰	中韻	一韻到底
131	〈鄧州西軒書事〉之三	入韻	上平聲六魚	中韻	一韻到底
132	〈鄧州西軒書事〉之四	不入韻	下平聲八庚	寬韻	一韻到底
133	〈鄧州西軒書事〉之五	不入韻	上平聲十一真	寬韻	一韻到底
134	〈鄧州西軒書事〉之六	不入韻	上平聲五微	窄韻	一韻到底
135	〈鄧州西軒書事〉之七	不入韻	上平聲四支	寬韻	一韻到底
136	〈鄧州西軒書事〉之八	不入韻	下平聲一先	寬韻	一韻到底
137	〈鄧州西軒書事〉之九	不入韻	下平聲一先	寬韻	一韻到底
138	〈鄧州西軒書事〉之十	入韻	上平聲一東	寬韻	一韻到底
139	〈晚步順陽門外〉	入韻	下平聲八庚	寬韻	一韻到底
140	〈縱步至董氏園亭〉之一	不入韻	下平聲十一尤	寬韻	一韻到底
141	〈縱步至董氏園亭〉之二	入韻	下平聲八庚	寬韻	一韻到底
142	〈縱步至董氏園亭〉之三	入韻	上平聲十四寒	中韻	一韻到底
143	〈香林〉之一	入韻	上平聲十一真	寬韻	一韻到底
144	〈香林〉之二	不入韻	上平聲十灰	中韻	一韻到底
145	〈香林〉之三	入韻	上平聲四支	寬韻	一韻到底

146	〈香林〉之四	不入韻	下平聲九青	窄韻	一韻到底
147	〈春雨〉	不入韻	下平聲八庚	寬韻	一韻到底
148	〈雨〉	不入韻	下平聲七陽	寬韻	一韻到底
149	〈夏夜〉	不入韻	下平聲八庚	寬韻	一韻到底
150	〈又兩絕〉之一	入韻	下平聲八庚	寬韻	一韻到底
151	〈又兩絕〉之二	入韻	上平聲四支	寬韻	一韻到底
	卷十六				
152	〈秋日客思〉	入韻	下平聲七陽	寬韻	一韻到底
153	〈道中書事〉	不入韻	上平聲十三元	中韻	一韻到底
154	〈將次葉城道中〉	不入韻	下平聲八庚	寬韻	一韻到底
155	〈至葉城〉	不入韻	上平聲七虞	寬韻	一韻到底
156	〈曉發葉城〉	不入韻	上平聲十二文	窄韻	一韻到底
157	〈同繼祖民瞻遊賦詩亭〉之一	入韻	上平聲四支	寬韻	一韻到底
158	〈同繼祖民瞻遊賦詩亭〉之二	不入韻	上平聲七虞	寬韻	一韻到底
	卷十七				
159	〈寄季申〉	入韻	上平聲十四寒	中韻	一韻到底
160	〈題繼祖蟠室〉之一	入韻	上平聲四支	寬韻	一韻到底
161	〈題繼祖蟠室〉之二	入韻	上平聲六魚 上平聲七虞	中韻	通韻
162	〈題繼祖蟠室〉之三	入韻	上平聲十灰	中韻	一韻到底
163	〈重陽〉	入韻	下平聲十一尤	寬韻	一韻到底
164	〈有感再賦〉	不入韻	上平聲一東	寬韻	一韻到底
165	〈感事〉	不入韻	下平聲十一尤	寬韻	一韻到底
166	〈送客出城西〉	入韻	下平聲八庚 下平聲九青	寬韻	通韻
167	〈得席大光書因以詩迓之〉	入韻	上平聲四支	寬韻	一韻到底
168	〈無題〉	不入韻	上平聲十一真	寬韻	一韻到底
169	〈正月十六日夜二絕〉之一	不入韻	下平聲六麻	中韻	一韻到底
170	〈正月十六日夜二絕〉之二	不入韻	上平聲十二文	窄韻	一韻到底

171	〈坐澗邊石上〉	入韻	上平聲四支	寬韻	一韻到底
		卷十八			
172	〈採菖蒲〉	入韻	上平聲七虞	寬韻	一韻到底
173	〈晚望信道立竹林邊〉	入韻	上平聲四支	寬韻	一韻到底
174	〈岸幘〉	不入韻	下平聲十二侵	中韻	一韻到底
175	〈雨〉	不入韻	下平聲八庚	寬韻	一韻到底
176	〈醉中至西徑梅花下已盛開〉	入韻	上平聲四支	寬韻	一韻到底
177	〈出山〉之一	不入韻	入聲四質韻		一韻到底
178	〈出山〉之二	不入韻	下平聲六麻	中韻	一韻到底
179	〈入山〉之一	不入韻	去聲十七霰韻		一韻到底
180	〈入山〉之二	不入韻	上平聲十四寒	中韻	一韻到底
181	〈清明〉	入韻	下平聲六麻	中韻	一韻到底
182	〈與夏致宏孫信道張巨山同集澗邊以散髮巖岫為韻賦四小詩〉之一	不入韻	去聲十五翰韻		一韻到底
183	〈與夏致宏孫信道張巨山同集澗邊以散髮巖岫為韻賦四小詩〉之二	不入韻	入聲六月韻		一韻到底
184	〈與夏致宏孫信道張巨山同集澗邊以散髮巖岫為韻賦四小詩〉之三	不入韻	下平聲十三覃下平聲十五咸	窄韻	通韻
185	〈與夏致宏孫信道張巨山同集澗邊以散髮巖岫為韻賦四小詩〉之四	不入韻	去聲二十六宥韻		一韻到底
		卷十九			
186	〈聞王道濟陷虜〉	不入韻	上平聲五微	窄韻	一韻到底
187	〈均陽官舍有安榴數株著花絕稀更增妍麗〉	不入韻	下平聲一先	寬韻	一韻到底
188	〈和王東卿絕句〉之一	不入韻	下平聲十蒸	窄韻	一韻到底
189	〈和王東卿絕句〉之二	入韻	上平聲四支上平聲五微	寬韻	通韻
190	〈和王東卿絕句〉之三	不入韻	下平聲十蒸	窄韻	一韻到底

191	〈和王東卿絕句〉之四	不入韻	上平聲四支	寬韻	一韻到底
192	〈觀江漲〉	入韻	下平聲十一尤	寬韻	一韻到底
193	〈舟次高舍書事〉	入韻	下平聲七陽	寬韻	一韻到底
194	〈石城夜賦〉	不入韻	下平聲十一尤	寬韻	一韻到底
195	〈登岳陽樓二首〉之一	入韻	上平聲四支 上平聲八齊	寬韻	通韻
196	〈登岳陽樓二首〉之二	入韻	上平聲一東	寬韻	一韻到底
197	〈巴丘書事〉	入韻	下平聲十一尤	寬韻	一韻到底
198	〈再登岳陽樓感慨賦詩〉	入韻	下平聲一先	寬韻	一韻到底
卷二十					
199	〈又登岳陽樓〉	入韻	上平聲五微	窄韻	一韻到底
200	〈除夜〉之一	入韻	下平聲八庚	寬韻	一韻到底
201	〈除夜〉之二	入韻	上平聲十一真	寬韻	一韻到底
202	〈火後問舍至城南有感〉	入韻	下平聲十一尤	寬韻	一韻到底
203	〈火後借居君子亭書事四絕呈粹翁〉之一	入韻	上平聲十一真	寬韻	一韻到底
204	〈火後借居君子亭書事四絕呈粹翁〉之二	入韻	上平聲十灰	中韻	一韻到底
205	〈火後借居君子亭書事四絕呈粹翁〉之三	入韻	上平聲四支	寬韻	一韻到底
206	〈火後借居君子亭書事四絕呈粹翁〉之四	入韻	下平聲十二侵	中韻	一韻到底
207	〈再賦〉之一	入韻	上平聲十一真	寬韻	一韻到底
208	〈再賦〉之二	入韻	上平聲十灰	中韻	一韻到底
209	〈再賦〉之三	入韻	上平聲四支	寬韻	一韻到底
210	〈再賦〉之四	入韻	下平聲十二侵	中韻	一韻到底
211	〈二十一日風甚明日梅花無在者獨紅萼留枝間甚可愛也〉	入韻	上平聲十五刪	窄韻	一韻到底
212	〈望燕公樓下李花〉	不入韻	上平聲十灰	中韻	一韻到底
213	〈陪粹翁舉酒於君子亭亭下海棠方開〉	入韻	下平聲七陽	寬韻	一韻到底

214	〈春夜感懷寄席大光〉	入韻	下平聲一先	寬韻	一韻到底
215	〈夜賦寄友〉	不入韻	上平聲十四寒	中韻	一韻到底
216	〈雨〉	不入韻	下平聲九青	窄韻	一韻到底
217	〈春寒〉	入韻	上平聲一東	寬韻	一韻到底
218	〈次韻傅子文絕句〉	入韻	上平聲四支 上平聲八齊	寬韻	通韻
219	〈周尹潛過門不我顧遂登西樓作詩見寄次韻謝之〉之一	入韻	下平聲九青	窄韻	一韻到底
220	〈周尹潛過門不我顧遂登西樓作詩見寄次韻謝之〉之二	入韻	上平聲十四寒	中韻	一韻到底
221	〈周尹潛過門不我顧遂登西樓作詩見寄次韻謝之〉之三	不入韻	上平聲十灰	中韻	一韻到底
222	〈城上晚思〉	入韻	上平聲七虞	寬韻	一韻到底
223	〈雨中對酒庭下海棠經雨不歇〉	入韻	上平聲四支 上平聲五微	寬韻	通韻
卷二十一					
224	〈尋詩兩絕句〉之一	不入韻	上平聲一東	寬韻	一韻到底
225	〈尋詩兩絕句〉之二	入韻	上平聲一東 上平聲二冬	寬韻	通韻
226	〈周尹潛以僕有鄞州之命作詩見贈有橫槊之句次韻謝之〉	入韻	上平聲四支	寬韻	一韻到底
227	〈次韻尹潛感懷〉	入韻	上平聲十一真	寬韻	一韻到底
228	〈五月二日避貴寇入洞庭湖絕句〉	入韻	上平聲十灰	中韻	一韻到底
229	〈細雨〉	不入韻	下平聲十一尤	寬韻	一韻到底
230	〈贈傅子文〉	入韻	上平聲十一真	寬韻	一韻到底
231	〈晚晴野望〉	不入韻	上平聲十一真	寬韻	一韻到底
232	〈雨中〉	入韻	上平聲十四寒	中韻	一韻到底
卷二十二					
233	〈寥落〉	不入韻	上平聲六魚	中韻	一韻到底

234	〈自五月二日避寇轉徙湖中復從華容道烏沙還郡七月十六日夜半出小江口宿焉徙倚杔樓書事十二句〉	不入韻	上平聲一東	寬韻	一韻到底
235	〈閏八月十二日過奇父共坐翠寶軒賞木犀花玲瓏滿枝光氣動人念風日不貸此花無五日香矣而王使君未之知作小詩報之〉	入韻	上平聲八齊 上平聲四支	中韻	通韻
236	〈再賦二首呈奇父奇父自號七澤先生〉之一	不入韻	上平聲八齊	中韻	一韻到底
237	〈再賦二首呈奇父奇父自號七澤先生〉之二	入韻	上平聲八齊 上平聲四支	中韻	通韻
238	〈十三日再賦二首其一以贊使君是日對花賦此韻詩筆落縱橫而郡中修水戰之具方大閱於燕公樓下也其一自敘所感憶年十五在杭州始識此花皆三丈高木嘗賦詩焉〉之一	入韻	上平聲八齊 上平聲四支	中韻	通韻
239	〈十三日再賦二首其一以贊使君是日對花賦此韻詩筆落縱橫而郡中修水戰之具方大閱於燕公樓下也其一自敘所感憶年十五在杭州始識此花皆三丈高木嘗賦詩焉〉之二	入韻	上平聲八齊 上平聲四支	中韻	通韻
240	〈兩絕句〉之一	入韻	下平聲十二侵	中韻	一韻到底
241	〈兩絕句〉之二	入韻	上平聲十一真	寬韻	一韻到底
	卷二十三				
242	〈奇父先至湘陰書來戒由祿唐路而僕以他故由南洋路來夾道皆松如行青羅步障中先寄奇父〉	入韻	上平聲一東 上平聲二冬	寬韻	通韻
243	〈初識茶花〉	入韻	上平聲十灰	中韻	一韻到底
244	〈別伯共〉	不入韻	上平聲四支	寬韻	一韻到底
245	〈再別〉	不入韻	上平聲十一真	寬韻	一韻到底
246	〈別孫信道〉	不入韻	上平聲五微	窄韻	一韻到底

卷二十四					
247	〈江行野宿寄大光〉	入韻	下平聲七陽	寬韻	一韻到底
248	〈寄信道〉	入韻	上平聲四支 上平聲五微	寬韻	通韻
249	〈適遠〉	不入韻	下平聲八庚	寬韻	一韻到底
250	〈衡嶽道中〉之一	入韻	下平聲一先	寬韻	一韻到底
251	〈衡嶽道中〉之二	入韻	上平聲二冬 上平聲一東	中韻	通韻
252	〈衡嶽道中〉之三	不入韻	去聲九泰韻		一韻到底
253	〈衡嶽道中〉之四	入韻	下平聲七陽	寬韻	一韻到底
254	〈跋江都王馬〉	不入韻	上平聲二冬	中韻	一韻到底
255	〈與王子煥席大光同遊廖園〉	入韻	上平聲十一真	寬韻	一韻到底
256	〈除夜次大光韻大光是夕婚〉	入韻	上平聲十四寒	中韻	韻到底
257	〈除夜不寐飲酒一杯明日示大光〉	入韻	上平聲一東	寬韻	一韻到底
258	〈元日〉	入韻	上平聲五微 上平聲四支	窄韻	通韻
259	〈道中〉	不入韻	下平聲六麻	中韻	一韻到底
260	〈金潭道中〉	不入韻	下平聲六麻	中韻	一韻到底
261	〈絕句〉	不入韻	上平聲四支	寬韻	一韻到底
262	〈甘棠道中〉	入韻	下平聲一先	寬韻	一韻到底
263	〈將至杉木舖望野人居〉	入韻	上平聲六魚	中韻	一韻到底
264	〈曉發杉木〉	不入韻	下平聲八庚	寬韻	一韻到底
265	〈先寄邢子友〉	入韻	上平聲七虞	寬韻	一韻到底
266	〈立春日雨〉	不入韻	下平聲六麻	中韻	一韻到底
267	〈初至邵陽逢入桂林使作書問其地之安危〉	不入韻	上平聲六魚	中韻	一韻到底
268	〈舟泛邵江〉	不入韻	上平聲十二文	窄韻	一韻到底
269	〈過孔雀灘贈周靜之〉	不入韻	上平聲十一真	寬韻	一韻到底
270	〈江行晚興〉	不入韻	上平聲十四寒	中韻	一韻到底

271	〈夜抵貞牟〉	不入韻	上平聲四支	寬韻	一韻到底
272	〈晚步〉	不入韻	下平聲十一尤	寬韻	一韻到底
273	〈雨〉	不入韻	上平聲十五刪	窄韻	一韻到底
274	〈今夕〉	不入韻	上平聲十五刪	窄韻	一韻到底
275	〈山中〉	入韻	上平聲四支	寬韻	一韻到底
卷二十五					
276	〈羅江二絕〉之一	入韻	下平聲八庚	寬韻	一韻到底
277	〈羅江二絕〉之二	入韻	下平聲一先	寬韻	一韻到底
278	〈洛頭書事〉	不入韻	上平聲十五刪	窄韻	一韻到底
279	〈三月二十日聞德音寄李德升席大光新有召命皆寓永州〉	入韻	上平聲六魚	中韻	一韻到底
280	〈夏夜〉	不入韻	下平聲九青	窄韻	一韻到底
281	〈題東家壁〉	入韻	下平聲六麻	中韻	一韻到底
卷二十六					
282	〈傷春〉	入韻	上平聲二冬 上平聲一東	中韻	通韻
283	〈題水西周三十三壁〉之一	入韻	上平聲十灰	中韻	一韻到底
284	〈題水西周三十三壁〉之二	入韻	上平聲十二文 上平聲十一真	窄韻	通韻
285	〈山齋〉之一	不入韻	上平聲四支	寬韻	一韻到底
286	〈山齋〉之二	不入韻	上平聲十五刪	窄韻	一韻到底
287	〈散髮〉	入韻	上平聲五微 上平聲四支	窄韻	通韻
288	〈六月六日夜〉	不入韻	上平聲十五刪	窄韻	一韻到底
289	〈六月十七夜寄邢子友〉	不入韻	上平聲六魚	中韻	一韻到底
290	〈觀雨〉	入韻	下平聲八庚	寬韻	一韻到底
291	〈寄大光〉之一	不入韻	上平聲六魚	中韻	一韻到底
292	〈寄大光〉之二	不入韻	上平聲十四寒	中韻	一韻到底
293	〈寄德升大光〉	入韻	上平聲一東	寬韻	一韻到底
294	〈次韻謝邢九思〉	入韻	上平聲十四寒	中韻	一韻到底

295	〈村景〉	不入韻	下平聲五歌	中韻	一韻到底
296	〈次周漕族人韻〉	不入韻	下平聲七陽	寬韻	一韻到底
297	〈水車〉	入韻	下平聲八庚	寬韻	一韻到底
298	〈山居〉之一	不入韻	上平聲四支	寬韻	一韻到底
299	〈山居〉之二	不入韻	下平聲一先	寬韻	一韻到底
300	〈拜詔〉	不入韻	上平聲六魚	中韻	一韻到底
301	〈別諸周〉之一	入韻	下平聲六麻	中韻	一韻到底
302	〈別諸周〉之二	入韻	上平聲十灰	中韻	一韻到底
303	〈題向伯共過硤圖〉之一	不入韻	下平聲一先	寬韻	一韻到底
304	〈題向伯共過硤圖〉之二	入韻	下平聲一先	寬韻	一韻到底
305	〈題趙少隱清白堂〉之一	入韻	上平聲五微 上平聲四支	窄韻	通韻
306	〈題趙少隱清白堂〉之二	不入韻	下平聲十一尤	寬韻	一韻到底
307	〈題趙少隱清白堂〉之三	不入韻	上平聲四支	寬韻	一韻到底
308	〈次韻邢九思〉	入韻	上平聲十四寒	中韻	一韻到底
309	〈石限病起〉	不入韻	上平聲四支	寬韻	一韻到底
卷二十七					
310	〈愚溪〉	不入韻	下平聲十二侵	中韻	一韻到底
311	〈題道州甘泉書院〉	不入韻	下平聲一先	寬韻	一韻到底
312	〈度嶺一首〉	入韻	上平聲十二文 上平聲十三元	窄韻	通韻
313	〈戲大光送酒〉	入韻	上平聲十灰	中韻	一韻到底
314	〈次韻謝呂居仁居仁時寓賀州〉	入韻	下平聲七陽	寬韻	一韻到底
315	〈舟行遣興〉	不入韻	上平聲十四寒	中韻	一韻到底
316	〈康州小舫與耿百順李德升席大光鄭德象夜語以更長愛燭紅為韻得更字〉	不入韻	下平聲八庚	寬韻	一韻到底
317	〈與大光同登封州小閣〉	入韻	上平聲四支	寬韻	一韻到底
318	〈次韻大光五羊待耿伯順之作〉	不入韻	下平聲七陽	寬韻	一韻到底
319	〈雨中再賦海山樓詩〉	不入韻	上平聲十灰	中韻	一韻到底

320	〈和大光道中絕句〉	入韻	下平聲八庚	寬韻	一韻到底
321	〈又和大光〉	入韻	下平聲六麻	中韻	一韻到底
卷二十八					
322	〈贈漳州守綦叔厚〉	入韻	上平聲十一真	寬韻	一韻到底
323	〈宿資聖院閣〉	不入韻	上平聲十二文	窄韻	一韻到底
324	〈雨中宿靈峰寺〉	不入韻	下平聲七陽	寬韻	一韻到底
325	〈自黃巖縣舟行入台州〉	不入韻	上平聲四支	寬韻	一韻到底
326	〈過下杯渡〉	不入韻	上平聲一東	寬韻	一韻到底
327	〈王孫嶺〉	入韻	上平聲四支	寬韻	一韻到底
328	〈泛舟入前倉〉	不入韻	上平聲十三元	中韻	一韻到底
329	〈送熊博士赴瑞安令〉	不入韻	上平聲四支	寬韻	一韻到底
330	〈夜賦〉	不入韻	上平聲十灰	中韻	一韻到底
331	〈醉中〉	不入韻	上平聲四支	寬韻	一韻到底
332	〈梅花〉之一	不入韻	下平聲一先	寬韻	一韻到底
333	〈梅花〉之二	不入韻	下平聲六麻	中韻	一韻到底
334	〈瓶中梅〉	不入韻	上平聲十一真	寬韻	一韻到底
卷二十九					
335	〈除夜〉	不入韻	下平聲十蒸	窄韻	一韻到底
336	〈雨中〉	不入韻	下平聲一先	寬韻	一韻到底
337	〈渡江〉	不入韻	上平聲十灰	中韻	一韻到底
338	〈題伯時畫溫溪心等貢五馬〉	入韻	上平聲二冬	中韻	一韻到底
339	〈題畫〉	入韻	上平聲十三元	中韻	一韻到底
340	〈題崇蘭圖〉之一	入韻	上平聲七虞	寬韻	一韻到底
341	〈題崇蘭圖〉之二	入韻	上平聲十一真	寬韻	一韻到底
342	〈九日示大圓洪智〉	不入韻	上平聲四支	寬韻	一韻到底
343	〈劉大資挽詞〉之一	不入韻	上平聲五微	窄韻	一韻到底
344	〈劉大資挽詞〉之二	不入韻	上平聲十一真	寬韻	一韻到底
345	〈與智老天經夜坐〉	入韻	上平聲三江	險韻	一韻到底
346	〈觀雪〉	入韻	上平聲十一真	寬韻	一韻到底

347	〈題江參山水橫軸畫俞秀才所藏〉之一	不入韻	上平聲六魚	中韻	一韻到底
348	〈題江參山水橫軸畫俞秀才所藏〉之二	入韻	上平聲五微 上平聲八齊	窄韻	通韻
卷三十					
349	〈梅花〉	入韻	下平聲十蒸	窄韻	一韻到底
350	〈得張正字書〉	不入韻	上平聲五微	窄韻	一韻到底
351	〈小閣〉	不入韻	下平聲八庚	寬韻	一韻到底
352	〈懷天經智老因訪之〉	入韻	上平聲一東	寬韻	一韻到底
353	〈櫻桃〉	入韻	上平聲五微	窄韻	一韻到底
354	〈葉柟惠花〉	不入韻	上平聲十灰	中韻	一韻到底
355	〈牡丹〉	入韻	上平聲十四寒 上平聲十五刪	中韻	通韻
356	〈盆池〉	入韻	上平聲十灰	中韻	一韻到底
357	〈松棚〉	入韻	上平聲六魚 上平聲七虞	中韻	通韻
358	〈玉堂儤直〉	入韻	下平聲九青	窄韻	一韻到底
359	〈病骨〉	不入韻	入聲十四緝韻		一韻到底
360	〈晨起〉	入韻	上平聲四支	寬韻	一韻到底
361	〈登閣〉	不入韻	入聲十藥韻		一韻到底
362	〈芙蓉〉	入韻	上平聲一東	寬韻	一韻到底
363	〈得長春兩株植之窗前〉	不入韻	下平聲六麻	中韻	一韻到底
364	〈九月八日戲作兩絕句示妻子〉之一	不入韻	上平聲四支	寬韻	一韻到底
365	〈九月八日戲作兩絕句示妻子〉之二	不入韻	下平聲六麻	中韻	一韻到底
366	〈拒霜〉	不入韻	下平聲七陽	寬韻	一韻到底
367	〈微雨中賞月桂獨酌〉	不入韻	下平聲六麻	中韻	一韻到底
外集					
368	〈畫梅〉	入韻	下平聲七陽	寬韻	一韻到底
369	〈竹〉	不入韻	下平聲六麻	中韻	一韻到底

370	〈心老久許為作畫未果以詩督之〉	不入韻	上平聲十四寒	中韻	一韻到底
371	〈長沙寺桂花重開〉	入韻	上平聲十灰	中韻	一韻到底
372	〈和若拙弟得陪游後園〉之一	入韻	上平聲二冬上平聲一東	中韻	通韻
373	〈和若拙弟得陪游後園〉之二	不入韻	下平聲七陽	寬韻	一韻到底
374	〈季高送酒〉	不入韻	下平聲十一尤	寬韻	一韻到底
375	〈墨戲〉之一	不入韻	下平聲九青	窄韻	一韻到底
376	〈墨戲〉之二	不入韻	上平聲十一真	寬韻	一韻到底
377	〈和孫升之〉	入韻	上平聲十二文上平聲十一真	窄韻	通韻
378	〈寺居〉	入韻	下平聲九青下平聲八庚	窄韻	通韻
379	〈某竊慕東坡以鐵拄杖為樂全生日之壽今以大銅缾上判府待制庶幾因物以露區區且作詩二首將之亦東坡故事〉之一	入韻	下平聲一先	寬韻	一韻到底
380	〈某竊慕東坡以鐵拄杖為樂全生日之壽今以大銅缾上判府待制庶幾因物以露區區且作詩二首將之亦東坡故事〉之二	入韻	上平聲四支	寬韻	一韻到底
381	〈又用韻春雪〉	入韻	上平聲十四寒	中韻	一韻到底
382	〈次韻邢子友〉	入韻	下平聲十一尤	寬韻	一韻到底
383	〈某用家弟韻賦絕句上浼清視蕪詞累句非敢以為詩也願賜一言卒相之〉	不入韻	下平聲七陽	寬韻	一韻到底
384	〈某以雨有嘉應遂占有秋輒採用家弟韻賦二絕句少貴勤卹之誠也〉之一	入韻	下平聲十一尤	寬韻	一韻到底
385	〈某以雨有嘉應遂占有秋輒採用家弟韻賦二絕句少貴勤卹之誠也〉之二	入韻	上平聲一東	寬韻	一韻到底
386	〈梅〉	入韻	下平聲六麻	中韻	一韻到底

387	〈蒙知府寵示秋日郡圃佳製遂侍杖屨逍遙林水間輒次韻四篇上瀆台覽〉之一	不入韻	上平聲一東	寬韻	一韻到底
388	〈蒙知府寵示秋日郡圃佳製遂侍杖屨逍遙林水間輒次韻四篇上瀆台覽〉之二	不入韻	下平聲十一尤	寬韻	一韻到底
389	〈蒙知府寵示秋日郡圃佳製遂侍杖屨逍遙林水間輒次韻四篇上瀆台覽〉之三	不入韻	上平聲五微	窄韻	一韻到底
390	〈蒙知府寵示秋日郡圃佳製遂侍杖屨逍遙林水間輒次韻四篇上瀆台覽〉之四	不入韻	上平聲四支	寬韻	一韻到底
391	〈送人歸京師〉	入韻	下平聲十一尤	寬韻	一韻到底
392	〈賦康平老銅雀硯〉	入韻	下平聲七陽	寬韻	一韻到底
393	〈和顏持約〉	不入韻	下平聲十一尤	寬韻	一韻到底
394	〈早行〉	入韻	下平聲八庚	寬韻	一韻到底
395	〈余識景純家弟出其詩見示喜其同臭味也輒用大成黃字韻賦八句贈之〉	入韻	下平聲七陽	寬韻	一韻到底
396	〈次韻景純道中寄大成〉	入韻	上平聲十一真	寬韻	一韻到底
397	〈再蒙寵示佳什殆無遺巧勉成二章一以報佳貺一以自貽〉之一	入韻	上平聲十一真	寬韻	一韻到底
398	〈再蒙寵示佳什殆無遺巧勉成二章一以報佳貺一以自貽〉之二	入韻	上平聲十一真	寬韻	一韻到底
399	〈同家弟用前韻謝判府惠酒〉之一	入韻	上平聲十五刪 下平聲一先	窄韻	通韻
400	〈同家弟用前韻謝判府惠酒〉之二	入韻	上平聲五微 上平聲四支	窄韻	通韻
401	〈次韻家弟所賦〉	入韻	上平聲四支	寬韻	一韻到底
402	〈徙舍蒙大成賜酒〉	入韻	上平聲十一真	寬韻	一韻到底
403	〈次韻宋主簿詩〉	入韻	下平聲十一尤	寬韻	一韻到底
404	〈用大成四桂坊韻賦詩贈令狐昆仲〉	入韻	下平聲七陽	寬韻	一韻到底

附表三：《陳簡齋詩集合校彙注》類別統整表

序	詩　　名	類　別	細　項
	卷一		
1	〈送呂欽問監酒授代歸〉	送別詩	
2	〈次韻周教授秋懷〉	和韻詩	應接相和
	卷三		
3	〈風雨〉	詠物詩	氣候景象
4	〈曼陀羅花〉	詠物詩	動、植物
	卷四		
5	〈襄邑道中〉	寫景詩	道途即景
6	〈寄新息家叔〉	贈答詩	往來寄贈
7	〈年華〉	感懷詩	遇事感發
8	〈茅屋〉	感懷詩	人生寄慨
9	〈酴醾〉	感懷詩	閒適怡情
10	〈雨〉	詠物詩	氣候景象
11	〈西風〉	詠物詩	氣候景象
12	〈題許道寧畫〉	題辭詩	
13	〈和張規臣水墨梅五絕〉之一	和韻詩	應接相和
14	〈和張規臣水墨梅五絕〉之二	和韻詩	應接相和

15	〈和張規臣水墨梅五絕〉之三	和韻詩	應接相和
16	〈和張規臣水墨梅五絕〉之四	和韻詩	應接相和
17	〈和張規臣水墨梅五絕〉之五	和韻詩	應接相和
18	〈夜雨〉	詠物詩	氣候景象
19	〈連雨不能出有懷同年陳國佐〉	感懷詩	遇事感發
20	〈目疾〉	感懷詩	人生寄慨
21	〈以事走郊外示友〉	應酬詩	交際
卷五			
22	〈十月〉	感懷詩	因景觸情
23	〈題小室〉	題辭詩	
24	〈次韻張迪功春日〉	和韻詩	應接相和
25	〈又和歲除感懷用前韻〉	和韻詩	應接相和
26	〈張迪功攜詩見過次韻謝之〉之一	和韻詩	應接相和
27	〈張迪功攜詩見過次韻謝之〉之二	和韻詩	應接相和
28	〈即席重賦且約再遊〉之一	和韻詩	應接相和
29	〈即席重賦且約再遊〉之二	和韻詩	應接相和
30	〈次韻家叔〉	和韻詩	應接相和
31	〈次韻答張迪功坐上見貽張將赴南都任〉之一	和韻詩	應接相和
32	〈次韻答張迪功坐上見貽張將赴南都任〉之二	和韻詩	應接相和
33	〈送張迪功赴南京掾〉之一	送別詩	
34	〈送張迪功赴南京掾〉之二	送別詩	
35	〈梅花〉	詠物詩	動、植物
卷六			
36	〈題畫兔〉	題辭詩	
37	〈次韻謝表兄張元東見寄〉	和韻詩	應接相和
38	〈若拙弟說汝州可居已卜約一丘用韻寄元東〉	贈答詩	往來寄贈
39	〈元方用韻見寄次韻奉謝兼呈元東〉之一	和韻詩	應接相和
40	〈元方用韻見寄次韻奉謝兼呈元東〉之二	和韻詩	應接相和
41	〈元方用韻寄若拙弟邀同賦元方將託若拙覓顏淵之五十畝故詩中見意〉	和韻詩	應接相和

42	〈西郊春事漸入老境元方欲出遊以無馬未果今日得詩又有舉鞭何日之歎因次韻招之〉	和韻詩	應接相和
43	〈答元方述懷作〉	贈答詩	贈詩表意
44	〈六言〉之一	感懷詩	閒適怡情
45	〈六言〉之二	感懷詩	閒適怡情
卷七			
46	〈次韻家弟碧線泉〉	和韻詩	應接相和
47	〈同家弟賦蠟梅詩得四絕句〉之一	詠物詩	動、植物
48	〈同家弟賦蠟梅詩得四絕句〉之二	詠物詩	動、植物
49	〈同家弟賦蠟梅詩得四絕句〉之三	詠物詩	動、植物
50	〈同家弟賦蠟梅詩得四絕句〉之四	詠物詩	動、植物
51	〈次韻光化宋唐年主簿見寄〉之一	和韻詩	應接相和
52	〈次韻光化宋唐年主簿見寄〉之二	和韻詩	應接相和
53	〈再用景純韻詠懷〉之一	和韻詩	應接相和
54	〈再用景純韻詠懷〉之二	和韻詩	應接相和
55	〈謝楊工曹〉	贈答詩	贈詩表意
56	〈謹次十七叔去鄭詩韻二章以寄家叔一章以自詠〉之一	和韻詩	應接相和
57	〈謹次十七叔去鄭詩韻二章以寄家叔一章以自詠〉之二	和韻詩	應接相和
58	〈謹次十七叔去鄭詩韻二章以寄家叔一章以自詠〉之三	和韻詩	應接相和
59	〈連雨賦書事〉之一	感懷詩	因景觸情
60	〈連雨賦書事〉之二	感懷詩	因景觸情
61	〈連雨賦書事〉之三	感懷詩	因景觸情
62	〈連雨賦書事〉之四	感懷詩	因景觸情
卷八			
63	〈趙盧中有石名小華山以詩借之〉	應酬詩	交際
64	〈次韻樂文卿北園〉	和韻詩	應接相和
65	〈蠟梅四絕句〉之一	詠物詩	動、植物
66	〈蠟梅四絕句〉之二	詠物詩	動、植物

67	〈蠟梅四絕句〉之三	詠物詩	動、植物
68	〈蠟梅四絕句〉之四	詠物詩	動、植物
卷九			
69	〈陳叔易學士母阮氏挽詞〉之一	輓悼詩	
70	〈陳叔易學士母阮氏挽詞〉之二	輓悼詩	
71	〈歸洛道中〉	寫景詩	道途即景
72	〈道中寒食〉之一	感懷詩	節慶詠懷
73	〈道中寒食〉之二	感懷詩	節慶詠懷
74	〈龍門〉	詠物詩	建築物
75	〈次韻謝心老以緣事至魯山〉	和韻詩	應接相和
76	〈友人惠石兩峰巉然取子美玉山高並兩峰寒之句名曰小玉山〉	詠物詩	器物
77	〈秋夜〉	感懷詩	因景觸情
78	〈跋外祖存誠子帖〉	贈答詩	贈詩表意
79	〈詠蟹〉	詠物詩	動、植物
卷十			
80	〈中牟道中〉之一	寫景詩	道途即景
81	〈中牟道中〉之二	寫景詩	道途即景
82	〈次韻王堯明郊祀顯相之作〉	和韻詩	應接相和
83	〈放慵〉	感懷詩	閒適怡情
84	〈清明二絕〉之一	感懷詩	節慶詠懷
85	〈清明二絕〉之二	感懷詩	節慶詠懷
86	〈春日二首〉之一	感懷詩	閒適怡情
87	〈春日二首〉之二	感懷詩	閒適怡情
卷十一			
88	〈道山宿直〉	寫景詩	遊賞山水
89	〈雨晴〉	詠物詩	氣候景象
90	〈十月〉	感懷詩	人生寄慨
91	〈漫郎〉	感懷詩	人生寄慨
92	〈柳絮〉	詠物詩	動、植物

93	〈侯處士女挽詞〉	輓悼詩	
94	〈翁高郵挽詩〉	輓悼詩	
95	〈秋試院將出書所寓窗〉	感懷詩	遇事感發
96	〈秋日〉	感懷詩	閒適怡情
97	〈試院書懷〉	感懷詩	因景觸情
卷十二			
98	〈次韻何文縝題顏持約畫水墨梅花〉之一	和韻詩	應接相和
99	〈次韻何文縝題顏持約畫水墨梅花〉之二	和韻詩	應接相和
100	〈又六言〉	和韻詩	應接相和
101	〈題持約畫軸〉	題辭詩	
102	〈為陳介然題持約畫〉	題辭詩	
103	〈梅花兩絕句〉之一	詠物詩	動、植物
104	〈梅花兩絕句〉之二	詠物詩	動、植物
105	〈送善相僧超然歸廬山〉	送別詩	
106	〈碁〉	詠物詩	建築物
107	〈九日宜春苑午憩幕中聽大光誦朱迪功詩〉	感懷詩	閒適怡情
108	〈西省酴醾架上殘雪可愛戲同王元忠席大光賦詩〉	應酬詩	交際
109	〈對酒〉	應酬詩	娛樂宴飲
110	〈後三日再賦〉	應酬詩	娛樂宴飲
卷十三			
111	〈赴陳留〉	感懷詩	遇事感發
112	〈至陳留〉	感懷詩	遇事感發
113	〈客裏〉	感懷詩	遇事感發
114	〈遊八關寺後池上〉	寫景詩	遊賞山水
115	〈對酒〉	應酬詩	娛樂宴飲
116	〈寒食〉	感懷詩	節慶詠懷
117	〈感懷〉	感懷詩	人生寄慨
118	〈寶園醉中前後五絕句〉之一	應酬詩	娛樂宴飲
119	〈寶園醉中前後五絕句〉之二	應酬詩	娛樂宴飲

120	〈寶園醉中前後五絕句〉之三	應酬詩	娛樂宴飲
121	〈寶園醉中前後五絕句〉之四	應酬詩	娛樂宴飲
122	〈寶園醉中前後五絕句〉之五	應酬詩	娛樂宴飲
123	〈雨〉	詠物詩	氣候景象
卷十四			
124	〈招張仲宗〉	應酬詩	交際
125	〈宴坐之地籧篨覆之名曰篷齋〉	詠物詩	建築物
126	〈寓居劉倉廨中晚步過鄭倉臺上〉	感懷詩	遇事感發
127	〈發商水道中〉	感懷詩	遇事感發
128	〈西軒寓居〉	感懷詩	人生寄慨
卷十五			
129	〈鄧州西軒書事〉之一	感懷詩	遇事感發
130	〈鄧州西軒書事〉之二	感懷詩	遇事感發
131	〈鄧州西軒書事〉之三	感懷詩	遇事感發
132	〈鄧州西軒書事〉之四	感懷詩	遇事感發
133	〈鄧州西軒書事〉之五	感懷詩	遇事感發
134	〈鄧州西軒書事〉之六	感懷詩	遇事感發
135	〈鄧州西軒書事〉之七	感懷詩	遇事感發
136	〈鄧州西軒書事〉之八	感懷詩	遇事感發
137	〈鄧州西軒書事〉之九	感懷詩	遇事感發
138	〈鄧州西軒書事〉之十	感懷詩	遇事感發
139	〈晚步順陽門外〉	感懷詩	因景觸情
140	〈縱步至董氏園亭〉之一	感懷詩	因景觸情
141	〈縱步至董氏園亭〉之二	感懷詩	因景觸情
142	〈縱步至董氏園亭〉之三	感懷詩	因景觸情
143	〈香林〉之一	詠物詩	動、植物
144	〈香林〉之二	詠物詩	動、植物
145	〈香林〉之三	詠物詩	動、植物
146	〈香林〉之四	詠物詩	動、植物
147	〈春雨〉	詠物詩	氣候景象

148	〈雨〉	詠物詩	氣候景象
149	〈夏夜〉	感懷詩	閒適怡情
150	〈又兩絕〉之一	感懷詩	閒適怡情
151	〈又兩絕〉之二	感懷詩	閒適怡情
卷十六			
152	〈秋日客思〉	感懷詩	遇事感發
153	〈道中書事〉	感懷詩	因景觸情
154	〈將次葉城道中〉	感懷詩	因景觸情
155	〈至葉城〉	感懷詩	遇事感發
156	〈曉發葉城〉	感懷詩	遇事感發
157	〈同繼祖民瞻遊賦詩亭〉之一	寫景詩	遊賞山水
158	〈同繼祖民瞻遊賦詩亭〉之二	寫景詩	遊賞山水
卷十七			
159	〈寄季申〉	贈答詩	往來寄贈
160	〈題繼祖蟠室〉之一	題辭詩	
161	〈題繼祖蟠室〉之二	題辭詩	
162	〈題繼祖蟠室〉之三	題辭詩	
163	〈重陽〉	感懷詩	節慶詠懷
164	〈有感再賦〉	感懷詩	節慶詠懷
165	〈感事〉	感懷詩	遇事感發
166	〈送客出城西〉	送別詩	
167	〈得席大光書因以詩迓之〉	感懷詩	遇事感發
168	〈無題〉	感懷詩	人生寄慨
169	〈正月十六日夜二絕〉之一	感懷詩	人生寄慨
170	〈正月十六日夜二絕〉之二	感懷詩	人生寄慨
171	〈坐澗邊石上〉	感懷詩	因景觸情
卷十八			
172	〈採菖蒲〉	感懷詩	閒適怡情
173	〈晚望信道立竹林邊〉	應酬詩	交際
174	〈岸幘〉	詠物詩	氣候景象

175	〈雨〉	詠物詩	氣候景象
176	〈醉中至西徑梅花下已盛開〉	詠物詩	動、植物
177	〈出山〉之一	寫景詩	遊賞山水
178	〈出山〉之二	寫景詩	遊賞山水
179	〈入山〉之一	寫景詩	遊賞山水
180	〈入山〉之二	寫景詩	遊賞山水
181	〈清明〉	感懷詩	節慶詠懷
182	〈與夏致宏孫信道張巨山同集澗邊以散髮巖岫為韻賦四小詩〉之一	和韻詩	聚眾唱酬
183	〈與夏致宏孫信道張巨山同集澗邊以散髮巖岫為韻賦四小詩〉之二	和韻詩	聚眾唱酬
184	〈與夏致宏孫信道張巨山同集澗邊以散髮巖岫為韻賦四小詩〉之三	和韻詩	聚眾唱酬
185	〈與夏致宏孫信道張巨山同集澗邊以散髮巖岫為韻賦四小詩〉之四	和韻詩	聚眾唱酬
卷十九			
186	〈聞王道濟陷虜〉	感懷詩	遇事感發
187	〈均陽官舍有安榴數株著花絕稀更增妍麗〉	詠物詩	動、植物
188	〈和王東卿絕句〉之一	和韻詩	應接相和
189	〈和王東卿絕句〉之二	和韻詩	應接相和
190	〈和王東卿絕句〉之三	和韻詩	應接相和
191	〈和王東卿絕句〉之四	和韻詩	應接相和
192	〈觀江漲〉	寫景詩	遊賞山水
193	〈舟次高舍書事〉	感懷詩	因景觸情
194	〈石城夜賦〉	感懷詩	因景觸情
195	〈登岳陽樓二首〉之一	寫景詩	登高遠眺
196	〈登岳陽樓二首〉之二	寫景詩	登高遠眺
197	〈巴丘書事〉	感懷詩	因景觸情
198	〈再登岳陽樓感慨賦詩〉	感懷詩	因景觸情
卷二十			
199	〈又登岳陽樓〉	寫景詩	登高遠眺

200	〈除夜〉之一	感懷詩	節慶詠懷
201	〈除夜〉之二	感懷詩	節慶詠懷
202	〈火後問舍至城南有感〉	感懷詩	遇事感發
203	〈火後借居君子亭書事四絕呈粹翁〉之一	贈答詩	贈詩表意
204	〈火後借居君子亭書事四絕呈粹翁〉之二	贈答詩	贈詩表意
205	〈火後借居君子亭書事四絕呈粹翁〉之三	贈答詩	贈詩表意
206	〈火後借居君子亭書事四絕呈粹翁〉之四	贈答詩	贈詩表意
207	〈再賦〉之一	贈答詩	贈詩表意
208	〈再賦〉之二	贈答詩	贈詩表意
209	〈再賦〉之三	贈答詩	贈詩表意
210	〈再賦〉之四	贈答詩	贈詩表意
211	〈二十一日風甚明日梅花無在者獨紅萼留枝間甚可愛也〉	詠物詩	動、植物
212	〈望燕公樓下李花〉	詠物詩	動、植物
213	〈陪粹翁舉酒於君子亭亭下海棠方開〉	詠物詩	動、植物
214	〈春夜感懷寄席大光〉	感懷詩	因景觸情
215	〈夜賦寄友〉	贈答詩	往來寄贈
216	〈雨〉	詠物詩	氣候景象
217	〈春寒〉	詠物詩	氣候景象
218	〈次韻傅子文絕句〉	和韻詩	應接相和
219	〈周尹潛過門不我顧遂登西樓作詩見寄次韻謝之〉之一	贈答詩	往來寄贈
220	〈周尹潛過門不我顧遂登西樓作詩見寄次韻謝之〉之二	贈答詩	往來寄贈
221	〈周尹潛過門不我顧遂登西樓作詩見寄次韻謝之〉之三	贈答詩	往來寄贈
222	〈城上晚思〉	寫景詩	登高遠眺
223	〈雨中對酒庭下海棠經雨不歇〉	詠物詩	氣候景象
卷二十一			
224	〈尋詩兩絕句〉之一	感懷詩	閒適怡情
225	〈尋詩兩絕句〉之二	感懷詩	閒適怡情

226	〈周尹潛以僕有郢州之命作詩見贈有橫槊之句次韻謝之〉	和韻詩	應接相和
227	〈次韻尹潛感懷〉	和韻詩	應接相和
228	〈五月二日避貴寇入洞庭湖絕句〉	感懷詩	遇事感發
229	〈細雨〉	詠物詩	氣候景象
230	〈贈傅子文〉	贈答詩	贈詩表意
231	〈晚晴野望〉	感懷詩	因景觸情
232	〈雨中〉	詠物詩	氣候景象
卷二十二			
233	〈寥落〉	感懷詩	遇事感發
234	〈自五月二日避寇轉徙湖中復從華容道烏沙還郡七月十六日夜半出小江口宿焉徙倚杔樓書事十二句〉	感懷詩	遇事感發
235	〈閏八月十二日過奇父共坐翠竇軒賞木犀花玲瓏滿枝光氣動人念風日不貸此花無五日香矣而王使君未之知作小詩報之〉	詠物詩	動、植物
236	〈再賦二首呈奇父奇父自號七澤先生〉之一	詠物詩	動、植物
237	〈再賦二首呈奇父奇父自號七澤先生〉之二	詠物詩	動、植物
238	〈十三日再賦二首其一以贊使君是日對花賦此韻詩筆落縱橫而郡中修水戰之具方大閱於燕公樓下也其一自敘所感憶年十五在杭州始識此花皆三丈高木嘗賦詩焉〉之一	詠物詩	動、植物
239	〈十三日再賦二首其一以贊使君是日對花賦此韻詩筆落縱橫而郡中修水戰之具方大閱於燕公樓下也其一自敘所感憶年十五在杭州始識此花皆三丈高木嘗賦詩焉〉之二	詠物詩	動、植物
240	〈兩絕句〉之一	寫景詩	登高遠眺
241	〈兩絕句〉之二	寫景詩	登高遠眺
卷二十三			
242	〈奇父先至湘陰書來戒由祿唐路而僕以他故由南洋路來夾道皆松如行青羅步障中先寄奇父〉	贈答詩	往來寄贈
243	〈初識茶花〉	詠物詩	動、植物
244	〈別伯共〉	送別詩	

245	〈再別〉	送別詩	
246	〈別孫信道〉	送別詩	
	卷二十四		
247	〈江行野宿寄大光〉	贈答詩	往來寄贈
248	〈寄信道〉	贈答詩	往來寄贈
249	〈適遠〉	感懷詩	遇事感發
250	〈衡嶽道中〉之一	寫景詩	道途即景
251	〈衡嶽道中〉之二	寫景詩	道途即景
252	〈衡嶽道中〉之三	寫景詩	道途即景
253	〈衡嶽道中〉之四	寫景詩	道途即景
254	〈跋江都王馬〉	贈答詩	贈詩表意
255	〈與王子煥席大光同遊廖園〉	應酬詩	交際
256	〈除夜次大光韻大光是夕婚〉	和韻詩	應接相和
257	〈除夜不寐飲酒一杯明日示大光〉	應酬詩	交際
258	〈元日〉	感懷詩	節慶詠懷
259	〈道中〉	寫景詩	道途即景
260	〈金潭道中〉	寫景詩	道途即景
261	〈絕句〉	寫景詩	道途即景
262	〈甘棠道中〉	寫景詩	道途即景
263	〈將至杉木舖望野人居〉	寫景詩	道途即景
264	〈曉發杉木〉	感懷詩	因景觸情
265	〈先寄邢子友〉	贈答詩	往來寄贈
266	〈立春日雨〉	詠物詩	氣候景象
267	〈初至邵陽逢入桂林使作書問其地之安危〉	贈答詩	往來寄贈
268	〈舟泛邵江〉	感懷詩	因景觸情
269	〈過孔雀灘贈周靜之〉	贈答詩	往來寄贈
270	〈江行晚興〉	感懷詩	因景觸情
271	〈夜抵貞牟〉	感懷詩	遇事感發
272	〈晚步〉	感懷詩	閒適怡情
273	〈雨〉	詠物詩	氣候景象

274	〈今夕〉	感懷詩	閒適怡情
275	〈山中〉	感懷詩	閒適怡情
卷二十五			
276	〈羅江二絕〉之一	寫景詩	遊賞山水
277	〈羅江二絕〉之二	寫景詩	遊賞山水
278	〈洛頭書事〉	感懷詩	遇事感發
279	〈三月二十日聞德音寄李德升席大光新有召命皆寓永州〉	贈答詩	往來寄贈
280	〈夏夜〉	詠物詩	氣候景象
281	〈題東家壁〉	題辭詩	
卷二十六			
282	〈傷春〉	感懷詩	遇事感發
283	〈題水西周三十三壁〉之一	題辭詩	
284	〈題水西周三十三壁〉之二	題辭詩	
285	〈山齋〉之一	寫景詩	遊賞山水
286	〈山齋〉之二	寫景詩	遊賞山水
287	〈散髮〉	感懷詩	閒適怡情
288	〈六月六日夜〉	感懷詩	閒適怡情
289	〈六月十七夜寄邢子友〉	贈答詩	往來寄贈
290	〈觀雨〉	詠物詩	氣候景象
291	〈寄大光〉之一	贈答詩	往來寄贈
292	〈寄大光〉之二	贈答詩	往來寄贈
293	〈寄德升大光〉	贈答詩	往來寄贈
294	〈次韻謝邢九思〉	和韻詩	應接相和
295	〈村景〉	寫景詩	遊賞山水
296	〈次周漕族人韻〉	和韻詩	應接相和
297	〈水車〉	詠物詩	器物
298	〈山居〉之一	感懷詩	閒適怡情
299	〈山居〉之二	感懷詩	閒適怡情
300	〈拜詔〉	感懷詩	遇事感發

301	〈別諸周〉之一	感懷詩	遇事感發
302	〈別諸周〉之二	感懷詩	遇事感發
303	〈題向伯共過硤圖〉之一	題辭詩	
304	〈題向伯共過硤圖〉之二	題辭詩	
305	〈題趙少隱清白堂〉之一	題辭詩	
306	〈題趙少隱清白堂〉之二	題辭詩	
307	〈題趙少隱清白堂〉之三	題辭詩	
308	〈次韻邢九思〉	和韻詩	應接相和
309	〈石限病起〉	感懷詩	人生寄慨
卷二十七			
310	〈愚溪〉	感懷詩	因景觸情
311	〈題道州甘泉書院〉	題辭詩	
312	〈度嶺一首〉	寫景詩	遊賞山水
313	〈戲大光送酒〉	應酬詩	娛樂宴飲
314	〈次韻謝呂居仁居仁時寓賀州〉	和韻詩	應接相和
315	〈舟行遣興〉	感懷詩	因景觸情
316	〈康州小舫與耿百順李德升席大光鄭德象夜語以更長愛燭紅為韻得更字〉	和韻詩	聚眾唱酬
317	〈與大光同登封州小閣〉	寫景詩	登高遠眺
318	〈次韻大光五羊待耿伯順之作〉	和韻詩	應接相和
319	〈雨中再賦海山樓詩〉	詠物詩	建築物
320	〈和大光道中絕句〉	和韻詩	應接相和
321	〈又和大光〉	和韻詩	應接相和
卷二十八			
322	〈贈漳州守綦叔厚〉	贈答詩	往來寄贈
323	〈宿資聖院閣〉	寫景詩	道途即景
324	〈雨中宿靈峰寺〉	感懷詩	遇事感發
325	〈自黃巖縣舟行入台州〉	寫景詩	道途即景
326	〈過下杯渡〉	寫景詩	道途即景
327	〈王孫嶺〉	寫景詩	道途即景

328	〈泛舟入前倉〉	寫景詩	道途即景
329	〈送熊博士赴瑞安令〉	送別詩	
330	〈夜賦〉	感懷詩	人生寄慨
331	〈醉中〉	感懷詩	遇事感發
332	〈梅花〉之一	詠物詩	動、植物
333	〈梅花〉之二	詠物詩	動、植物
334	〈瓶中梅〉	詠物詩	動、植物
卷二十九			
335	〈除夜〉	感懷詩	節慶詠懷
336	〈雨中〉	詠物詩	氣候景象
337	〈渡江〉	寫景詩	遊賞山水
338	〈題伯時畫溫溪心等貢五馬〉	題辭詩	
339	〈題畫〉	題辭詩	
340	〈題崇蘭圖〉之一	題辭詩	
341	〈題崇蘭圖〉之二	題辭詩	
342	〈九日示大圓洪智〉	贈答詩	贈詩表意
343	〈劉大資挽詞〉之一	輓悼詩	
344	〈劉大資挽詞〉之二	輓悼詩	
345	〈與智老天經夜坐〉	感懷詩	遇事感發
346	〈觀雪〉	感懷詩	因景觸情
347	〈題江參山水橫軸畫俞秀才所藏〉之一	題辭詩	
348	〈題江參山水橫軸畫俞秀才所藏〉之二	題辭詩	
卷三十			
349	〈梅花〉	詠物詩	動、植物
350	〈得張正字書〉	贈答詩	往來寄贈
351	〈小閣〉	感懷詩	人生寄慨
352	〈懷天經智老因訪之〉	感懷詩	遇事感發
353	〈櫻桃〉	詠物詩	動、植物
354	〈葉柟惠花〉	詠物詩	動、植物
355	〈牡丹〉	詠物詩	動、植物

356	〈盆池〉	詠物詩	器物
357	〈松棚〉	詠物詩	器物
358	〈玉堂儤直〉	感懷詩	閒適怡情
359	〈病骨〉	感懷詩	人生寄慨
360	〈晨起〉	感懷詩	閒適怡情
361	〈登閣〉	寫景詩	登高遠眺
362	〈芙蓉〉	詠物詩	動、植物
363	〈得長春兩株植之窗前〉	詠物詩	動、植物
364	〈九月八日戲作兩絕句示妻子〉之一	感懷詩	閒適怡情
365	〈九月八日戲作兩絕句示妻子〉之二	感懷詩	閒適怡情
366	〈拒霜〉	詠物詩	動、植物
367	〈微雨中賞月桂獨酌〉	詠物詩	動、植物
外集			
368	〈畫梅〉	詠物詩	動、植物
369	〈竹〉	詠物詩	動、植物
370	〈心老久許為作畫未果以詩督之〉	應酬詩	交際
371	〈長沙寺桂花重開〉	詠物詩	動、植物
372	〈和若拙弟得陪游後園〉之一	和韻詩	應接相和
373	〈和若拙弟得陪游後園〉之二	和韻詩	應接相和
374	〈季高送酒〉	應酬詩	交際
375	〈墨戲〉之一	感懷詩	閒適怡情
376	〈墨戲〉之二	感懷詩	閒適怡情
377	〈和孫升之〉	和韻詩	應接相和
378	〈寺居〉	感懷詩	遇事感發
379	〈某竊慕東坡以鐵拄杖為樂全生日之壽今以大銅缾上判府待制庶幾因物以露區區且作詩二首將之亦東坡故事〉之一	應酬詩	娛樂宴飲
380	〈某竊慕東坡以鐵拄杖為樂全生日之壽今以大銅缾上判府待制庶幾因物以露區區且作詩二首將之亦東坡故事〉之二	應酬詩	娛樂宴飲
381	〈又用韻春雪〉	詠物詩	氣候景象

382	〈次韻邢子友〉	和韻詩	應接相和
383	〈某用家弟韻賦絕句上浼清視蕪詞累句非敢以為詩也願賜一言卒相之〉	和韻詩	應接相和
384	〈某以雨有嘉應遂占有秋輒採用家弟韻賦二絕句少賷勤岬之誠也〉之一	和韻詩	應接相和
385	〈某以雨有嘉應遂占有秋輒採用家弟韻賦二絕句少賷勤岬之誠也〉之二	和韻詩	應接相和
386	〈梅〉	詠物詩	動、植物
387	〈蒙知府寵示秋日郡圃佳製遂侍杖屨逍遙林水間輒次韻四篇上瀆台覽〉之一	和韻詩	應接相和
388	〈蒙知府寵示秋日郡圃佳製遂侍杖屨逍遙林水間輒次韻四篇上瀆台覽〉之二	和韻詩	應接相和
389	〈蒙知府寵示秋日郡圃佳製遂侍杖屨逍遙林水間輒次韻四篇上瀆台覽〉之三	和韻詩	應接相和
390	〈蒙知府寵示秋日郡圃佳製遂侍杖屨逍遙林水間輒次韻四篇上瀆台覽〉之四	和韻詩	應接相和
391	〈送人歸京師〉	送別詩	
392	〈賦康平老銅雀硯〉	詠物詩	器物
393	〈和顏持約〉	和韻詩	應接相和
394	〈早行〉	寫景詩	遊賞山水
395	〈余識景純家弟出其詩見示喜其同臭味也輒用大成黃字韻賦八句贈之〉	和韻詩	聚眾唱酬
396	〈次韻景純道中寄大成〉	和韻詩	聚眾唱酬
397	〈再蒙寵示佳什殆無遺巧勉成二章一以報佳既一以自眙〉之一	和韻詩	聚眾唱酬
398	〈再蒙寵示佳什殆無遺巧勉成二章一以報佳既一以自眙〉之二	和韻詩	聚眾唱酬
399	〈同家弟用前韻謝判府惠酒〉之一	和韻詩	聚眾唱酬
400	〈同家弟用前韻謝判府惠酒〉之二	和韻詩	聚眾唱酬
401	〈次韻家弟所賦〉	和韻詩	應接相和
402	〈徙舍蒙大成賜酒〉	應酬詩	交際
403	〈次韻宋主簿詩〉	和韻詩	應接相和
404	〈用大成四桂坊韻賦詩贈令狐昆仲〉	贈答詩	往來寄贈

附表四：《陳簡齋詩集合校彙注》修辭統整表

序	詩　　名	修　辭
卷一		
1	〈送呂欽問監酒授代歸〉	對仗、類疊、轉化
2	〈次韻周教授秋懷〉	對仗、類疊、設問
卷三		
3	〈風雨〉	對仗、摹寫
4	〈曼陀羅花〉	對仗、轉化、映襯
卷四		
5	〈襄邑道中〉	摹寫
6	〈寄新息家叔〉	對仗、雙關
7	〈年華〉	對仗、摹寫、類疊
8	〈茅屋〉	對仗、類疊
9	〈酴醿〉	對仗、摹寫、借代
10	〈雨〉	對仗、類疊、借代
11	〈西風〉	對仗
12	〈題許道寧畫〉	對仗、設問
13	〈和張規臣水墨梅五絕〉之一	映襯、轉化
14	〈和張規臣水墨梅五絕〉之二	轉化

15	〈和張規臣水墨梅五絕〉之三	類疊
16	〈和張規臣水墨梅五絕〉之四	轉化
17	〈和張規臣水墨梅五絕〉之五	類疊
18	〈夜雨〉	對仗、摹寫、倒裝
19	〈連雨不能出有懷同年陳國佐〉	對仗、類疊、化用
20	〈目疾〉	對仗、化用
21	〈以事走郊外示友〉	對仗、轉化、摹寫
卷五		
22	〈十月〉	對仗、借代、映襯
23	〈題小室〉	對仗、借代、化用
24	〈次韻張迪功春日〉	對仗、類疊、摹寫
25	〈又和歲除感懷用前韻〉	對仗、倒裝
26	〈張迪功攜詩見過次韻謝之〉之一	對仗、借代
27	〈張迪功攜詩見過次韻謝之〉之二	對仗、化用
28	〈即席重賦且約再遊〉之一	對仗、轉化、摹寫
29	〈即席重賦且約再遊〉之二	對仗、化用、轉化
30	〈次韻家叔〉	對仗、類疊、借代
31	〈次韻答張迪功坐上見貽張將赴南都任〉之一	對仗、轉化
32	〈次韻答張迪功坐上見貽張將赴南都任〉之二	對仗、倒裝
33	〈送張迪功赴南京掾〉之一	對仗、化用
34	〈送張迪功赴南京掾〉之二	對仗
35	〈梅花〉	轉化、借代、對偶
卷六		
36	〈題畫兔〉	無
37	〈次韻謝表兄張元東見寄〉	對仗、借代
38	〈若拙弟說汝州可居已卜約一丘用韻寄元東〉	對仗
39	〈元方用韻見寄次韻奉謝兼呈元東〉之一	對仗
40	〈元方用韻見寄次韻奉謝兼呈元東〉之二	對仗、化用

41	〈元方用韻寄若拙弟邀同賦元方將託若拙覓顏淵之五十畝故詩中見意〉	對仗
42	〈西郊春事漸入老境元方欲出遊以無馬未果今日得詩又有舉鞭何日之歡因次韻招之〉	對仗、化用
43	〈答元方述懷作〉	對仗、映襯、對偶
44	〈六言〉之一	類疊
45	〈六言〉之二	設問
卷七		
46	〈次韻家弟碧線泉〉	對仗、類疊
47	〈同家弟賦蠟梅詩得四絕句〉之一	類疊、借代
48	〈同家弟賦蠟梅詩得四絕句〉之二	設問、轉化
49	〈同家弟賦蠟梅詩得四絕句〉之三	轉化、設問
50	〈同家弟賦蠟梅詩得四絕句〉之四	設問
51	〈次韻光化宋唐年主簿見寄〉之一	對仗
52	〈次韻光化宋唐年主簿見寄〉之二	對仗、設問
53	〈再用景純韻詠懷〉之一	對仗、化用
54	〈再用景純韻詠懷〉之二	對仗
55	〈謝楊工曹〉	對仗、化用
56	〈謹次十七叔去鄭詩韻二章以寄家叔一章以自詠〉之一	對仗、化用
57	〈謹次十七叔去鄭詩韻二章以寄家叔一章以自詠〉之二	對仗、化用、類疊
58	〈謹次十七叔去鄭詩韻二章以寄家叔一章以自詠〉之三	對仗、化用
59	〈連雨賦書事〉之一	類疊、對仗、摹寫、倒裝
60	〈連雨賦書事〉之二	借代、轉化、對仗、類疊
61	〈連雨賦書事〉之三	摹寫、對仗、映襯、類疊
62	〈連雨賦書事〉之四	摹寫、對仗
卷八		
63	〈趙虛中有石名小華山以詩借之〉	對仗、譬喻、化用

64	〈次韻樂文卿北園〉	對仗、設問
65	〈蠟梅四絕句〉之一	摹寫、誇飾、類疊
66	〈蠟梅四絕句〉之二	設問、類疊
67	〈蠟梅四絕句〉之三	類疊
68	〈蠟梅四絕句〉之四	類疊、譬喻
卷九		
69	〈陳叔易學士母阮氏挽詞〉之一	類疊、借代、對仗、化用
70	〈陳叔易學士母阮氏挽詞〉之二	對仗、借代
71	〈歸洛道中〉	類疊、對仗、摹寫
72	〈道中寒食〉之一	對仗、設問、化用
73	〈道中寒食〉之二	映襯、對仗、轉化
74	〈龍門〉	對仗、類疊
75	〈次韻謝心老以緣事至魯山〉	設問、對仗、類疊、映襯
76	〈友人惠石兩峰巉然取子美玉山高並兩峰寒之句名曰小玉山〉	對仗、映襯
77	〈秋夜〉	摹寫、借代
78	〈跋外祖存誠子帖〉	化用
79	〈詠蟹〉	轉化
卷十		
80	〈中牟道中〉之一	類疊、轉化
81	〈中牟道中〉之二	轉化、設問
82	〈次韻王堯明郊祀顯相之作〉	對仗
83	〈放慵〉	轉化、對仗
84	〈清明二絕〉之一	摹寫、借代
85	〈清明二絕〉之二	倒裝
86	〈春日二首〉之一	轉化、倒裝
87	〈春日二首〉之二	對偶
卷十一		
88	〈道山宿直〉	類疊、對仗
89	〈雨晴〉	摹寫、對仗

90	〈十月〉	對仗、借代
91	〈漫郎〉	映襯、對仗
92	〈柳絮〉	轉化、倒裝
93	〈侯處士女挽詞〉	對仗
94	〈翁高郵挽詩〉	對仗
95	〈秋試院將出書所寓窗〉	映襯
96	〈秋日〉	摹寫、譬喻
97	〈試院書懷〉	類疊、對仗、倒裝
卷十二		
98	〈次韻何文縝題顏持約畫水墨梅花〉之一	類疊
99	〈次韻何文縝題顏持約畫水墨梅花〉之二	對偶
100	〈又六言〉	借代、轉化
101	〈題持約畫軸〉	對仗
102	〈為陳介然題持約畫〉	類疊、映襯、摹寫
103	〈梅花兩絕句〉之一	摹寫、化用
104	〈梅花兩絕句〉之二	類疊、轉化
105	〈送善相僧超然歸廬山〉	對仗
106	〈碁〉	對仗
107	〈九日宜春苑午憩幕中聽大光誦朱迪功詩〉	借代、轉化
108	〈西省酴醾架上殘雪可愛戲同王元忠席大光賦詩〉	倒裝
109	〈對酒〉	對偶、對仗、類疊
110	〈後三日再賦〉	對仗、類疊
卷十三		
111	〈赴陳留〉	對仗、映襯
112	〈至陳留〉	對仗、摹寫
113	〈客裏〉	借代、對仗、類疊
114	〈遊八關寺後池上〉	摹寫、對仗
115	〈對酒〉	對仗、類疊

116	〈寒食〉	類疊、對仗、轉化
117	〈感懷〉	借代、類疊、對仗、化用
118	〈竇園醉中前後五絕句〉之一	借代、倒裝
119	〈竇園醉中前後五絕句〉之二	類疊、摹寫
120	〈竇園醉中前後五絕句〉之三	化用
121	〈竇園醉中前後五絕句〉之四	化用、譬喻
122	〈竇園醉中前後五絕句〉之五	化用
123	〈雨〉	對仗、化用
卷十四		
124	〈招張仲宗〉	借代、類疊、對仗
125	〈宴坐之地籧篨覆之名曰篷齋〉	借代、倒裝
126	〈寓居劉倉廨中晚步過鄭倉臺上〉	借代、類疊、倒裝、對仗、化用
127	〈發商水道中〉	借代、對仗、倒裝
128	〈西軒寓居〉	對仗、倒裝
卷十五		
129	〈鄧州西軒書事〉之一	轉化
130	〈鄧州西軒書事〉之二	倒裝
131	〈鄧州西軒書事〉之三	化用
132	〈鄧州西軒書事〉之四	摹寫
133	〈鄧州西軒書事〉之五	借代
134	〈鄧州西軒書事〉之六	借代、化用
135	〈鄧州西軒書事〉之七	類疊
136	〈鄧州西軒書事〉之八	映襯
137	〈鄧州西軒書事〉之九	化用、類疊
138	〈鄧州西軒書事〉之十	化用、借代
139	〈晚步順陽門外〉	對仗、摹寫
140	〈縱步至董氏園亭〉之一	對仗、轉化、化用、類疊
141	〈縱步至董氏園亭〉之二	類疊
142	〈縱步至董氏園亭〉之三	倒裝

143	〈香林〉之一	摹寫、轉化
144	〈香林〉之二	轉化
145	〈香林〉之三	設問、摹寫、對偶
146	〈香林〉之四	誇飾
147	〈春雨〉	誇飾、對仗、類疊、摹寫
148	〈雨〉	類疊、對仗、倒裝、映襯
149	〈夏夜〉	摹寫、對仗
150	〈又兩絕〉之一	摹寫
151	〈又兩絕〉之二	摹寫
	卷十六	
152	〈秋日客思〉	對仗、化用、倒裝
153	〈道中書事〉	轉化、倒裝、對仗、映襯
154	〈將次葉城道中〉	摹寫、對仗
155	〈至葉城〉	對仗、借代
156	〈曉發葉城〉	對仗、摹寫、映襯
157	〈同繼祖民瞻遊賦詩亭〉之一	轉化
158	〈同繼祖民瞻遊賦詩亭〉之二	摹寫、類疊、化用
	卷十七	
159	〈寄季申〉	化用、對仗、摹寫
160	〈題繼祖蟠室〉之一	倒裝、摹寫
161	〈題繼祖蟠室〉之二	倒裝、譬喻
162	〈題繼祖蟠室〉之三	化用
163	〈重陽〉	對仗、摹寫
164	〈有感再賦〉	借代、摹寫
165	〈感事〉	借代、對仗、轉化、設問
166	〈送客出城西〉	借代、對仗、摹寫、映襯
167	〈得席大光書因以詩迓之〉	對仗、倒裝
168	〈無題〉	譬喻、對仗、映襯
169	〈正月十六日夜二絕〉之一	摹寫、譬喻
170	〈正月十六日夜二絕〉之二	摹寫

171	〈坐澗邊石上〉	摹寫、轉化
	卷十八	
172	〈採菖蒲〉	轉化
173	〈晚望信道立竹林邊〉	倒裝、摹寫
174	〈岸幘〉	對仗、摹寫
175	〈雨〉	映襯、對仗、摹寫
176	〈醉中至西徑梅花下已盛開〉	倒裝、轉化
177	〈出山〉之一	誇飾、摹寫
178	〈出山〉之二	摹寫
179	〈入山〉之一	摹寫、借代、誇飾
180	〈入山〉之二	類疊、摹寫
181	〈清明〉	對仗、化用
182	〈與夏致宏孫信道張巨山同集澗邊以散髮巖岫為韻賦四小詩〉之一	摹寫
183	〈與夏致宏孫信道張巨山同集澗邊以散髮巖岫為韻賦四小詩〉之二	轉化、譬喻、摹寫
184	〈與夏致宏孫信道張巨山同集澗邊以散髮巖岫為韻賦四小詩〉之三	誇飾、摹寫
185	〈與夏致宏孫信道張巨山同集澗邊以散髮巖岫為韻賦四小詩〉之四	摹寫、類疊
	卷十九	
186	〈聞王道濟陷虜〉	類疊、對仗、化用
187	〈均陽官舍有安榴數株著花絕稀更增妍麗〉	摹寫、轉化、對仗
188	〈和王東卿絕句〉之一	摹寫
189	〈和王東卿絕句〉之二	類疊、借代
190	〈和王東卿絕句〉之三	摹寫
191	〈和王東卿絕句〉之四	摹寫
192	〈觀江漲〉	摹寫、對仗
193	〈舟次高舍書事〉	對仗、類疊、映襯
194	〈石城夜賦〉	摹寫、對仗、倒裝
195	〈登岳陽樓二首〉之一	映襯、對仗、化用

196	〈登岳陽樓二首〉之二	摹寫、對仗、映襯
197	〈巴丘書事〉	對仗、轉化
198	〈再登岳陽樓感慨賦詩〉	類疊、倒裝、對仗
	卷二十	
199	〈又登岳陽樓〉	轉化
200	〈除夜〉之一	倒裝、對仗
201	〈除夜〉之二	化用、類疊、轉化
202	〈火後問舍至城南有感〉	倒裝、摹寫、對仗
203	〈火後借居君子亭書事四絕呈粹翁〉之一	倒裝
204	〈火後借居君子亭書事四絕呈粹翁〉之二	借代、轉化
205	〈火後借居君子亭書事四絕呈粹翁〉之三	譬喻
206	〈火後借居君子亭書事四絕呈粹翁〉之四	倒裝、摹寫
207	〈再賦〉之一	轉化
208	〈再賦〉之二	無
209	〈再賦〉之三	設問
210	〈再賦〉之四	倒裝、對偶
211	〈二十一日風甚明日梅花無在者獨紅萼留枝間甚可愛也〉	倒裝、借代、轉化
212	〈望燕公樓下李花〉	轉化、對仗
213	〈陪粹翁舉酒於君子亭亭下海棠方開〉	類疊、對仗、映襯、設問
214	〈春夜感懷寄席大光〉	化用、譬喻、對仗、設問
215	〈夜賦寄友〉	化用、對仗、摹寫
216	〈雨〉	對仗、摹寫、類疊
217	〈春寒〉	類疊、摹寫、轉化
218	〈次韻傅子文絕句〉	轉化
219	〈周尹潛過門不我顧遂登西樓作詩見寄次韻謝之〉之一	倒裝
220	〈周尹潛過門不我顧遂登西樓作詩見寄次韻謝之〉之二	借代
221	〈周尹潛過門不我顧遂登西樓作詩見寄次韻謝之〉之三	對偶

222	〈城上晚思〉	譬喻、摹寫
223	〈雨中對酒庭下海棠經雨不歇〉	類疊、對仗、轉化、對偶
卷二十一		
224	〈尋詩兩絕句〉之一	摹寫
225	〈尋詩兩絕句〉之二	倒裝
226	〈周尹潛以僕有郢州之命作詩見贈有橫槊之句次韻謝之〉	對仗
227	〈次韻尹潛感懷〉	對仗、設問
228	〈五月二日避貴寇入洞庭湖絕句〉	摹寫、譬喻
229	〈細雨〉	轉化、對仗
230	〈贈傅子文〉	對仗、轉化、譬喻
231	〈晚晴野望〉	對仗、類疊
232	〈雨中〉	倒裝、摹寫
卷二十二		
233	〈寥落〉	化用、對仗
234	〈自五月二日避寇轉徙湖中復從華容道烏沙還郡七月十六日夜半出小江口宿焉徙倚杕樓書事十二句〉	轉化、對仗
235	〈閏八月十二日過奇父共坐翠寶軒賞木犀花玲瓏滿枝光氣動人念風日不貸此花無五日香矣而王使君未之知作小詩報之〉	摹寫
236	〈再賦二首呈奇父奇父自號七澤先生〉之一	倒裝
237	〈再賦二首呈奇父奇父自號七澤先生〉之二	倒裝、譬喻
238	〈十三日再賦二首其一以贊使君是日對花賦此韻詩筆落縱橫而郡中修水戰之具方大閱於燕公樓下也其一自敘所感憶年十五在杭州始識此花皆三丈高木嘗賦詩焉〉之一	類疊
239	〈十三日再賦二首其一以贊使君是日對花賦此韻詩筆落縱橫而郡中修水戰之具方大閱於燕公樓下也其一自敘所感憶年十五在杭州始識此花皆三丈高木嘗賦詩焉〉之二	無

240	〈兩絕句〉之一	借代
241	〈兩絕句〉之二	借代
卷二十三		
242	〈奇父先至湘陰書來戒由祿唐路而僕以他故由南洋路來夾道皆松如行青羅步障中先寄奇父〉	映襯、對仗
243	〈初識茶花〉	對偶、轉化
244	〈別伯共〉	映襯、對仗
245	〈再別〉	對仗、化用
246	〈別孫信道〉	摹寫
卷二十四		
247	〈江行野宿寄大光〉	轉化、類疊、對仗
248	〈寄信道〉	對仗
249	〈適遠〉	類疊、化用、對仗
250	〈衡嶽道中〉之一	摹寫、對仗
251	〈衡嶽道中〉之二	對偶、摹寫
252	〈衡嶽道中〉之三	摹寫
253	〈衡嶽道中〉之四	摹寫、設問
254	〈跋江都王馬〉	摹寫
255	〈與王子煥席大光同遊廖園〉	對偶
256	〈除夜次大光韻大光是夕婚〉	轉化
257	〈除夜不寐飲酒一杯明日示大光〉	類疊
258	〈元日〉	類疊、對仗、對偶、轉化
259	〈道中〉	類疊、倒裝、對仗
260	〈金潭道中〉	對仗、摹寫
261	〈絕句〉	倒裝、摹寫
262	〈甘棠道中〉	對偶、倒裝
263	〈將至杉木舖望野人居〉	類疊、摹寫
264	〈曉發杉木〉	對仗、類疊、映襯
265	〈先寄邢子友〉	對仗、摹寫

266	〈立春日雨〉	摹寫、倒裝、對仗
267	〈初至邵陽逢入桂林使作書問其地之安危〉	對仗、倒裝
268	〈舟泛邵江〉	對仗、摹寫、轉化
269	〈過孔雀灘贈周靜之〉	對仗、映襯
270	〈江行晚興〉	倒裝、對仗、類疊、摹寫
271	〈夜抵貞牟〉	對仗、摹寫、化用
272	〈晚步〉	對仗、轉化、摹寫
273	〈雨〉	轉化、對仗
274	〈今夕〉	類疊、對仗、轉化、摹寫
275	〈山中〉	對仗、類疊、摹寫
卷二十五		
276	〈羅江二絕〉之一	摹寫、類疊、譬喻
277	〈羅江二絕〉之二	類疊、摹寫
278	〈洛頭書事〉	化用、對仗
279	〈三月二十日聞德音寄李德升席大光新有召命皆寓永州〉	借代、對仗
280	〈夏夜〉	對仗、類疊
281	〈題東家壁〉	對仗
卷二十六		
282	〈傷春〉	對仗、化用、誇飾、譬喻
283	〈題水西周三十三壁〉之一	對偶、轉化
284	〈題水西周三十三壁〉之二	轉化
285	〈山齋〉之一	對仗、映襯、摹寫
286	〈山齋〉之二	對仗、摹寫、類疊
287	〈散髮〉	譬喻、對仗
288	〈六月六日夜〉	摹寫、對仗
289	〈六月十七夜寄邢子友〉	對仗、摹寫、設問
290	〈觀雨〉	摹寫、對仗
291	〈寄大光二絕句〉之一	譬喻

292	〈寄大光二絕句〉之二	摹寫、設問
293	〈寄德升大光〉	倒裝、借代、對仗
294	〈次韻謝邢九思〉	倒裝、借代、對仗
295	〈村景〉	摹寫、映襯
296	〈次周漕族人韻〉	化用、類疊
297	〈水車〉	摹寫
298	〈山居〉之一	化用
299	〈山居〉之二	化用
300	〈拜詔〉	摹寫、借代
301	〈別諸周〉之一	借代、設問
302	〈別諸周〉之二	轉化
303	〈題向伯共過硤圖〉之一	誇飾
304	〈題向伯共過硤圖〉之二	對偶
305	〈題趙少隱清白堂〉之一	化用、摹寫
306	〈題趙少隱清白堂〉之二	類疊、對偶
307	〈題趙少隱清白堂〉之三	倒裝
308	〈次韻邢九思〉	類疊、對仗、倒裝、設問
309	〈石限病起〉	摹寫、對偶
卷二十七		
310	〈愚溪〉	轉化、對仗、倒裝
311	〈題道州甘泉書院〉	摹寫、對仗、化用、倒裝
312	〈度嶺一首〉	化用、對仗
313	〈戲大光送酒〉	譬喻、設問
314	〈次韻謝呂居仁居仁時寓賀州〉	映襯、對仗、類疊
315	〈舟行遣興〉	對仗、類疊、倒裝
316	〈康州小舫與耿百順李德升席大光鄭德象夜語以更長愛燭紅為韻得更字〉	對仗、轉化
317	〈與大光同登封州小閣〉	對仗、轉化、倒裝
318	〈次韻大光五羊待耿伯順之作〉	摹寫、對偶
319	〈雨中再賦海山樓詩〉	對仗、摹寫、設問

320	〈和大光道中絕句〉	摹寫
321	〈又和大光〉	類疊、摹寫
卷二十八		
322	〈贈漳州守綦叔厚〉	對仗、化用
323	〈宿資聖院閣〉	對仗、倒裝
324	〈雨中宿靈峰寺〉	無
325	〈自黃巖縣舟行入台州〉	對仗、設問、類疊、摹寫
326	〈過下杯渡〉	類疊、對仗
327	〈王孫嶺〉	類疊、摹寫
328	〈泛舟入前倉〉	對仗、映襯
329	〈送熊博士赴瑞安令〉	類疊、映襯、對仗、轉化
330	〈夜賦〉	對仗、摹寫
331	〈醉中〉	映襯、對仗、轉化、類疊
332	〈梅花〉之一	倒裝、對偶、轉化、類疊、借代
333	〈梅花〉之二	對偶、倒裝、類疊
334	〈瓶中梅〉	轉化、對仗、借代、類疊
卷二十九		
335	〈除夜〉	對仗、摹寫
336	〈雨中〉	對仗、類疊
337	〈渡江〉	對仗、倒裝、轉化、摹寫
338	〈題伯時畫溫溪心等貢五馬〉	類疊、設問、譬喻
339	〈題畫〉	倒裝、轉化、對偶
340	〈題崇蘭圖〉之一	倒裝
341	〈題崇蘭圖〉之二	類疊、對偶、倒裝
342	〈九日示大圓洪智〉	轉化
343	〈劉大資挽詞〉之一	類疊、對仗、誇飾
344	〈劉大資挽詞〉之二	對仗、類疊
345	〈與智老天經夜坐〉	類疊、摹寫
346	〈觀雪〉	對偶

347	〈題江參山水橫軸畫俞秀才所藏〉之一	類疊
348	〈題江參山水橫軸畫俞秀才所藏〉之二	摹寫
卷三十		
349	〈梅花〉	摹寫
350	〈得張正字書〉	摹寫、對仗、映襯
351	〈小閣〉	對仗、摹寫
352	〈懷天經智老因訪之〉	摹寫、對仗
353	〈櫻桃〉	摹寫、設問
354	〈葉柟惠花〉	轉化
355	〈牡丹〉	類疊、借代
356	〈盆池〉	摹寫
357	〈松棚〉	類疊、設問
358	〈玉堂儤直〉	類疊、摹寫
359	〈病骨〉	對仗、摹寫
360	〈晨起〉	類疊、摹寫、借代
361	〈登閣〉	對仗、摹寫、倒裝
362	〈芙蓉〉	類疊、轉化
363	〈得長春兩株植之窗前〉	對仗
364	〈九月八日戲作兩絕句示妻子〉之一	類疊、設問、譬喻
365	〈九月八日戲作兩絕句示妻子〉之二	倒裝、設問、借代
366	〈拒霜〉	對仗、摹寫、借代
367	〈微雨中賞月桂獨酌〉	轉化、類疊
外集		
368	〈畫梅〉	類疊、轉化
369	〈竹〉	轉化
370	〈心老久許為作畫未果以詩督之〉	對仗、摹寫
371	〈長沙寺桂花重開〉	倒裝
372	〈和若拙弟得陪游後園〉之一	化用
373	〈和若拙弟得陪游後園〉之二	對仗、類疊
374	〈季高送酒〉	倒裝、摹寫

375	〈墨戲〉之一	無
376	〈墨戲〉之二	設問、轉化
377	〈和孫升之〉	譬喻、對仗、摹寫、設問
378	〈寺居〉	對仗、摹寫
379	〈某竊慕東坡以鐵拄杖為樂全生日之壽今以大銅缾上判府待制庶幾因物以露區區且作詩二首將之亦東坡故事〉之一	對仗、譬喻
380	〈某竊慕東坡以鐵拄杖為樂全生日之壽今以大銅缾上判府待制庶幾因物以露區區且作詩二首將之亦東坡故事〉之二	化用、對仗、類疊、摹寫
381	〈又用韻春雪〉	借代、類疊、對仗
382	〈次韻邢子友〉	對仗、借代、對偶
383	〈某用家弟韻賦絕句上浼清視蕪詞累句非敢以為詩也願賜一言卒相之〉	設問、轉化
384	〈某以雨有嘉應遂占有秋輒採用家弟韻賦二絕句少貲勤卹之誠也〉之一	倒裝、譬喻、摹寫、轉化
385	〈某以雨有嘉應遂占有秋輒採用家弟韻賦二絕句少貲勤卹之誠也〉之二	對偶、摹寫
386	〈梅〉	對偶、摹寫、借代、轉化
387	〈蒙知府寵示秋日郡圃佳製遂侍杖屨逍遙林水間輒次韻四篇上瀆台覽〉之一	對仗、轉化、摹寫
388	〈蒙知府寵示秋日郡圃佳製遂侍杖屨逍遙林水間輒次韻四篇上瀆台覽〉之二	轉化、對仗、摹寫
389	〈蒙知府寵示秋日郡圃佳製遂侍杖屨逍遙林水間輒次韻四篇上瀆台覽〉之三	摹寫、對仗、轉化
390	〈蒙知府寵示秋日郡圃佳製遂侍杖屨逍遙林水間輒次韻四篇上瀆台覽〉之四	對仗、倒裝、類疊
391	〈送人歸京師〉	摹寫、類疊
392	〈賦康平老銅雀硯〉	摹寫、映襯
393	〈和顏持約〉	借代
394	〈早行〉	摹寫、轉化
395	〈余識景純家弟出其詩見示喜其同臭味也輒用大成黃字韻賦八句贈之〉	譬喻、化用、對仗、設問、轉化

396	〈次韻景純道中寄大成〉	對仗、轉化、設問
397	〈再蒙寵示佳什殆無遺巧勉成二章一以報佳既一以自貽〉之一	類疊、對仗、借代、設問
398	〈再蒙寵示佳什殆無遺巧勉成二章一以報佳既一以自貽〉之二	類疊、設問、借代、對仗、摹寫
399	〈同家弟用前韻謝判府惠酒〉之一	對仗、轉化、類疊、摹寫
400	〈同家弟用前韻謝判府惠酒〉之二	對仗、轉化、倒裝
401	〈次韻家弟所賦〉	對仗
402	〈徙舍蒙大成賜酒〉	對仗
403	〈次韻宋主簿詩〉	化用、對仗
404	〈用大成四桂坊韻賦詩贈令狐昆仲〉	摹寫、對仗、倒裝

附錄：《陳簡齋詩集合校彙注》文本

卷一

1.〈送呂欽問監酒授代歸〉

以我千金帚，逢君萬斛船。要知窮有自，未覺懶相先。

盆盎三年夢，篇章四海傳。忽忽秣歸馬，離恨滿霜天。

2.〈次韻周教授秋懷〉

一官不辦作生涯，幾見秋風捲岸沙。

宋玉有文悲落木，陶潛無酒對黃花。

天機袞袞山新瘦，世事悠悠日自斜。

誤矣載書三十乘，東門何地不宜瓜。

卷三

3.〈風雨〉

風雨破秋夕，梧葉摠前驚。不愁黃落近，滿意作秋聲。

客子無定力，夢中波撼城。覺來俱不見，微月照殘更。

4.〈曼陀羅花〉

我圃殊不俗，翠蕤敷玉房。秋風不敢吹，謂是天上香。

煙迷金錢夢，露醉木蓮妝。同時不同調，曉月照低昂。

卷四

5.〈襄邑道中〉

飛花兩岸照舡紅，百里榆堤半日風。

臥看滿天雲不動，不知雲與我俱東。

6.〈寄新息家叔〉

風雨淮西夢，危魂費九升。一官遮日手，兩地讀書燈。

見客深藏舌，吟詩不負丞。竹林雖有約，門戶要人興。

7.〈年華〉

去國頻更歲，為官不救飢。春生殘雪外，酒盡落梅時。

白日山川映，青天草木宜。年華不負客，一一入吾詩。

8.〈茅屋〉

茅屋年年破，春風歲歲來，寒從草根退，花值客愁開。

時序添詩卷，乾坤進酒盃。片雲無思極，日暮却空迴。

9.〈酴醾〉

雨過無桃李，唯餘雪覆墻。青天映妙質，白日照繁香。

影動春微透，花寒韻更長。風流到尊酒，猶足助詩狂。

10.〈雨〉

蕭蕭十日雨，穩送祝融歸。燕子經年夢，梧桐昨暮非。

一凉恩到骨，四壁事多違。衮衮繁華地，西風吹客衣。

11.〈西風〉

木末西風起，中含萬里凉。浮雲不愁思，盡日只飛揚。

夢斷頭將白，詩成葉自黃。不關明主棄，本出涸陰鄉。

12.〈題許道寧畫〉

滿眼長江水，蒼然何郡山？向來萬里意，今在一憁間。

眾木俱含晚，孤雲遂不還。此中有佳句，吟斷不相關。

13.〈和張規臣水墨梅五絕〉之一

巧畫無鹽醜不除，此花風韻更清姝。

從教變白能為黑，桃李依然是僕奴。

14. 〈和張規臣水墨梅五絕〉之二

　　病見昏花已數年，只應梅蕊固依然。

　　誰教也作陳玄面，眼亂初逢未敢憐。

15. 〈和張規臣水墨梅五絕〉之三

　　粲粲江南萬玉妃，別來幾度見春歸。

　　相逢京洛渾依舊，惟恨緇塵染素衣。

16. 〈和張規臣水墨梅五絕〉之四

　　含章簷下春風面，造化功成秋兔毫。

　　意足不求顏色似，前身相馬九方皋。

17. 〈和張規臣水墨梅五絕〉之五

　　自讀西湖處士詩，年年臨水看幽姿。

　　晴牕畫出橫斜影，絕勝前村夜雪時。

18. 〈夜雨〉

　　經歲柴門百事乖，此身只合臥蒼苔。

　　蟬聲未足秋風起，木葉俱鳴夜雨來。

　　碁局可觀浮世理，燈花應為好詩開。

　　獨無宋玉悲歌念，但喜新涼入酒盃。

19. 〈連雨不能出有懷同年陳國佐〉

　　雨師風伯不吾謀，漠漠窮陰斷送秋。

　　欲過蘇端泥浩蕩，定知高鳳麥漂流。

　　簷前甘菊已無益，階下決明還可憂。

　　安得如鴻六尺馬，暫時相對說新愁。

20. 〈目疾〉

　　天公嗔我眼常白，故著昏花阿堵中。

　　不怪參軍談瞎馬，但妨中散送飛鴻。

　　著籬令惡誰能繼，損讀方奇定有功。

　　九惱從來是佛種，會如那律證圓通。

21.〈以事走郊外示友〉

二十九年知已非，今年依舊壯心違。

黃塵滿面人猶去，紅葉無言秋又歸。

萬里天寒鴻雁瘦，千村歲暮鳥烏微。

往來屑屑君應笑，要就南池照客衣。

卷五

22.〈十月〉

十月北風催歲闌，九衢黃土污儒冠。

歸鴉落日天機熟，老雁長雲行路難。

欲詣熱官憂冷語，且求濁酒寄清歡。

孤吟坐到三更月，枯木無枝不受寒。

23.〈題小室〉

暫脫朝衣不當閒，澶州夢斷已多年。

諸公自致青雲上，病客長齋繡佛前。

隨意時為師子臥，安心懶作野狐禪。

爐煙忽散無蹤跡，屋上寒雲自黯然。

24.〈次韻張迪功春日〉

年年春日寒欺客，今日春無一半寒。

不覺轉頭逢歲換，便須揩目待花看。

爭新遊女幡垂鬢，依舊先生日照盤。

從此不憂風雪厄，杖藜時可過蘇端。

25.〈又和歲除感懷用前韻〉

宦情吾與歲俱闌，只有詩盟偶未寒。

鬢色定從今夜改，梅花已判隔年看。

高門召客車稠疊，下里燒香篆屈盤。

我已三盃聊復爾，夢回鵷鷺出朝端。

26.〈張迪功攜詩見過次韻謝之〉之一

黃紙紅旗意未闌，青衫俱不救飢寒。

久荒三徑未得返，偶有一錢何足看。
世事豈能磨鐵硯，詩盟聊可歃銅盤。
不嫌野外時迂蓋，政要相從叩兩端。

27.〈張迪功攜詩見過次韻謝之〉之二
黃雞白日唱初闌，便覺杯觴耐薄寒。
座上客多真足樂，床頭易在不須看。
更思深徑挼紅蕊，政待移廚洗玉盤。
苦恨重城催興盡，歸時落日尚雲端。

28.〈即席重賦且約再遊〉之一
牆頭花定覺風闌，牆外池深酒亦寒。
馬健莫愁歸路遠，詩成未許俗人看。
釣魚不用尋溫水，濯髮真如到洧盤。
一笑得君天所借，尊前無地著憂端。

29.〈即席重賦且約再遊〉之二
詩情不與歲情闌，春氣猶兼水氣寒。
怪我問花終不語，須公走馬更來看。
共知浮世悲駒隙，即見平波散芡盤。
得一老兵雖可飲，從今取友要須端。

30.〈次韻家叔〉
衮衮諸公車馬塵，先生孤唱發陽春。
黃花不負秋風意，白髮空隨世事新。
閉戶讀書真得計，載脂從學豈無人。
只應又被支郎笑，從者依前困在陳。

31.〈次韻答張迪功坐上見貽張將赴南都任〉之一
足錢便可不須侯，免對妻兒賦百憂。
一笑相逢亦奇事，平生所得是清流。
談天安用如鄒子，掃地還應學趙州。
南北東西底非夢，心閑隨處有真游。

32.〈次韻答張迪功坐上見貽張將赴南都任〉之二

千首能輕萬戶侯，誦君佳句解人憂。

夢闌塵裏功名晚，笑罷尊前歲月流。

世事無窮悲客子，梅花欲動憶吾州。

明朝又作河梁別，莫負平生馬少游。

33.〈送張迪功赴南京掾〉之一

士固難推挽，君其自寵珍。詩成建安子，名到斗南人。

晚歲還為客，微官只為身。向來書盡熟，去不愧張巡。

34.〈送張迪功赴南京掾〉之二

岸潤舟仍小，林空風更多。能堪幾寒暑，又作隔山河。

看客休題鳳，將書莫換鵝。功名大槐國，終要白鷗波。

35.〈梅花〉

高花玉質照窮臘，破雪數枝春已多。

一時傾倒東風意，桃李爭春奈晚何。

卷六

36.〈題畫兔〉

碎身鷹犬憖何忍；埋骨詩書事亦微。

霜露深林可終歲，雌雄暖日莫忘機。

37.〈次韻謝表兄張元東見寄〉

平生張翰極風流，好事工文妙九州。

燈裏偶然同一笑，書來已似隔三秋。

林泉入夢吾當隱，花鳥催詩歲不留。

安得清談一陶寫，令人絕憶許文休。

38.〈若拙弟說汝州可居已卜約一丘用韻寄元東〉

四歲冷官桑濮地，三年羸馬帝王州。

陶潛迷路已良遠，張翰思歸那待秋。

病鶴欲飛還躑躅，孤雲欲去更遲留。

盍簪共結雞豚社，一笑相從萬事休。

39.〈元方用韻見寄次韻奉謝兼呈元東〉之一

大難詞源三峽流，小難詩不數蘇州。

了無徐生齊氣累，正值甯子商歌秋。

鵠飛千里從此始，驥絕九衢誰得留。

歲晚煩君起我病，兩篇三嘆不能休。

40.〈元方用韻見寄次韻奉謝兼呈元東〉之二

一歡玄髮水東流，兩腳黃塵閱幾州。

王湛時須看周易，虞卿未敢著春秋；

不辭彭澤腰常折，卻得邯鄲夢少留。

有句驚人雖可喜，無錢使鬼故宜休。

41.〈元方用韻寄若拙弟邀同賦元方將託若拙覓顏淵之五十畝故詩中
見意〉

夢中與世極周流，錯認三刀是得州。

擬學耕田給公上，要為同社燕春秋。

囊間已辦青芒屨，桑下想聞黃栗留。

儻有幽人詬出處，為言無況莫來休。

42.〈西郊春事漸入老境元方欲出遊以無馬未果今日得詩又有舉鞭何
日之歎因次韻招之〉

毛穎陳玄雖勝流，也須從事到青州。

重吟玉樹懷崔子，欲唱金衣無杜秋。

官柳正須工部出，園花猶為退之留。

籃輿自可煩兒輩，一笑來從樾下休。

43.〈答元方述懷作〉

不見圓機論九流，紛紛騎鶴上揚州。

令之敢恨松桂冷，君叔但傷蒲柳秋。

汝海蛇盃應已悟，襄陵駒隙竟難留。

來牛去馬無窮債，未蓋棺前盡少休。

44.〈六言〉之一

莫賦澗松鬱鬱，但吟陂麥青青。為婦讀劉伶傳，教兒書甯戚經。

45.〈六言〉之二

種竹可侔千戶，擁書不假百城。何必思之爛熟，熱官無用分明。

卷七

46.〈次韻家弟碧線泉〉

七孔穿針可得過，冰蠶映日吐寒波。
練飛空詠徐凝水，帶斷疑分漢帝河。
川后不愁微步襪，鮫人暗動卷綃梭。
才高下視玄虛賦，對此區區轉患多。

47.〈同家弟賦蠟梅詩得四絕句〉之一

朱朱與白白，著意待春開。那知洞房裏，已傍額黃來。

48.〈同家弟賦蠟梅詩得四絕句〉之二

韻勝誰能捨，色莊那得親。朝陽一映樹，到骨不留塵。

49.〈同家弟賦蠟梅詩得四絕句〉之三

黃羅作廣袂，絳紗作中單。人間誰敢著，留得護春寒。

50.〈同家弟賦蠟梅詩得四絕句〉之四

一花香十里，更值滿枝開。承恩不在貌，誰敢鬭香來。

51.〈次韻光化宋唐年主簿見寄〉之一

茂林當日映群賢，也喚畸人到席間。
棄我便驚車轍遠，懷君端合鬢毛斑。
夢中猶得攀珠樹，別後能忘倒玉山。
遙想詩成記來日，筆端風雨發天慳。

52.〈次韻光化宋唐年主簿見寄〉之二

高人主簿固非宜，天馬何妨略受羈。
會有梅花堪寄遠，可因蓴菜便懷歸。
相如未免家徒壁，季子行看嫂下機。
且復哦詩置此事，江山相助莫相違。

53.〈再用景純韻詠懷〉之一

　　路斷赤墀青瑣賢，士龍同此屋三間。

　　愁邊潘令鬢先白，夢裏老萊衣更斑。

　　欲學大招那有賦，試謀小隱可無山。

　　一錢留得真堪笑，未到囊空猶是慳。

54.〈再用景純韻詠懷〉之二

　　木枕蒲團病更宜，從教惡少事鞍韉。

　　元無王老又何怨，不有麴生誰與歸。

　　六日取蟾乖世用，三年刻楮費天機。

　　只應杖屨從公處，未覺平生與願違。

55.〈謝楊工曹〉

　　借屋三間稍離塵，攜書一束謾娛身。

　　客居最負青春好，世事空隨白髮新。

　　造化小兒真薄相，市朝大隱亦長貧。

　　獨無芋栗供賓客，虛辱先生賦北鄰。

56.〈謹次十七叔去鄭詩韻二章以寄家叔一章以自詠〉之一

　　鄉里小兒真可憐，市朝大隱正陶然。

　　固應聊頌屈原橘，底事便歌楊惲田。

　　廣陌遙知駒款段，曲池猶記鷺聯拳。

　　對床夜雨平生約，話舊應驚歲月遷。

57.〈謹次十七叔去鄭詩韻二章以寄家叔一章以自詠〉之二

　　蚍蜉堪笑亦堪憐，撼樹無功更怫然。

　　賦就柳州聊解祟，詩成彭澤要歸田。

　　身謀共悔蛇安足，理遣須看佛舉拳。

　　懷祖定知當晚合，次君未可怨稀遷。

58.〈謹次十七叔去鄭詩韻二章以寄家叔一章以自詠〉之三

　　鏡中無復故人憐，卻愧謀生後計然。

　　叔夜本非堪作吏，元龍今悔不求田。

懷親更值薪如桂，作客重看栗過拳。
萬事巧違高枕臥，憂來一夕費三遷。

59.〈連雨賦書事〉之一

九月逢連雨，蕭蕭穩送秋。龍公無乃倦，客子不勝愁。
雲氣昏城壁，鐘聲咽寺樓。年年授衣節，牢落向他州。

60.〈連雨賦書事〉之二

風伯方安臥，雲師亦少饕。氣連河漢潤，聲到竹松高。
老雁猶貪去，寒蟬遂不號。相悲更相識，滿眼楚人騷。

61.〈連雨賦書事〉之三

寒入薪芻價，連天兩眼愁。生涯赤藤杖，契分黑貂裘。
烏鵲無言暮，蓬蒿滿意秋；同時不同味，世事劇悠悠。

62.〈連雨賦書事〉之四

白菊生新紫，黃蕪失舊青，俱含歲晚恨，併入夜深聽。
夢寐連蕭瑟，更籌亂晦冥。雲移過吳越，應為洗餘腥。

卷八

63.〈趙虛中有石名小華山以詩借之〉

君家蒼石三峯樣，磅礡乾坤氣象橫。
賤子與山曾半面，小憁如夢慰平生。
爐煙巧作公超霧，書冊尚避秦皇城。
病眼朝來欲開懶，借君巖岫障新晴。

64.〈次韻樂文卿北園〉

故園歸計墮虛空，啼鳥驚心處處同。
四壁一身長客夢，百憂雙鬢更春風。
梅花不是人間白，日色爭如酒面紅。
且復高吟置餘事，此生能費幾詩筒。

65.〈蠟梅四絕句〉之一

花房小如許，銅翦黃金塗。中有萬斛香，與君細細輸。

66.〈蠟梅四絕句〉之二

　　來從底處所？黃露滿衣濕。緣憨翻得憐，亭亭倚風立。

67.〈蠟梅四絕句〉之三

　　奕奕金仙面，排行立曉晴。慇懃夜來雪，少住作珠瓔。

68.〈蠟梅四絕句〉之四

　　亭亭金步搖，朝日明漢宮；當時好光景，一似此園中。

卷九

69.〈陳叔易學士母阮氏挽詞〉之一

　　典刑奕奕照來今，鶴髮魚軒汝水潯。

　　避地梁鴻不偕老，弄烏萊了若為心。

　　送喪忽見三千乘，奉祝那聞五百金。

　　婦德母儀俱不愧，碑銘知己託張林。

70.〈陳叔易學士母阮氏挽詞〉之二

　　去年披霧識儒先，欲拜萱堂未敢前。

　　盧壺要傳紗縵業，王哀忽廢蓼莪篇。

　　秀眉隔夢黃壚裏，落日驅風丹旐邊。

　　佛子歸真定何處，空令苦淚漲黃泉。

71.〈歸洛道中〉

　　洛陽城邊風起沙，征衫歲歲負年華。

　　歸途忽踐楊柳影，春事已到蕪菁花。

　　道路無窮幾傾轂，牛羊既飽各知家。

　　人生擾擾成底事，馬上哦詩日又斜。

72.〈道中寒食〉之一

　　飛絮春猶冷，離家食更寒。能供幾歲月，不辦了悲歡。

　　刺史蒲萄酒，先生苜蓿盤。一官違壯節，百慮集征鞍。

73.〈道中寒食〉之二

　　斗粟淹吾駕，浮雲笑此生。有詩酬歲月，無夢到功名。

　　客裏逢歸雁，愁邊有亂鶯。楊花不解事，更作倚風輕。

74.〈龍門〉

不到龍門十載強，斷崖依舊掛斜陽。

金銀佛寺浮佳氣，花木禪房接上方。

羸馬暫來還徑去，流鶯多處最難忘。

老僧不作留人意，看水看山白髮長。

75.〈次韻謝心老以緣事至魯山〉

禪師瓶貯幾多空？欲問以書無去鴻。

魯縣人迎波若杖，天寧樹起吉祥風。

荒山春色篇章裏，快士交情筆硯中。

一日塵沙雙碧眼，歸時應與去時同。

76.〈友人惠石兩峰巉然取子美玉山高並兩峰寒之句名曰小玉山〉

舊喜看書今不看，且留雙眼向孱顏。

從來作夢大槐國，此去藏身小玉山。

暮靄朝曦一生了，高天厚地兩峯閑。

九華詩句喧寰宇，細比真形伯仲間。

77.〈秋夜〉

中庭淡月照三更，白露洗空河漢明。

莫遣西風吹葉盡，卻愁無處著秋聲。

78.〈跋外祖存誠子帖〉

亂眼龍蛇起平陸，前身羲獻已黃壚。

客來空認袁公額，淚盡慚無楊愇書。

79.〈詠蟹〉

量才不數制魚額，四海神交顧建康。

但見橫行疑是躁，不知公子實無腸。

卷十

80.〈中牟道中〉之一

雨意欲成還未成，歸雲卻作伴人行。

依然壞郭中牟縣，千尺浮屠管送迎。

81.〈中牟道中〉之二

　　楊柳招人不待媒，蜻蜓近馬忽相猜。

　　如何得與涼風約，不共塵沙一並來。

82.〈次韻王堯明郊祀顯相之作〉

　　奏書初不待衡譚，奠璧都南萬玉參。

　　黃屋倚霄明半夜，紫壇承月眩諸龕。

　　聲喧大呂初終六，影動玄圭陟降三。

　　可是天公須羯鼓，已回寒馭作春酣。

83.〈放慵〉

　　暖日薰楊柳，濃春醉海棠。放慵真有味，應俗苦相妨。

　　宦拙從人笑，交疏得自藏，雲移穩扶杖，燕坐獨焚香。

84.〈清明二絕〉之一

　　街頭女兒雙髻鴉，隨蜂趁蝶學夭邪。

　　東風也作清明節，開遍來禽一樹花。

85.〈清明二絕〉之二

　　卷地風拋市井聲，病夫危坐了清明。

　　一簾晚日看收盡，楊柳微風百媚生。

86.〈春日二首〉之一

　　朝來庭樹有鳴禽，紅綠扶春上遠林。

　　忽有好詩生眼底，安排句法已難尋。

87.〈春日二首〉之二

　　憶看梅雪縞中庭，轉眼桃梢無數青。

　　萬事一身雙鬢髮，竹牀欹臥數窗櫺。

卷十一

88.〈道山宿直〉

　　離離樹子鵲驚飛，獨倚枯筇無限時。

　　千丈虛廊貯明月，十分奇事更新詩。

　　人間路絕窗扉語，天上雲空閣影移。

遙想王戎燭下算，百年辛苦一生癡。

89.〈雨晴〉

天缺西南江面清，纖雲不動小灘橫。
牆頭語鵲衣猶涅，樓外殘雷氣未平。
盡取微涼供穩睡，急搜奇句報新晴。
今宵絕勝無人共，臥看星河盡意明。

90.〈十月〉

十月天公作許悲，負霜鴻雁不停飛。
莽連萬里雲一去，紅盡千林秋徑歸。
病夫搜句了節序，小齋焚香無是非，
睡過三冬莫開戶，北風不貸芰荷衣。

91.〈漫郎〉

漫郎功業大悠然，拄笏看山了十年。
黑白半頭明鏡裏，丹青千樹惡風前。
星霜屢費驚人句，天地元須使鬼錢。
踏破九州無一事，只今分付結跏禪。

92.〈柳絮〉

柳送腰支日幾回，更教飛絮舞樓臺。
顛狂忽作高千丈，風力微時穩下來。

93.〈侯處士女挽詞〉

疇昔翁才比太師，固應生女作門楣。
人間似夢風旌出，佛子何之宰樹悲。
五百帨金空縬帳，三千車乘忽荒陂。
他年不共江流去，突兀張林婦德碑。

94.〈翁高郵挽詩〉

萬里功名路，三生翰墨身。暮年銅虎重，浮世石羊新。
天地慳豪傑，山川泣吏民。空傳四十誄，竟不識斯人。

95.〈秋試院將出書所寓窗〉

門前柿葉已堪書，弄鏡燒香聊自娛。

百世窗明窗暗裏，題詩不用著工夫。

96.〈秋日〉

琢句不成添鬢絲，且携筇杖看雲移。

槐花落盡全林綠，光景渾如初夏時。

97.〈試院春懷〉

細讀平安字，愁邊失歲華。疎疎一簾雨，淡淡滿枝花。

投老詩成癖，經春夢到家。茫然十年事，倚杖數栖鴉。

卷十二

98.〈次韻何文縝題顏持約畫水墨梅花〉之一

窗間光景晚來新，半幅溪藤萬里春。

從此不貪江路好，臘拚心力喚真真。

99.〈次韻何文縝題顏持約畫水墨梅花〉之二

奪得斜枝不放歸，倚窗承月看熹微。

墨池雪嶺春俱好，付與詩人說是非。

100.〈又六言〉

未央宮裏紅杏，羯鼓三聲打開；大庾嶺頭梅萼，管城呼上屏來。

101.〈題持約畫軸〉

日落川更闊，煙生山欲浮。舟中有閑地，載我得同遊。

102.〈為陳介然題持約畫〉

層層水落白灘生，萬里征鴻小作程。

日暮微風過荷葉，陂南陂北聽秋聲。

103.〈梅花兩絕句〉之一

客行滿山雪，香處是梅花，丁寧明月夜，認取影橫斜。

104.〈梅花兩絕句〉之二

曉天青脈脈，玉面立疎籬。山中爾許樹，獨自費人詩。

105.〈送善相僧超然歸廬山〉

九疊峰前遠法師，長安塵染坐禪衣。

十年依舊雙瞳碧，萬里今持一笑歸。

鼠目向來吾自了，龜腸從與世相違。

酒酣更欲煩公說，黃葉漫山錫杖飛。

106.〈碁〉

長日無公事，閑圍李遠碁。傍觀真一笑，互勝不移時。

幸未逢重霸，何妨著獻之。晴天散飛雹，驚動隔牆兒。

107.〈九日宜春苑午憩幕中聽大光誦朱迪功詩〉

酒酣耳熱不能歌，奈此一川黃菊何！

臥聽西風吹好句，老夫無限幕生波。

108.〈西省酴醾架上殘雪可愛戲同王元忠席大光賦詩〉

酴醾花底當年事，夜雪模糊照酒闌。

北省今朝枝上雪，還揩病眼作花看。

109.〈對酒〉

新詩滿眼不能裁，鳥度雲移落酒盃。

官裏簿書無日了，樓頭風雨見秋來。

是非袞袞書生老，歲月忽忽燕子回。

笑撫江南竹根枕，一樽呼起鼻中雷。

110.〈後三日再賦〉

天生癭木不須裁，說與兒童是酒杯。

落日留霞知我醉，長風吹月送詩來。

一官擾擾身增病，萬事悠悠首獨回。

不奈長安小車得，睡鄉深處作奔雷。

卷十三

111.〈赴陳留〉

馬上摩挲眼，出門光景新。鴉鳴半陂雪，路轉一林春。

舊歲有三日，全家無十人；平生鸚鵡盞，今夕最關身。

112.〈至陳留〉

　　煙際亭亭塔，招人可得回。等閑為夢了，聞健出關來。

　　日落河冰壯，天長鴻雁哀。平生遠遊意，隨處一徘徊。

113.〈客裏〉

　　客裏東風起，逢人只四愁。悠悠雜唯唯，莫莫更休休。

　　窗影鳥雙度，水聲船逆流。一官成一集，盡付古河頭。

114.〈遊八關寺後池上〉

　　落日生春色，微瀾動古池。柳林橫絕野，藜杖去尋詩。

　　不有今年謫，爭成此段奇；殷勤雪顱老，隨客轉荒陂。

115.〈對酒〉

　　陳留春色撩詩思，一日搜腸一百迴。

　　燕子初歸風不定，桃花欲動雨頻來。

　　人間多待須微祿，夢裏相逢記此杯。

　　白竹扉前容醉舞，煙村渺渺欠高臺。

116.〈寒食〉

　　草草隨時事，蕭蕭傍水門。濃陰花照野，寒食柳圍村。

　　客袂空佳節，鶯聲忽故園。不知何處笛，吹恨滿清尊。

117.〈感懷〉

　　少日爭名翰墨場，只今扶杖送斜陽。

　　青青草木浮元氣，渺渺山河接故鄉。

　　作吏不妨三折臂，搜詩空費九迴腸。

　　子房與我同羈旅，世事千般酒一觴。

118.〈寶園醉中前後五絕句〉之一

　　東風吹雨小寒生，楊柳飛花亂晚晴。

　　客子從今無可恨，寶家園裏有鶯聲。

119.〈寶園醉中前後五絕句〉之二

　　海棠脈脈要詩催，日暮紫綿無數開。

　　欲識此花奇絕處，明朝有雨試重來。

120.〈竇園醉中前後五絕句〉之三

　　不見海棠相似人，空題詩句滿花身。

　　酒闌卻度荒陂去，驅使風光又一春。

121.〈竇園醉中前後五絕句〉之四

　　三月碧桃驚動人，滿園光景一時新。

　　騰傾老子樽中玉，折盡殘枝不要春。

122.〈竇園醉中前後五絕句〉之五

　　一樽相屬莫辭空，報答今朝吹面風。

　　自唱新詩與明月，碧桃開盡曲聲中。

123.〈雨〉

　　沙岸殘春雨，茅簷古鎮官。一時花帶淚，萬里客憑欄。

　　日晚薔薇重，樓高燕子寒。惜無陶謝手，盡力破憂端。

卷十四

124.〈招張仲宗〉

　　北風日日吹茅屋，幽子朝朝只地爐。

　　客裏賴詩增意氣，老來唯嬾是工夫。

　　空庭喬木無時事，殘雪疏籬當畫圖。

　　亦有張侯能共此，焚香相待莫徐驅。

125.〈宴坐之地篷篨覆之名曰篷齋〉

　　不須杯勺了三冬，旋作篷齋待朔風。

　　會有打窗風雪夜，地爐孤坐策奇功。

126.〈寓居劉倉廨中晚步過鄭倉臺上〉

　　紗巾竹杖過荒陂，滿面東風二月時。

　　世事紛紛人老易，春陰漠漠絮飛遲。

　　士衡去國三間屋，子美登臺七字詩。

　　草遶天西青不盡，故園歸計入支頤。

127.〈發商水道中〉

　　商水西門語，東風動柳枝。年華入危涕，世事本前期。

草草檀公策，茫茫杜老詩。山川馬前闊，不敢計歸時。

128.〈西軒寓居〉

牢落西軒客，巡簷費獨吟。桃花明薄暮，燕子鬧微陰。

辛苦元吾事，淹留更此心。小窗隨意寫，蛇蚓起相尋。

卷十五

129.〈鄧州西軒書事〉之一

小儒避賊南征日，皇帝行天第一春。

走到鄧州無腳力，桃花初動雨留人。

130.〈鄧州西軒書事〉之二

千里空攜一影來，白頭更著亂蟬催。

書生身世今如此，倚遍周家十二槐。

131.〈鄧州西軒書事〉之三

瓦屋三間寬有餘，可憐小陸不同居。

易求蘇子六國印，難覓河橋一字書。

132.〈鄧州西軒書事〉之四

莫嫌啖蔗佳境遠，橄欖甜苦亦相并。

都將壯節供辛苦，准擬殘年看太平。

133.〈鄧州西軒書事〉之五

皇家卜年過周曆，變故未必非天仁。

東南鬼火成何事，終待胡鋒作爭臣。

134.〈鄧州西軒書事〉之六

楊劉相傾建中亂，不待白首今同歸。

只今將相須廉藺，五月并門未解圍。

135.〈鄧州西軒書事〉之七

不須夜夜看太白，天地景氣今如斯。

始行夷狄相攻策，可惜中原見事遲。

136.〈鄧州西軒書事〉之八

詔書憂民十六事，父老祝君一萬年。

白髮書生喜無寐，從今不仕可歸田。

137.〈鄧州西軒書事〉之九

范公深憂天下日，仁祖愛民全盛年。

遺廟只今香火冷，時時風葉一騷然。

138.〈鄧州西軒書事〉之十

諸葛經行有夕風，千秋天地幾英雄。

弔古不須多感慨，人生半夢半醒中。

139.〈晚步順陽門外〉

六尺枯藜了此生，順陽門外看新晴。

樹連翠篠圍春晝，水泛青天入古城。

夢裏偶來那計日，人間多事更聞兵。

只應千載溪橋路，欠我婆娑勃窣行。

140.〈縱步至董氏園亭〉之一

池光修竹裏，筇杖季春頭。客子愁無奈，桃花笑不休。

百年今日勝，萬里此生浮。莽莽樽前事，題詩記獨遊。

141.〈縱步至董氏園亭〉之二

槐樹層層新綠生，客懷依舊不能平。

自移一榻西牕下，要近叢篁聽雨聲。

142.〈縱步至董氏園亭〉之三

客子今年駝褐寬，鄧州三月始春寒。

簾鈎掛盡蒲團穩，十丈虛庭借雨看。

143.〈香林〉之一

絕愛公家花氣新，一林清露百般春。

是中宴坐應容我，只恐微風喚起人。

144.〈香林〉之二

丈人延客非俗物，百和香中進一杯。

乞取齊奴錦步障，與春遮斷曉風來。

145.〈香林〉之三

　　誰見繁香度牖時，碧天殘月映花枝。

　　固應撩我題新句，壓倒韋郎宴寢詩。

146.〈香林〉之四

　　簡齋居士不飲酒，一入香林更不醒。

　　驅使小詩酬曉露，絕勝辛苦廣騷經。

147.〈春雨〉

　　花盡春猶冷，羈心只自驚。孤鶯啼永晝，細雨濕高城。

　　擾擾成何事，悠悠送此生。蛛絲閃夕霽，隨處有詩情。

148.〈雨〉

　　忽忽忘年老，悠悠負日長。小詩妨學道，微雨好燒香。

　　簷鵲移時立，庭梧滿意涼。此身南復北，鬢髩是他鄉。

149.〈夏夜〉

　　閑弄玉如意，天河白練橫。時無李供奉，誰識謝宣城。

　　兩鵲翻明月，孤松立快晴。南陽半年客，此夜滿懷清。

150.〈又兩絕〉之一

　　虛庭散策晚涼生，斟酌星河亦喜晴。

　　不記牆西有修竹，夜風還作雨來聲。

151.〈又兩絕〉之二

　　待到天公放月時，東家喬柏兩虯枝。

　　懸知滿地疏陰處，不及遙看突兀奇。

卷十六

152.〈秋日客思〉

　　南北東西俱我鄉，聊從地主借繩牀。

　　諸公共得何侯力，遠客新抄陸氏方。

　　老去事多藜杖在，夜來秋到葉聲長。

　　蓬萊可託無因至，試覓人間千仞崗。

153.〈道中書事〉

臨老傷行役，籃輿歲月奔。客愁無處避，世事不堪論。
白道含秋色，青山帶雨痕。壞梁斜鬭水，喬木密藏村。
易破還家夢，難招去國魂。一身從白首，隨意答乾坤。

154.〈將次葉城道中〉

荒野少人去，竹輿伊軋聲。晴雲秋更白，野水暮還明。
寂寞信吾道，淹留諳世情。王喬有餘舃，借我一東征。

155.〈至葉城〉

蘇武初逢雁，王喬欲借舃。深知念行李，為報了長途。
難穩三更枕，遙憐五歲雛；卻思正月事，不敢恨榛蕪。

156.〈曉發葉城〉

竹輿開兩牖，秋色為橫分。左送廉纖月，右揖離披雲。
詩情滿行色，何地著世紛。欲語王縣令，三叫不能聞。

157.〈同繼祖民瞻遊賦詩亭〉之一

邂逅今朝一段奇，從來華屋不關詩。
諸君且作留連意，正是微風到竹時。

158.〈同繼祖民瞻遊賦詩亭〉之二

浩浩白雲溪一色，冥冥青竹鳥三呼。
只今那得王摩詰，畫我憑欄覓句圖。

卷十七

159.〈寄季申〉

雨歇城南泥未乾，遙知獨立整衣冠。
舊時鄴下劉公幹，今日遼東管幼安。
綠陰展盡身猶遠，黃鳥飛來節已闌。
安得一樽生耳熱，暫時相對說悲歡。

160.〈題繼祖蟠室〉之一

雲起爐山久未移，功名不恨十年遲。
日斜疏竹可窗影，正是幽人睡足時。

161.〈題繼祖蟠室〉之二

萬卷吾今一字無，打包隨處野僧如。

短檠未盡殘年債，欲問班生試借書。

162.〈題繼祖蟠室〉之三

中興天子要人才，當使生擒頡利來。

正待吾曹紅抹額，不須辛苦學顏回。

163.〈重陽〉

去歲重陽已百憂，今年依舊歎羈遊。

籬底菊花惟解笑，鏡中頭髮不禁秋。

涼風又落宮南木，老雁孤鳴漢北州。

如許行年那可記，謾排詩句寫新愁。

164.〈有感再賦〉

憶昔甲辰重九日，天恩曾與宴城東。

龍沙此日西風冷，誰折黃花壽兩宮。

165.〈感事〉

喪亂那堪說，干戈竟未休。公卿危左衽，江漢故東流。

風斷黃龍府，雲移白鷺洲。云何舒國步，持底副君憂。

世事非難料，吾生本自浮。菊花紛四野，作意為誰秋。

166.〈送客出城西〉

鄧州誰亦解丹青，畫我羸驂晚出城。

殘年政爾供愁了，末路那堪送客行。

寒日滿川分眾色，暮林無葉寄秋聲。

垂鞭歸去重回首，意落西南計未成。

167.〈得席大光書因以詩迓之〉

十月高風客子悲，故人書到暫開眉。

也知廊廟當推轂，無奈江山好賦詩。

萬事莫論兵動後，一杯當及菊殘時。

喜心翻倒相迎地，不怕荒林十里陂。

168.〈無題〉

六經在天如日月，萬事隨時更故新。

江南丞相浮雲壞，洛下先生宰木春。

孟喜何妨改師法，京房底處有門人。

舊喜讀書今懶讀，焚香閱世了閑身。

169.〈正月十六日夜二絕〉之一

正月十六夜，竹籬田父家。明月照樹影，滿山如龍蛇。

170.〈正月十六日夜二絕〉之二

二更風薄竹，悲吟連夜分。村西遞餘韻，應勝此間聞。

171.〈坐澗邊石上〉

三面青山圍竹籬，人間無路訪安危。

扶筇共坐槎牙石，澗水悲鳴無歇時。

卷十八

172.〈採菖蒲〉

閑行澗底採菖蒲，千歲龍蛇抱石臞。

明朝卻覓房州路，飛下山顛不要扶。

173.〈晚望信道立竹林邊〉

修竹林邊煙過遲，幅巾藜杖立疎籬。

恨無顧陸同攜手，寫取孫郎覓句時。

174.〈岸幘〉

岸幘立清曉，山頭生薄陰。亂雲交翠壁，細雨溼青林。

時改客心動，鳥鳴春意深。窮鄉百不理，時得一閑吟。

175.〈雨〉

雲起谷全暗，雨時山復明。青春望中色，白澗晚來聲。

遠樹鳥群集，高原人獨耕。老夫逃世日，堅坐聽陰晴。

176.〈醉中至西徑梅花下已盛開〉

梅花亂發雨晴時，褪盡紅綃見玉肌。

醉中忘卻頭邊雪，橫插繁枝歸竹籬。

177.〈出山〉之一

　　陰巖不知晴，路轉見朝日。獨行修竹盡，石崖千丈碧。

178.〈出山〉之二

　　山空樵斧響，隔嶺有人家。日落潭照樹，川明風動花。

179.〈入山〉之一

　　出山復入山，路隨溪水轉。東風不惜花，一暮都開遍。

180.〈入山〉之二

　　都迷去時景，策杖煙漫漫。微雨洗春色，諸峯生晚寒。

181.〈清明〉

　　雨晴閑步澗邊沙，行入荒林聞亂鴉。

　　寒食清明驚客意，暖風遲日醉梨花。

　　書生投老王官谷，壯士偷生漂母家。

　　不用鞦韆與蹴鞠，只將詩句答年華。

182.〈與夏致宏孫信道張巨山同集澗邊以散髮巖岫為韻賦四小詩〉之一

　　哦詩谷虛響，散髮下巖半。披叢澗影搖，集鳥紛然散。

183.〈與夏致宏孫信道張巨山同集澗邊以散髮巖岫為韻賦四小詩〉之二

　　亂石披淺流，水紋如紺髮。馳暉忽西沒，林光相映發。

184.〈與夏致宏孫信道張巨山同集澗邊以散髮巖岫為韻賦四小詩〉之三

　　舉頭山圍天，濯足樹映潭。山中記今日，四士集空巖。

185.〈與夏致宏孫信道張巨山同集澗邊以散髮巖岫為韻賦四小詩〉之四

　　張子臥石榻；夏子理泉竇；孫子獨不言，搘頤數煙岫。

卷十九

186.〈聞王道濟陷虜〉

　　海內堂堂友，如今在賊圍。虛傳袁盎脫，不見華元歸。

　　浮世身難料，危途計易非。雲孤馬息嶺，老淚不勝揮。

187.〈均陽官舍有安榴數株著花絕稀更增妍麗〉

　　庭際安榴樹，花稀更可憐。青旌擁絳節，伴我作神仙。

　　遲日耿不暮，微陰眩彌鮮。一樽兼百慮，心賞竟悠然。

188.〈和王東卿絕句〉之一

　　少年走馬洛陽城，今作江邊瓶錫僧。

　　說與虎頭須畫我，三更月裏影崚嶒。

189.〈和王東卿絕句〉之二

　　來日安榴花尚稀，壓牆丹實已垂垂。

　　何時著我扁舟尾，滿袖西風信所之。

190.〈和王東卿絕句〉之三

　　只今當代功名手，不數平生粥飯僧。

　　獨立江風吹短髮，暮雲千里倚崚嶒。

191.〈和王東卿絕句〉之四

　　平生不得吟詩力，空使秋霜入鬢垂。

　　太岳峯前滿尊月，為君聊復一中之。

192.〈觀江漲〉

　　漲江臨眺足消憂，倚杖江邊地欲浮。

　　疊浪併翻孤日去，兩津橫卷半天流。

　　黿鼉雜怒爭新穴，鷗鷺驚飛失故洲。

　　可為一官妨快意，眼中唯覺欠扁舟。

193.〈舟次高舍書事〉

　　漲水東流滿眼黃，泊舟高舍更情傷。

　　一川木葉明秋序，兩岸人家共夕陽。

　　亂後江山元歷歷，世間歧路極茫茫。

　　遙指長沙非謫去，古今出處兩淒涼。

194.〈石城夜賦〉

　　初月光滿江，斷處知急流，沉沉石城夜，漠漠西漢秋。

　　為客寐常晚，臨風意難收，三更柂樓底，身世入搔頭。

195.〈登岳陽樓二首〉之一

　　洞庭之東江水西，簾旌不動夕陽遲。

　　登臨吳蜀橫分地，徙倚湖山欲暮時。

萬里來遊還望遠，三年多難更憑危。

白頭吊古風霜裏，老木滄波無恨悲。

196.〈登岳陽樓二首〉之二

天入平湖晴不風，夕帆和雁正浮空。

樓頭客子杪秋後，日落君山元氣中。

北望可堪回白首，南遊聊得看丹楓。

翰林物色分留少，詩到巴陵還未工。

197.〈巴丘書事〉

三分書裏識巴丘，臨老避胡初一遊。

晚木聲酣洞庭野，晴天影抱岳陽樓。

四年風露侵遊子，十月江湖吐亂洲。

未必上流須魯肅，腐儒空白九分頭。

198.〈再登岳陽樓感慨賦詩〉

岳陽壯觀天下傳，樓陰背日堤綿綿。

草木相連南服內，江湖異態欄干前。

乾坤萬事集雙鬢，臣子一謫今五年。

欲題文字弔古昔，風壯浪湧心茫然。

卷二十

199.〈又登岳陽樓〉

岳陽樓前丹葉飛，欄干留我不須歸。

洞庭鏡面平千里，卻要君山相發揮。

200.〈除夜〉之一

城中爆竹已殘更，朔吹翻江意未平。

多事鬢毛隨節換，盡情燈火向人明。

比量舊歲聊堪喜，流轉殊方又可驚。

明日岳陽樓上去，島煙湖霧看春生。

201.〈除夜〉之二

萬里江湖憔悴身，鼕鼕街鼓不饒人。

只愁一夜梅花老，看到天明付與春。

202.〈火後問舍至城南有感〉

魂傷瓦礫舊曾遊，尚想奔煙萬馬邁。

遂替胡兒作正月，絕知回祿相巴丘。

書生性命驚頻試，客子茅茨費屢謀。

惟有君山故窈窕，一眉晴綠向人浮。

203.〈火後借居君子亭書事四絕呈粹翁〉之一

天公惡劇逐番新，賴是今年有主人。

君子亭中眠白晝，燕公樓上眺青春。

204.〈火後借居君子亭書事四絕呈粹翁〉之二

祝融回祿意佳哉，挽我梅花樹下來。

一夜東風不知惜，月明滿樹十分開。

205.〈火後借居君子亭書事四絕呈粹翁〉之三

斫竹和梢編作籬，微風如在竹林時。

無人來訪龐居士，晚日疎陰光陸離。

206.〈火後借居君子亭書事四絕呈粹翁〉之四

入山從此不須深，君子亭中人不尋。

青竹短籬圍晝靜，梅花兩樹照春陰。

207.〈再賦〉之一

西園芳氣雨餘新，喚起亭中入定人。

為報使君多釀酒，梅花落盡不關春。

208.〈再賦〉之二

揚州雲氣鬱佳哉，百慮方橫吉語來。

卻看詩書安隱在，竹籬陰裏得時開。

209.〈再賦〉之三

危樓只隔一重籬，誰見扶筇獨上時。

如許江山懶搜句，燕公應笑我支離。

210.〈再賦〉之四

欲識道人門徑深，水儦多處試來尋。

青裳素面天應惜，乞與西園十日陰。

211.〈二十一日風甚明日梅花無在者獨紅萼留枝間甚可愛也〉

昨日梅花猶可攀，今朝殘萼便爛斑。

群仙已御東風去，總脫絳袂留林間。

212.〈望燕公樓下李花〉

燕公樓下繁華樹，一日遙看一百回。

羽蓋夢餘當晝立，縞衣風急過牆來。

洛陽路不容春到，南國花應為客開。

今日豈堪簪短髮，感時傷舊意難裁。

213.〈陪粹翁舉酒於君子亭亭下海棠方開〉

世故驅人殊未央，聊從地主借繩床。

春風浩浩吹遊子，暮雨霏霏溼海棠。

去國衣冠無態度，隔簾花葉有輝光。

使君禮數能寬否？酒味撩人我欲狂。

214.〈春夜感懷寄席大光〉

管寧白帽且蹣跚，孤鶴歸期難計年。

倚杖東南觀百變，傷心雲霧隔三川。

江湖氣動春還冷，鴻雁聲迴人不眠。

苦憶西州老太守，何時相伴一燈前。

215.〈夜賦寄友〉

賣藥韓康伯，談經管幼安，向來甘寂寞，不是為艱難。

微月扶疏樹，空園浩蕩寒。細題今夕景，持與故人看。

216.〈雨〉

霏霏三日雨，藹藹一園青。霧澤含元氣，風花過洞庭。

地偏寒浩蕩，春半客竛竮。多少人間事，天涯醉又醒。

217.〈春寒〉

　　二月巴陵日日風，春寒未了怯園公。

　　海棠不惜臙脂色，獨立濛濛細雨中。

218.〈次韻傅子文絕句〉

　　風雨門前十日泥，荒街相伴只篛枝。

　　從今老子都無事，落盡園花不賦詩。

219.〈周尹潛過門不我顧遂登西樓作詩見寄次韻謝之〉之一

　　曉窗飛雪愜幽聽，起覓新詩自啟扃。

　　不覺高軒牆外過，貪看萬鶴舞中庭。

220.〈周尹潛過門不我顧遂登西樓作詩見寄次韻謝之〉之二

　　堪笑朧仙也耐寒，飛花端合上樓看。

　　深知壯觀增詩律，洗盡元和到建安。

221.〈周尹潛過門不我顧遂登西樓作詩見寄次韻謝之〉之三

　　敲門俗子令我病，面有三寸康衢埃。

　　風饕雪虐君馳去，蓬戶那無酒一杯。

222.〈城上晚思〉

　　獨憑危堞望蒼梧，落日君山如畫圖。

　　無數柳花飛滿岸，晚風吹過洞庭湖。

223.〈雨中對酒庭下海棠經雨不歇〉

　　巴陵二月客添衣，草草杯觴恨醉遲。

　　燕子不禁連夜雨，海棠猶待老夫詩。

　　天翻地覆傷春色，齒豁頭童祝聖時。

　　白竹籬前湖海闊，茫茫身世兩堪悲。

卷二十一

224.〈尋詩兩絕句〉之一

　　楚酒困人三日醉，園花經雨百般紅。

　　無人畫出陳居士，亭角尋詩滿袖風。

225.〈尋詩兩絕句〉之二

　　　愛把山瓢莫笑儂，愁時引睡有奇功。

　　　醒來推戶尋詩去，喬木崢嶸明月中。

226.〈周尹潛以僕有�郢州之命作詩見贈有橫槊之句次韻謝之〉

　　　一歲憂兵四閱時，偷生不恨隙駒馳。

　　　如何南紀持竿手，卻把西州破賊旗。

　　　儻有青油盛快士，何妨畫戟入新詩。

　　　因君調我還增氣，男子平生政要奇。

227.〈次韻尹潛感懷〉

　　　胡兒又看繞淮春，嘆息猶為國有人。

　　　可使翠華周寓縣，誰持白羽靜風塵。

　　　五年天地無窮事，萬里江湖見在身。

　　　共說金陵龍虎氣，放臣迷路感煙津。

228.〈五月二日避貴寇入洞庭湖絕句〉

　　　鼓發嘉魚千面雷，亂帆和雨向湖開。

　　　何妨南北東西客，一聽湘妃瑤瑟來。

229.〈細雨〉

　　　避寇煩三老，那知是勝遊。平湖受細雨，遠岸送輕舟。

　　　天地悲深阻，山川慰久留。參差發鄰舫，未覺壯心休。

230.〈贈傅子文〉

　　　漁子牧兒談笑新，先生勝日步湖漘。

　　　沙邊忽見長身士，頭上仍敧折角巾。

　　　豺虎不能寬遠俗，山川終要識詩人。

　　　蘆叢如畫斜陽裏，拄杖相尋無雜賓。

231.〈晚晴野望〉

　　　洞庭微雨後，涼氣入綸巾。水底歸雲亂，蘆叢返照新。

　　　遙汀橫薄暮，獨鳥度長津。兵甲無歸日，江湖送老身。

　　　悠悠只倚杖，悄悄自傷神。天意蒼茫裡，村醪亦醉人。

232.〈雨中〉

　　雨打船蓬聲百般，白頭當夏不禁寒。

　　五湖七澤經行遍，終憶吾鄉八節灘。

卷二十二

233.〈寥落〉

　　寥落洞庭野，微風泛客裾。袁宏詠史罷，孫登清嘯餘。

　　月明流水去，夜靜芙蓉舒。城郭方多事，野興一蕭疎。

234.〈自五月二日避寇轉徙湖中復從華容道烏沙還郡七月十六日夜半
　　　出小江口宿焉徙倚杔樓書事十二句〉

　　回環三百里，行盡力都窮。巴丘左移右，章華西轉東。

　　江聲搖斗柄，秋色彌葭叢。群木立波上，芙藻披月中。

　　鏡湖應足比，剡溪那可同。世將非識事，孤嘯聊延風。

235.〈閏八月十二日過奇父共坐翠寶軒賞木犀花玲瓏滿枝光氣動人念
　　　風日不貸此花無五日香矣而王使君未之知作小詩報之〉

　　清露香浮黃玉枝，使君未到意低迷。

　　極知有日交銅虎，可使無情向木犀。

236.〈再賦二首呈奇父奇父自號七澤先生〉之一

　　國香薰坐先生醉，秋藏葉花客子迷。

　　驅使晚風同勝地，東軒不用鎮帷犀。

237.〈再賦二首呈奇父奇父自號七澤先生〉之二

　　香遍東園花一枝，尋花覓路忽成迷。

　　先生莫道心如鐵，喜氣朝來橫角犀。

238.〈十三日再賦二首其一以贊使君是日對花賦此韻詩筆落縱橫而郡
　　　中修水戰之具方大閱於燕公樓下也其一自敘所感憶年十五在杭州
　　　始識此花皆三丈高木嘗賦詩焉〉之一

　　我丈風流元祐枝，晴軒雨雹筆端迷。

　　從容文武一時了，賦罷木犀觀水犀。

239.〈十三日再賦二首其一以贊使君是日對花賦此韻詩筆落縱橫而郡
中修水戰之具方大閱於燕公樓下也其一自敘所感憶年十五在杭州
始識此花皆三丈高木嘗賦詩焉〉之二
武林曾識最高枝，百感重逢歲月迷。
向日攀躋須彩鳳，如今執楯要文犀。

240.〈兩絕句〉之一
西風吹日弄晴陰，酒罷三巡湖海深。
岳陽樓上登高節，不負南來萬里心。

241.〈兩絕句〉之二
二士相隨風滿巾，兩禪同隊景彌新。
但得黃花不牢落，莫嫌驚倒岳州人。

卷二十三

242.〈奇父先至湘陰書來戒由祿唐路而僕以他故由南洋路來夾道皆松
如行青羅步障中先寄奇父〉
雲接湘陰百里松，蕭蕭穆穆湖南風。
隨時憂樂非人世，迎我笙簫起道中。
竹輿兩面天明滅，秋令不到林西東。
未必祿唐能辦此，題詩著畫寄興公。

243.〈初識茶花〉
伊軋籃輿不受催，湖南秋色更佳哉。
青裙玉面初相識，九月茶花滿路開。

244.〈別伯共〉
樽酒相逢地，江楓欲盡時。猶能十日客，共出數年詩。
供世無筋力，驚心有別離。好為南極柱，深慰旅人悲。

245.〈再別〉
多難還分手，江邊白髮新。公為九州督，我是半途人。
政爾須全節，終然卻要身。平生第溫嶠，未必下張巡。

246.〈別孫信道〉

萬里鷗仍去，千年鶴未歸。極知身有幾，不奈世相違。

歲暮兼葭響，天長鴻雁微。如君那可別，老淚欲霑衣。

卷二十四

247.〈江行野宿寄大光〉

檣烏送我入蠻鄉，天地無情白髮長。

萬里回頭看北斗，三更不寐聽鳴榔。

平生正出元子下，此去還經思曠傍。

投老相逢難袞袞，共恢詩律撼瀟湘。

248.〈寄信道〉

衡山未見意如飛，浩蕩風帆不可期。

卻憶府中三語掾，空吟江上四愁詩。

高灘落日光零亂，遠岸叢梅雪陸離。

臘欲平分持寄子，白頭才盡只成悲。

249.〈適遠〉

處處非吾土，年年避虜兵；何妨更適遠，未免一傷情。

石岸煙添色，風灘暮有聲。平生五字律，頭白不貪名。

250.〈衡嶽道中〉之一

野客元耕崧嶽田，得遊衡岳亦前緣。

避兵徑度吾豈忍，欲雨還休神所憐。

世亂不妨松偃蹇，村空更覺水潺湲。

非無拄杖終傷老，負此名山四十年。

251.〈衡嶽道中〉之二

客子山行不覺風，龍吟虎嘯滿山松。

綸巾一幅無人識，勝業門前聽午鍾。

252.〈衡嶽道中〉之三

城中望衡山，浮雲作飛蓋。揭來巖谷遊，卻在浮雲外。

253.〈衡嶽道中〉之四

　　危亭見上方，林壑帶殘陽。今日豈無恨，重遊卻味長。

254.〈跋江都王馬〉

　　天上房星空不動，人間畫馬亦難逢。

　　當年筆下千金鹿，此日牕前八尺龍。

255.〈與王子煥席大光同遊廖園〉

　　三枝筇竹興還新，王丈席兄俱可人。

　　僑立司州溪水上，吟詩把酒對青春。

256.〈除夜次大光韻大光是夕婚〉

　　一盃節酒莫留殘，坐看新年上鬢端。

　　只恐梅花明日老，夜瓶相對不知寒。

257.〈除夜不寐飲酒一杯明日示大光〉

　　萬里鄉山路不通，年年佳節百憂中。

　　催成客睡須春酒，老卻梅花是曉風。

258.〈元日〉

　　五年元日只流離，楚俗今年事事非。

　　後飲屠蘇驚已老，長乘舴艋竟安歸。

　　攜家作客真無策，學道刳心卻自違。

　　汀草岸花知節序，一身千恨獨霑衣。

259.〈道中〉

　　雨子收還急，溪流直又斜，迢迢傍山路，漠漠滿林花。

　　破水雙鷗影，掀泥百草芽。川原有高下，隨處著人家。

260.〈金潭道中〉

　　晴路籃輿穩，舉頭閑望賒，前岡春決溔，後嶺雪槎牙。

　　海內兵猶壯，村邊歲自華，客行驚節序，回眼送桃花。

261.〈絕句〉

　　野鴨飛無數，桃花淫滿枝。竹輿鳴細雨，山客有新詩。

262.〈甘棠道中〉

筍輿礙石一悠然，正月微風意已便。

桃花向來渾不數，山中時見絕堪憐。

263.〈將至杉木舖望野人居〉

春風漠漠野人居，若使能詩我不如。

數株蒼檜遮官道，一樹桃花映草廬。

264.〈曉發杉木〉

古澤春光淡，高林露氣清。紛紛世上事，寂寂水邊行。

客子凋雙鬢，田家自一生。有詩還忘記，無酒卻思傾。

265.〈先寄邢子友〉

作客經年樂有餘，邵陽歧路不崎嶇。

山川好處敧紗帽，桃李香中度筍輿。

欲見舊交驚歲月，臘排幽話說艱虞。

人間書疏非吾事，一首新詩未可無。

266.〈立春日雨〉

衡山縣下春日雨，遠映青山絲樣斜。

容易江邊欺客袂，分明沙際淫年華。

竹林路隔生新水，古渡船空集亂鴉。

未暇獨憂巾一角，西溪當有續開花。

267.〈初至邵陽逢入桂林使作書問其地之安危〉

湖北彌年所，長沙費月餘。初為邵陽夢，又作桂林書。

老矣身安用，飄然計本疏。管寧遼海上，何得便端居。

268.〈舟泛邵江〉

老去作新夢，邵江非舊聞，灘前群鷺起，柂尾川華分。

落花棲客鬢，孤舟遡歸雲，快然心自足，不獨避囂紛。

269.〈過孔雀灘贈周靜之〉

海內無堅壘，天涯有近親，不辭供笑語，未慣得殷勤。

舟楫深宜客，溪山各放春，高眠過灘浪，已寄百年身。

270.〈江行晚興〉

曾聽石樓水，今過邵州灘，一笑供舟子，五年經路難。

雲間落日淡，山下東風寒。煙嶺叢花照，夕灣群鷺盤。

生身後聖哲，隨俗了悲歡。淹旅非吾病，悠悠良足歎。

271.〈夜抵貞牟〉

野暝猶聞遠，川明不恨遲。焚山隔岸火，及我繫船時。

夜半青燈屋，籬前白水陂。殷勤謝地主，小築欲深期。

272.〈晚步〉

畎畝意不釋，出門聊散憂。雨餘山欲近，春半水爭流。

眾籟夕還作，孤懷行轉幽。溪西篁竹亂，微徑雜歸牛。

273.〈雨〉

雲物澹清曉，無風溪自閑。柴門對急雨，壯觀滿空山。

春發蒼茫內，鳥鳴篁竹間。兒童笑老子，衣溼不知還。

274.〈今夕〉

今夕定何夕，對此山蒼然。偷生經五載，幽獨意已堅。

微陰拱眾木，靜夜聞孤泉。惟應寂寞事，可以送餘年。

275.〈山中〉

當復入州寬作期，人間踏地有安危。

風流丘壑真吾事，籌策廟堂非所知。

白水春陂天澹澹，蒼峯晴雪錦離離。

恰逢居士身輕日，正是山中多景時。

卷二十五

276.〈羅江二絕〉之一

荒村終日水車鳴，陂北陂南共一聲。

灑面風吹作飛雨，老夫詩到此間成。

277.〈羅江二絕〉之二

山翁見客亦欣然，好語重重意不傳。

行過竹籬逢細雨，眼明雙鷺立青田。

278.〈洛頭書事〉

綸巾古鶴氅,日暮槲林間;誰使翁迎客,應聞屐響山。

占年又得熟,勸我不須還。村酒困壯士,水風吹醉顏。

279.〈三月二十日聞德音寄李德升席大光新有召命皆寓永州〉

塵隔斗牛三月餘,德音再與萬方初。

又蒙天地寬今歲,且掃軒窗讀我書。

自古安危關政事,隨時憂喜到樵漁。

零陵併起扶顛手,九廟無歸計莫疏。

280.〈夏夜〉

遠遊萬事裂,獨立數峯青。明月照山木,荒村饒夜螢。

翻翻雲渡漢,歷歷水浮星。遙舍燈已盡,幽人門未扃。

281.〈題東家壁〉

斜陽步屧過東家,便置清樽不煮茶。

高柳光陰初罷絮,嫩鳧毛羽欲成花。

群公天上分時棟,閑客江邊管物華。

醉裏吟詩空跌宕,借君素壁落栖鴉。

卷二十六

282.〈傷春〉

廟堂無策可平戎,坐使甘泉照夕烽。

初怪上都聞戰馬,豈知窮海看飛龍。

孤臣霜髮三千丈,每歲煙花一萬重。

稍喜長沙向延閣,疲兵敢犯犬羊鋒。

283.〈題水西周三十三壁〉之一

不管先生巾欲摧,雨中艇子便撑開。

青山隔岸迎人去,白鷺衝煙送酒來。

284.〈題水西周三十三壁〉之二

周子篘中早得春,喚人同渡一溪雲。

貪看雨歇前峯變,不覺斟時已十分。

285.〈山齋〉之一

夏郊綠已遍，山齋晝自遲。雲物忽分散，餘碧暮透迤。

寒暑送萬古，榮枯各一時。世紛幸莫及，我塵得常持。

286.〈山齋〉之二

雖愧荷鉏叟，朝來亦不閑，自剪牆角樹，盡納溪西山。

經行天下半，送老此窗間；日暮煙生嶺，離離飛鳥還。

287.〈散髮〉

百年如寄亦何為，散髮清狂未足非。

南澗題詩風滿面，東橋行藥露霑衣。

松花照夏山無暑，桂樹留人吾豈歸。

藜杖不當軒蓋用，穩扶居士莫相違。

288.〈六月六日夜〉

蘊隆豈不壞，涼氣亦徐還，獨立清夜半，疏星蒼檜間。

晦明莽相代，天地本長閑。四顧何寥落，微風時動關。

289.〈六月十七夜寄邢子友〉

暑雨雖不足，涼風還有餘。樂此城陰夜，何殊山崦居。

月明蒼檜立，露下芭蕉舒。試問澄虛閣，今夕復焉如。

290.〈觀雨〉

山客龍鍾不解耕，開軒危坐看陰晴。

前江後嶺通雲氣，萬壑千林送雨聲。

海壓竹枝低復舉，風吹山角晦還明。

不嫌屋漏無乾處，正要群龍洗甲兵。

291.〈寄大光〉之一

心折零陵霜入鬢，更修短札問何如。

江湖不是無來雁，只慣平生作報書。

292.〈寄大光〉之二

芭蕉急雨三更鬧，客子殊方五月寒。

近得會稽消息否，稍傳荊渚路歧寬。

293.〈寄德升大光〉

　　君王優詔起群公，也置樵夫尺一中。

　　易著青衫隨世事，難將白髮犯秋風。

　　共談太極非無意，能繫蒼生本不同。

　　卻倚紫陽千丈嶺，遙瞻黃鵠九霄東。

294.〈次韻謝邢九思〉

　　平生不接里閭歡，豈料相逢虵蝛壇。

　　能賦君推三世事，倦遊我棄七年官。

　　流傳惡語知誰好，勾引新篇得細看。

　　六月山齋當暑令，風霜獨發卷中寒。

295.〈村景〉

　　黃昏吹角聞呼鬼，清曉持竿看牧鵝。

　　蠶上樓時桑葉少，水鳴車處稻苗多。

296.〈次周漕族人韻〉

　　諫議遺蹤尚可望，曳裾不必效鄒陽。

　　但修天爵膺人爵，始信書堂有玉堂。

297.〈水車〉

　　江邊終日水車鳴，我自平生愛此聲。

　　風月一時都屬客，杖藜聊復寄詩情。

298.〈山居〉之一

　　點檢行年書閣閣，山中共賦幾篇詩。

　　如今未有驚人句，更待秋風生桂枝。

299.〈山居〉之二

　　宅圖不必煩丘令，已卜坡東澗水邊。

　　更與我為燒藥竈，只愁君要買山錢。

300.〈拜詔〉

　　紫陽山下聞皇牒，地藏階前拜詔書。

　　乍脫綠袍山色翠，新披紫綬佩金魚。

301.〈別諸周〉之一

風送孤篷不可遮，山中城裏總非家。

臨行有恨君知否？不見籬前稻著花。

302.〈別諸周〉之二

隴雲知我欲船開，飛過江東還復回。

不似周顒趨闕去，山靈應許卻歸來。

303.〈題向伯共過硤圖〉之一

旌旗翻日淮南道，輿罷歸來雪一船。

正有佛光無處著，獨將佳句了山川。

304.〈題向伯共過硤圖〉之二

過硤新圖世所傳，硤中猶說泛舟僊。

柱天勳業須君了，借我茅齋看十年。

305.〈題趙少隱清白堂〉之一

小謝為州不廢詩，庭中草木有光輝。

一林風露非人世，更著梅花相發揮。

306.〈題趙少隱清白堂〉之二

使君堂上無俗客，白白青青兩勝流。

添得吟詩老居士，千年一笑澤南州。

307.〈題趙少隱清白堂〉之三

雪裏芭蕉摩詰畫，炎天梅蕊簡齋詩。

他時相見非生客，看倚琅玕一段奇。

308.〈次韻邢九思〉

百年鼎鼎雜悲歡，老去初依六祖壇。

玄晏不堪長抱病，子真那復更為官。

山林未必容身得，顏面何宜與世看。

白帝高尋最奇事，共君盟了不應寒。

309.〈石限病起〉

幽人病起山深處，小院鴉鳴日午時。

六尺屏風遮宴坐，一簾細雨獨題詩。

卷二十七

310.〈愚溪〉

小閣當喬木，清溪抱竹林，寒聲日暮起，客思雨中深。

行李妨幽事，欄干試獨臨，終然遊子意，非復昔人心。

311.〈題道州甘泉書院〉

甘泉坊裏林影黑，吳氏舍前書榜鮮。

牀座略容摩詰借，桂枝應待小山傳。

兵橫海內猶紛若，風到湖南還穆然。

勉效周生述孔業，賦詩吾獨愧先賢。

312.〈度嶺一首〉

年律將窮天地溫，兩州風氣此橫分。

已吟子美湖南句，更擬東坡嶺外文。

隔水叢梅疑是雪，近人孤嶂欲生雲。

不愁去路三千里，少住林間看夕曛。

313.〈戲大光送酒〉

折得嶺頭如玉梅，對花那得欠清盃。

不煩白水真人力，便有青州從事來。

314.〈次韻謝呂居仁居仁時寓賀州〉

別君不覺歲時荒，豈意相逢魑魅鄉。

篋裏詩書總零落，天涯形貌各昂藏。

江南今歲無胡虜，嶺表窮冬有雪霜。

儻可卜鄰吾欲住，草茅為蓋竹為梁。

315.〈舟行遣興〉

會稽尚隔三千里，臨賀初盤一百灘。

殊俗問津言語異，長年為客路歧難。

背人山嶺重重去，照鷁梅花樹樹殘。

酌酒柁樓今日意，題詩船壁後來看。

316.〈康州小舫與耿百順李德升席大光鄭德象夜語以更長愛燭紅為韻
得更字〉

萬里衣冠京國舊，一船風雨晉康城。

燈前顏面重相識，海內艱難各飽更。

天闊路長吾欲老，夜闌酒盡意還傾。

明朝古峽蒼煙道，都送新愁入櫓聲。

317.〈與大光同登封州小閣〉

去程欲數莽難知，三日封州更作遲。

青嶂足稽天下士，錦囊今有嶠南詩。

共登小閣春風裏，回望中原夕靄時。

萬本梅花為我壽，一盃相屬未全癡。

318.〈次韻大光五羊待耿伯順之作〉

康州艇子來不急，過岸櫓聲空復長。

百尺樓頭堪望遠，淡煙斜日晚荒荒。

319.〈雨中再賦海山樓詩〉

百尺闌干橫海立，一生襟抱與山開。

岸邊天影隨潮入，樓上春容帶雨來。

慷慨賦詩還自恨，徘徊舒嘯卻生哀。

滅胡猛士今安有，非復當年單父臺。

320.〈和大光道中絕句〉

已費天工十日晴，今朝小雨送潮生。

轉頭雲日還如錦，一抹蔥瓏畫不成。

321.〈又和大光〉

寂寂孤村竹映沙，檳榔迎客當煎茶。

嶺南二月無桃李，夾路松開黃玉花。

卷二十八

322.〈贈漳州守綦叔厚〉

過盡蠻荒興復新，漳州畫戟擁詩人。

十年去國九行旅，萬里逢公一欠伸。

王粲登樓還感慨，紀瞻赴召欲逡巡。

繩牀相對有今日，臘醉齋中軟脚春。

323.〈宿資聖院閣〉

暮投山崦寺，高處絕人羣。遠岫林間見，微泉舍後聞。

閣虛雲亂入，江闊野橫分。欲與僧為記，今年懶作文。

324.〈雨中宿靈峰寺〉

雁蕩山中逢晚雨，靈峯寺裏借繩牀。

只應護得綸巾角，還費高僧一炷香。

325.〈自黃巖縣舟行入台州〉

宴坐峯前衝雨急，黃巖縣裏借舟遲。

百年癡黠不相補，萬事悲歡豈可期。

莽莽滄波兼宿霧，紛紛白鷺落山陂。

只應江海淒涼地，欠我臨風一賦詩。

326.〈過下杯渡〉

夜宿下杯館，朝鳴一棹東。湖平天盡落，峽斷海橫通。

冉冉雲隨舸，茫茫鳥遡風。仙人蓬島上，遙見我乘空。

327.〈王孫嶺〉

已過長溪嶺更危，伏龍莽莽向川垂。

斜陽照見林中石，記得南山隱去時。

328.〈泛舟入前倉〉

曾鼓鹽田棹，前倉不足言。盡行江左路，初過浙東村。

春去花無迹，潮歸岸有痕。百年都幾日，聊復信乾坤。

329.〈送熊博士赴瑞安令〉

衣冠衰衰相逢處，草木蕭蕭未變時。

聚散同驚一枕夢，悲歡各誦十年詩。

山林有約吾當去，天地無情子亦飢。

笑領銅章非失計，歲寒心事欲深期。

330.〈夜賦〉

抱病喜清夜，形羸心獨開，不知藥鼎沸，錯認雨聲來。

歲晚燈燭麗，天長鴻雁哀。書生惜日月，攲枕意茫哉。

331.〈醉中〉

醉中今古興衰事，詩裏江湖搖落時。

兩手尚堪盃酒用，寸心惟是鬢毛知。

稽山擁郭東西去，禹穴生雲朝暮奇。

萬里南征無賦筆，茫茫遠望不勝悲。

332.〈梅花〉之一

鐵面蒼髯洛陽客，玉顏紅領會稽傖。

街頭相見如相識，恨滿東風意不傳。

333.〈梅花〉之二

畫取維摩室中物，小瓶春色一枝斜。

夢回映月窗間見，不是桃花與李花。

334.〈瓶中梅〉

明窗淨棐几，玉立耿無鄰。紅綠兩重袂，慇懃滿面春。

曾為庾嶺客，本是洛陽人。老我何顏貌，東風處處新。

卷二十九

335.〈除夜〉

疇昔追歡事，如今病不能。等閑生白髮，耐久是青燈。

海內春還滿，江南硯不冰。題詩餞殘歲，鍾鼓報晨興。

336.〈雨中〉

北客霜侵鬢，南州雨送年。未聞兵革定，從使歲時遷。

古澤生春靄，高空落暮鳶。山川含萬古，鬱鬱在樽前。

337.〈渡江〉

江南非不好，楚客自生哀。搖檝天平渡，迎人樹欲來。

雨餘吳岫立，日照海門開。雖異中原險，方隅亦壯哉。

338. 〈題伯時畫溫溪心等貢五馬〉
     漠漠河西塵幾重，年來畫馬亦難逢。
     題詩記著今朝事，同看聯翩五疋龍。

339. 〈題畫〉
     分明樓閣是龍門，亦有溪流曲抱村。
     萬里家山無路入，十年心事與誰論。

340. 〈題崇蘭圖〉之一
     兩公得我色敷腴，藜杖相將入畫圖。
     我已夢中都識路，秋風舉袂不踟躕。

341. 〈題崇蘭圖〉之二
     奕奕天風吹角巾，松聲水色一時新。
     山林從此不牢落，照影溪頭共六人。

342. 〈九日示大圓洪智〉
     自得休心法，悠然不賦詩。忽逢重九日，無奈菊花枝。

343. 〈劉大資挽詞〉之一
     天柱欹傾日，堂堂墮虜圍。遂聞王蠋死，不見華元歸。
     一代名超古，千年淚染衣。當時如有繼，猶足變危機。

344. 〈劉大資挽詞〉之二
     一死公餘事，由來虜亦人。使知臨難日，猶有不欺臣。
     河洛傾遺憤，英雄歎後塵。煌煌中興業，公合冠麒麟。

345. 〈與智老天經夜坐〉
     殘年不復徙他邦，長與兩禪同夜釭。
     坐到更深都寂寂，雪花無數落天窗。

346. 〈觀雪〉
     無住菴前境界新，瓊樓玉宇總無塵。
     開門倚杖移時立，我是人間富貴人。

347. 〈題江參山水橫軸畫俞秀才所藏〉之一
     卷中袞袞溪山去，筆下明明開闢初。

不肯一褌為婦計，俞郎作意未全疎。

348.〈題江參山水橫軸畫俞秀才所藏〉之二

萬壑分煙高復低，人家隨處有柴扉。

此中只欠陳居士，千仞崗頭一振衣。

卷三十

349.〈梅花〉

一枝斜映佛前燈，春入銅壺夜不冰。

昔歲曾遊大庾嶺，今年聊作小乘僧。

350.〈得張正字書〉

送老茅屋底，天寒人迹稀。一觸猶有味，萬事已無機。

歲暮塔孤立，風生鴉亂飛。此時張正字，書札到郊扉。

351.〈小閣〉

欄干橫歲暮，徙倚度陰晴。木落太湖近，梅開南紀明。

病餘仍愛酒，身後更須名。鸛鶴忽雙起，吾詩還欲成。

352.〈懷天經智老因訪之〉

今年二月凍初融，睡起苕溪綠向東。

客子光陰詩卷裏，杏花消息雨聲中。

西菴禪伯還多病，北柵儒先只固窮。

忽憶輕舟尋二子，綸巾鶴氅試春風。

353.〈櫻桃〉

四月江南黃鳥肥，櫻桃滿市粲朝輝。

赤瑛盤裏雖殊遇，何似筠籠相發揮。

354.〈葉柟惠花〉

無住菴中老居士，逢春入定不銜盃。

文殊罔明俱拱手，今日花枝喚得迴。

355.〈牡丹〉

一自胡塵入漢關，十年伊洛路漫漫。

青墩溪畔龍鍾客，獨立東風看牡丹。

356.〈盆池〉

三尺清池窗外開，茨菰葉底戲魚回。

雨聲轉入浙江去，雲影還從震澤來。

357.〈松棚〉

黯黯當窗雲不驅，不教風日到琴書。

只今老子風流地，何似茅山陶隱居。

358.〈玉堂儤直〉

庭葉瓏瓏曉更青，斷雲吐日照寒廳。

只應未上歸田奏，貪誦楞伽四卷經。

359.〈病骨〉

病骨瘦始輕，清虛日來入。今朝僧閣上，超遙久風立。

茂林榴萼紅，細雨離黃溼。物色乃可憐，所悲非故邑。

360.〈晨起〉

寂寂東軒晨起遲，蒙蘢草木暗疎籬。

風來眾綠一時動，正是先生睡足時。

361.〈登閣〉

今日天氣佳，登臨散腰腳。南方宜草木，九月未黃落。

秋郊乃明麗，夕雲更蕭索。遠遊吾未能，歲暮依樓閣。

362.〈芙蓉〉

白髮飄蕭一病翁，暮年身世藥瓢中。

芙蓉牆外垂垂發，九月憑欄未怯風。

363.〈得長春兩株植之窗前〉

鄉邑已無路，僧廬今是家。聊乘數點雨，自種兩叢花。

籬落失秋序，風煙添歲華。衰翁病不飲，獨立到棲鴉。

364.〈九月八日戲作兩絕句示妻子〉之一

今夕知何夕？都如未病時。重陽莫草草，膡作幾篇詩。

365.〈九月八日戲作兩絕句示妻子〉之二

小甕今朝熟，無勞問酒家。重陽明日是，何處有黃花。

366.〈拒霜〉

拒霜花已吐，吾宇不淒涼。天地雖肅殺，草木有芬芳。

道人宴坐處，侍女古時妝。濃露涅丹臉，西風吹綠裳。

367.〈微雨中賞月桂獨酌〉

人間跌宕簡齋老，天下風流月桂花。

一壺不覺叢邊盡，暮雨霏霏欲涅鴉。

外集

368.〈畫梅〉

娥眉淡淡自成妝，驛使還家空斷腸。

脂粉不施憔悴盡，失身未嫁易元光。

369.〈竹〉

高枝已約風為友，密葉能留雪作花。

昨夜常娥更瀟洒，又攜疎影過窗紗。

370.〈心老久許為作畫未果以詩督之〉

布衲王摩詰，禪餘寄筆端，試將能事迫，肯作畫工難。

秋入無聲句，山連欲雨寒，平生夢想處，奉乞小巑岏。

371.〈長沙寺桂花重開〉

天遣幽花兩度開，黃昏梵放此徘徊。

不交居士臥禪榻，喚出西廂共看來。

372.〈和若拙弟得陪游後園〉之一

西園冠蓋坐生風，更欲長繩繫六龍。

惟有病夫能省事，北窗三友是過從。

373.〈和若拙弟得陪游後園〉之二

壯夫三箭功名手，儒士百篇藜莧腸。

莫道人人握珠玉，應須字字挾風霜。

374.〈季高送酒〉

自接麴生蓬戶外，便呼伯雅竹牀頭。

真逢幼婦著黃絹，直遣從事到青州。

375.〈墨戲〉之一

　　鄂州遷客一花說，仇池老仙五字銘。

　　併入晴窗三昧手，不須辛苦讀騷經。

376.〈墨戲〉之二

　　人間風露不到畹，只有酪奴無世塵。

　　何須更待秋風至，蕭艾從來不共春。

377.〈和孫升之〉

　　姬國餘芳代有人，于今公子秀溪濆。

　　處心如水尚書市，能賦臨流靖節君。

　　花鳥紅雲春句麗，月梅疎影夜香聞。

　　囊開古錦湖山出，何意一星窺妙文。

378.〈寺居〉

　　招提遠占一牛鳴，阻絕干戈得暫經。

　　夢境了知非有實，醉鄉不入自常醒。

　　樓臺近水涵明鑑，草樹連空寫素屏。

　　物象自堪供客眼，未須覓句戶長扃。

379.〈某竊慕東坡以鐵拄杖為樂全生日之壽今以大銅缾上判府待制庶
　　幾因物以露區區且作詩二首將之亦東坡故事〉之一

　　要學東坡壽樂全，此瓶端合供儒先。

　　鐵如意畔無憂畏，玉唾壺傍耐歲年。

　　項似董宣真是強，腹如邊孝故應便。

　　與公臘貯為霖水，不羨宮門承露仙。

380.〈某竊慕東坡以鐵拄杖為樂全生日之壽今以大銅缾上判府待制庶
　　幾因物以露區區且作詩二首將之亦東坡故事〉之二

　　不與觀音伴柳枝，要令奇相解公頤。

　　會逢白氏編書日，猶夢陶家貯粟時。

　　安用作盤供歃血，也勝為鉢困催詩。

　　千年秀結重重綠，長映先生鬢與眉。

381.〈又用韻春雪〉

　　急雪催詩興未闌，東風肯奈鳥烏寒。

　　最憐度牖勤勤意，更接飛花細細看。

　　連夜拋回三白瑞，及時驚動五辛盤。

　　袁安久絕千人望，春破還思綺一端。

382.〈次韻邢子友〉

　　壯士如今爛莫收，尚思抽矢射旄頭。

　　不堪苦霧侵衰鬢，稍喜和煙入戍樓。

　　萬里中原空費夢，三春勝日偶成遊。

　　青松遠嶺偏驚眼，薄晚闌丁更少留。

383.〈某用家弟韻賦絕句上溷清視蕪詞累句非敢以為詩也願賜一言卒相之〉

　　萬里平生幾蛇足，九州何路不羊腸。

　　只應綠士蒼官輩，卻解從公到雪霜。

384.〈某以雨有嘉應遂占有秋輒採用家弟韻賦二絕句少貲勤卹之誠也〉之一

　　雲氣初看龍起湫，雨聲旋聽樹驚秋。

　　已教農父歌田守，更遣虞人信魏侯。

385.〈某以雨有嘉應遂占有秋輒採用家弟韻賦二絕句少貲勤卹之誠也〉之二

　　紀德刊碑不厭豐，龍眠深洞一言通。

　　坐看綠浪搖千里，拔薤栽榆未當功。

386.〈梅〉

　　愛歌纖影上窗紗，無限輕香夜遶家。

　　一陣東風溼殘雪，強將嬌淚學梨花。

387.〈蒙知府寵示秋日郡圃佳製遂侍杖屨逍遙林水間輒次韻四篇上瀆台覽〉之一

　　歲月移文外，乾坤杖屨中。鏗然五字律，健在百夫雄。

秋入池深碧，寒欺葉遞紅。此間兼吏隱，端不減遊嵩。

388.〈蒙知府寵示秋日郡圃佳製遂侍杖屨逍遙林水間輒次韻四篇上瀆台覽〉之二

　　鳥語知公樂，晴山及我游。盡排物外事，拚作酒中浮。

　　菊蕊離雙鬢，林聲隱四愁。騷人例喜賦，政自不關秋。

389.〈蒙知府寵示秋日郡圃佳製遂侍杖屨逍遙林水間輒次韻四篇上瀆台覽〉之三

　　竹際笙簧起，回聽眾籟微。時陪物外賞，肯念日斜歸。

　　草色違秋意，池光淨客衣。吟公清絕句，政爾不能肥。

390.〈蒙知府寵示秋日郡圃佳製遂侍杖屨逍遙林水間輒次韻四篇上瀆台覽〉之四

　　一笑聊開口，千憂不上眉。林深受風得，柏老到霜知。

　　小憩逢筠洞，幽尋及枳籬。願公勤秉燭，裁詠棗離離。

391.〈送人歸京師〉

　　門外子規啼未休，山村日落夢悠悠。

　　故園便是無兵馬，猶有歸時一段愁。

392.〈賦康平老銅雀硯〉

　　鄴城臺殿已荒涼，依舊山河滿夕陽。

　　瓦礫却鑱今日硯，似教人世寫興亡。

393.〈和顏持約〉

　　半篙寒碧秋垂釣，一笛西風夜倚樓。

　　多少巫山舊家事，老來分付水東流。

394.〈早行〉

　　露侵駝褐曉寒輕，星斗闌干分外明。

　　寂寞小橋和夢過，稻田深處草蟲鳴。

395.〈余識景純家弟出其詩見示喜其同臭味也輒用大成黃字韻賦八句贈之〉

　　阿奴喜氣照人黃，傳得新詩細作行。

可愛懸知似楊柳，忘憂復不待檳榔。

魏收已獲崔昂譽，摩詰仍推相國長。

曷不少留東閣醉，膡收篇詠作歸裝。

396.〈次韻景純道中寄大成〉

聞道歌行伏李紳，古來賢守是詩人。

久欽樂廣懷披霧，一見周瑜勝飲醇。

海內期公黃閣老，尊前容我白綸巾。

佳篇咀嚼真堪飽，此日何憂甑有塵。

397.〈再蒙寵示佳什殆無遺巧勉成二章一以報佳既一以自貽〉之一

睆睆休嫌笏與紳，如公本是九包人。

讀書只用三冬足，學道從來一色醇。

太尉談辭仍玉麈，侍中風韻更紗巾。

誰言上界多官府，亦許散仙追後塵。

398.〈再蒙寵示佳什殆無遺巧勉成二章一以報佳既一以自貽〉之二

諸長衰衰坐垂紳，誰信北風欺得人。

遮眼讀書何用解，發言要酒可須醇。

十年白社空看鏡，萬里青天一岸巾。

少待奇章到三日，試將冠蓋拂埃塵。

399.〈同家弟用前韻謝判府惠酒〉之一

銜盃樂聖便稱賢，無酒猶堪臥甕間。

使者在門催僕僕，麴車入夢正班班。

不煩白水真人力，來自青城道士山。

千載王弘全並美，未應杞菊賦寒慳。

400.〈同家弟用前韻謝判府惠酒〉之二

日飲知非貧士宜，要逃語穽稅心機。

所須惟酒非虛語，以醉為鄉可徑歸。

鸚鵡鷦鷯俱得道，螟蛉蜾蠃共忘機。

狂言戲作麻姑送，無奈閨人與我違。

401.〈次韻家弟所賦〉

曹劉方駕信優為，不廢東郊坐保釐。

投蜆問公逢老手，聯珠及我媿連枝。

定知來者傾三歎，共了流年費幾詩。

瘀絮車斜敢將去，樂天那畏一微之。

402.〈徙舍蒙大成賜酒〉

南北東西共一塵，得坻隨處可收身。

卜居賦就知謀拙，入宅詩成覺意新。

三徑蓬蒿猶恨淺，九流賓客未嫌貧。

不須更待高軒過，袖有珠璣已照鄰。

403.〈次韻宋主簿詩〉

九折灣中萬斛舟，怪公隨處得心休。

未應菊徑關心急，聊為魚槎盡意留。

陸子舊蹤餘馬頂，羊公遺碣見龜頭。

遙知太白無多事，醉裏詩成不待搜。

404.〈用大成四桂坊韻賦詩贈令狐昆仲〉

鄉人洗眼看銀黃，得桂連枝手尚香。

盛事固應傳雁塔，新詩不減住雞坊。

醍酥乳酪元同味，羯末封胡更合堂。

從此葛恢門下客，知名可但一揚方。